# 東北《みちのく》詩歌集

西行・芭蕉・賢治から
現在まで

鈴木比佐雄　鈴木光影
座馬寛彦　佐相憲一　編

コールサック社

# 目次

## 四章　福島県　短歌・俳句



## 五章　福島県　詩篇

# 目次

## Ⅱ　詩



# 十一章　青森県　短歌・俳句・詩

## Ⅰ　短歌・俳句



## Ⅱ　詩

目次

# 一章　東北《みちのく》へ　短歌・俳句

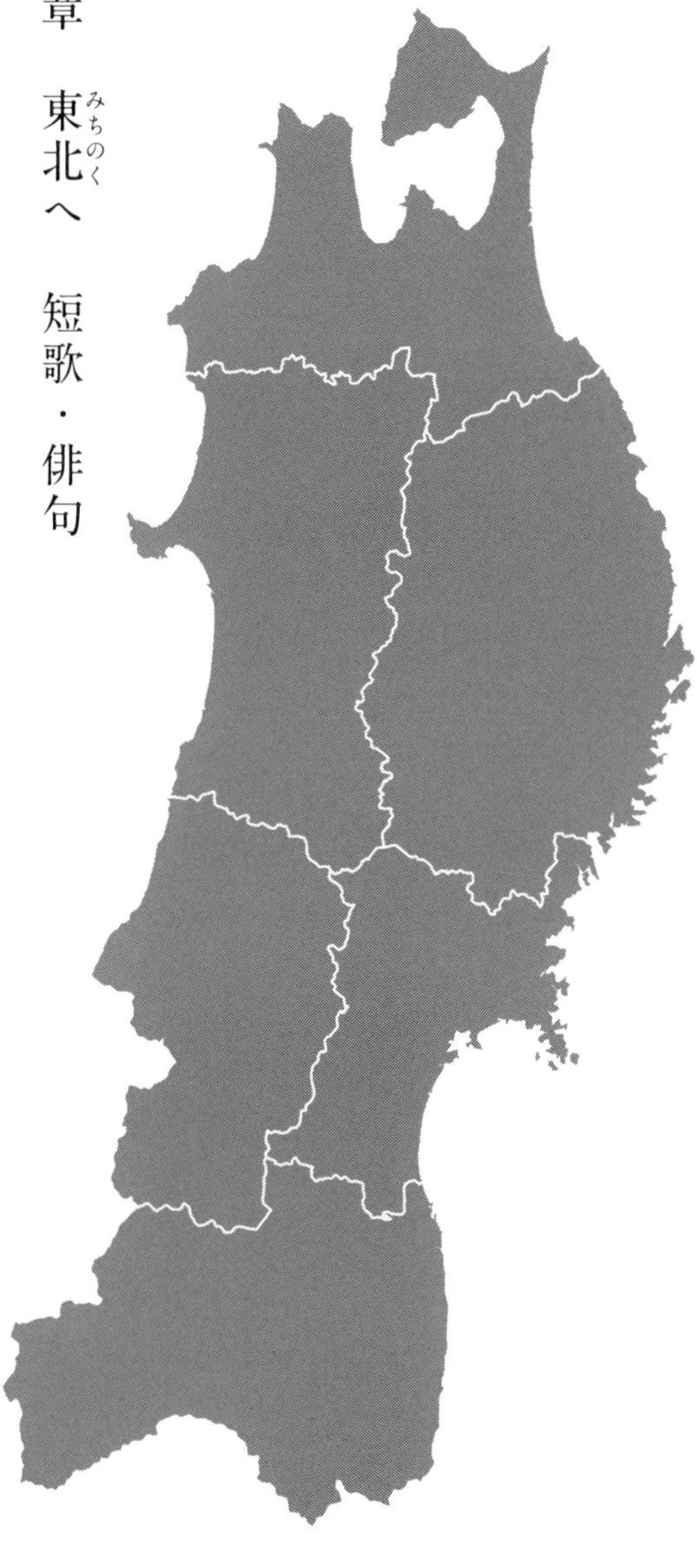

# 束稲山《たばしねやま》の桜花

（表題・抄出はコールサック社編集部）

## 西行（さいぎょう）

1118～1190年。僧侶。武家に生まれるが、出家し諸国を行脚して歌を詠んだ。家集『山家集』『聞書集』。

白川の関屋を月のもる影は人の心を留むるなりけり

都出でて逢坂越えしをりまでは心かすめし白川の関

枯れにける松なきあとの武隈はみきと言ひてもかひなからまし　（武隈の松）

踏まま憂きもみぢの錦散りしきて人も通はぬおもはくの橋　（おもはくの橋）

名取川岸の紅葉のうつるかげは同じ錦を底にさへ敷く　（名取川）

とりわきて心もしみて冴えぞわたる衣河見にきたる今日しも

たぐひなき思ひいではの桜かな薄紅の花のにほひは

朽ちもせぬその名ばかりをとどめ置きて枯野の薄形見にぞ見る

聞きもせず束稲山《たばしねやま》の桜花吉野のほかにかかるべしとは

奥になほ人見ぬ花の散らぬあれや尋ねを入らむ山ほととぎす

『山家集』より

# 煙《けぶり》立《たつ》見ゆ

（表題・抄出はコールサック社編集部）

## 源　実朝（みなもとの　さねとも）

1192〜1219年。鎌倉幕府第三代将軍。源頼朝の二男、母は北条政子。和歌を愛し、藤原定家に師事。家集『金槐和歌集』。

海辺立春

鹽釜《しほがま》の浦《うら》の松原霞《かすむ》なり八十島《やそしま》かけて春や立《たつ》らむ

鹽釜《しほがま》の浦ふく風に秋たけて籬《まがき》が島に月かたぶきぬ

海辺雪

立《たち》のぼる煙《けぶり》は猶《なほ》ぞつれもなき雪のあしたの鹽釜《しほがま》のうら

東路《あづまぢ》やみちのおくなる白川《しらかは》のせきあへぬ袖をもる涙《なみだ》かな

心をししのぶの里におきたらばあふくま川に見《み》まくちかけむ

風をまついまはたおなじ宮城野《みやぎの》のもとあらの萩《はぎ》の花の上の露

みちのくの眞野《まの》のかや原かりにだにこぬ人をのみ待《まつ》が苦《くる》しき

寄金恋

金《こがね》ほるみちのく山にたつ民《たみ》の命もしらぬ恋もするかな

海辺恋

うき身のみ雄島《をしま》の海士《あま》のぬれ衣ぬるとないひそ朽果《くちは》つるとも

民のかまどより煙のたつを見てよめる

みちのくにこゝにやいづく鹽釜《しほがま》の浦とはなしに煙立《けぶりたつ》見ゆ

『金槐和歌集』より

# おくのほそ道

須賀川
風流の初《はじめ》やおくの田《た》植《うゑ》うた
世の人の見《み》付《つけ》ぬ花や軒の栗

しのぶの里
早《さ》苗《なへ》とる手もとや昔《むかし》しのぶ摺《ずり》

佐藤庄司が旧跡
笈も太刀も五月《さつき》にかざれ帋《かみ》幟《のぼり》

笠島
笠島はいづこさ月のぬかり道

武隈
桜より松は二《ふた》木《き》を三《み》月《つき》越《ご》シ

宮城野
あやめ草足に結《むすば》ん草《わら》鞋《ぢ》の緒《を》

平泉
夏草や兵《つはもの》どもが夢の跡
五《さ》月《み》雨《だれ》の降《ふり》のこしてや光堂

尿前の関
蚤《のみ》虱《しらみ》馬の尿《しと》する枕もと

尾花沢
涼しさを我《わが》宿《やど》にしてねまる也

## 松尾　芭蕉（まつお　ばしょう）

1644〜1694年。紀行集『おくのほそ道』、発句・連句集『猿蓑』。

這《はひ》出《いで》よかひやが下のひきの声
まゆはきを俤《おもかげ》にして紅《べ》粉《に》の花

立石寺
閑《しづか》さや岩にしみ入《いる》蝉《せみ》の声

最上川
五《さ》月《み》雨《だれ》をあつめて早し最上川

羽黒
有《あり》難《がた》や雪をかほ《（を）》らす南谷
涼しさやほの三か月の羽黒山
雲の峰幾つ崩《くづれ》て月の山
語られぬ湯殿にぬらす袂《たもと》かな

坂田
あつみ山や吹《ふく》浦《うら》かけて夕すゞみ
暑き日を海にいれたり最上川

象潟
象潟や雨に西《せい》施《し》がねぶの花
汐越や鶴《つる》はぎぬれて海涼し

# 残雪行（抄）

（表題・抄出はコールサック社編集部）

若山　牧水（わかやま　ぼくすい）
1885～1928年。宮崎県生まれ。歌集『海の声』『別離』。短歌誌「創作」主宰。静岡県沼津市などで暮らした。

三月十五日朝、仙台駅にて
朝づく日停車場前の露店《ほしみせ》にうららに射せば林檎買ふなり

塩釜より松島湾へ出づ
塩釜《しほがま》の入江の氷はりはりと裂きて出づれば松島の見ゆ

盛岡古城址にて
啄木鳥《きつつき》の真赤《まあか》き頭ひつそりと冬木桜《ふゆきざくら》に木つつきゐたり

青森駅着、旧知未見の人々出で迎ふ
やと握るその手この手のいづれみな大きからぬなき青森人よ

宿望かなひて雪中の青森市を見る
いつか見むいつか来むとてこがれ来しその青森は雪に埋れ居つ

明けぬとて酒、暮れぬとてまた
酒戦《さかいくさ》たれか負けむとみちのくの大男どもい群れどよもす

大釈迦より騎馬し北津軽へ入る
わが行く手晴るるとすれば岩木山また吹雪き来て馬嘶《いなな》かず

東籬君宅にて初めて蟇を聞く
白雪の何処《いづく》にひそみほろほろと鳴き出づる蟇《ひき》か津軽野の春

秋田市千秋公園
鶸《ひは》繍眼児《めじろ》燕《つばめ》山雀《やまがら》啼きしきり桜はいまだ開かざるなり

福島市某旗亭即興
つばくらめちちと飛《と》び交《か》ひ阿武隈《あぶくま》の岸の桃の花いま盛りなり

歌集『朝の歌』より

# 花盛り

（表題・抄出はコールサック社編集部）

人体冷えて東北白い花盛り

青森・竜飛岬五句

東北や眼の奥退《しざ》るかの老母

手を挙げ会う雲美しき津軽の友

列島北端風一ぴきの蜂拉致する

灯台構内全身黄色くなり水飲む

無神の旅あかつき岬をマッチで燃し

秋田・男鹿半島四句

潟は一つ目且つ澄み秋耕の人に

稲穂《いなほ》田《だ》に男鹿の白濤《しらなみ》がかぶさる

男鹿荒波よろめき来たる病みの僧

核なくせ波濤崩れるは秋の怒り

## 金子　兜太（かねこ　とうた）

1919〜2018年、埼玉県生まれ。句集『日常』、著作『存在者　金子兜太』。俳誌「海程」を主宰した。埼玉県熊谷市などに暮らした。

福島・奥羽信達平野四句

みちのく初冬川の蒼額《あおぬか》人の無言《しじま》

みちのく冬杭打つ男執するや

吾妻安達太郎接部に幼女冬のように

医王寺に寄らずに過ぎし夏病む子規

岩手山二句

たかいたかいと赤児《あかご》あやされ凍《し》み豆腐

集中せよ岩手山城真白の雪

宮城・多賀城市にて四句

秋爽の陸奥一百座鳥集う

神官老い白木蓮の大樹かな

曼殊沙華男根担ぎ来て祀る

雷神と女陰を祀り柿青し

句集『蜿蜿』『皆之』『両神』『東国抄』より

## 歳徳神《としのかみ》

（表題・抄出はコールサック社編集部）

早池峰神楽

凶作や神楽片足跳び多し

杉の実を魑魅《すだま》が降らす里神楽

花巻 光太郎荘

白《しら》穂《つぼ》立つ秋や土管に狸の巣

賢治設計

日時計の面《おもて》剛直サフラン畑

須賀川

一夜の爐築きて牡丹供養かな

月山道われとわが身の土用干

蟒草《みづ》食ぶや音立て海の日の上る

豆の花袢衣手綱《はんこたんな》の目がうごく

羽黒山

綿《わた》菅《すげ》は蜂子《はちこ》皇子の魂かとも

木綿注連《ゆうしめ》の身に添はざるも湯殿垢離《ゆどのごり》


### 宮坂　静生（みやさか　しずお）

1937年、長野県生まれ。句集『噴井』、評論集『季語体系の背景―地貌季語探訪』。俳誌「岳」主宰、現代俳句協会特別顧問。長野県松本市在住。


末伏《まっぷく》や即身佛の前屈み

立葵木乃伊《みいら》ぎらひの子規のこと

だだちゃ豆とて庄内の空邃《ふか》し

翁道青田の隙のもう見えず

出羽の暑の羽毛のごとし夜明前

黒揚羽踏まんばかりに湯殿山

句集『宙』より

みちのくへ

梅雨の山一つ一つが柩《ひつぎ》抱き

角館

首欲しき甲冑ばかり唐糸草

男鹿

生剝《なまはげ》はユーラシアから歳徳神《としのかみ》

なまはげも蕪引きもみな鼻大き

句集『噴井』より

## 飛島——孤島夢

（表題・抄出はコールサック社編集部）

体温計を振る北斗の柄の方へ

意中の凧海に傾く裏日本

秋燕や艇庫に朽ちて父の櫂

女医の背越しに枯崖がみえ抜歯さる

対岸に人聲がする行きたくなる

ががんぼの一肢が栞《しをり》卒業す

崖への一歩が死への距離きりぎりす

北国を氷柱の国とも月の国とも

父の如き枯崖腕組みして眺む

ふるさとや流《る》謫《たく》の露と火のバッハ

句集『夏への扉』より


### 齋藤　愼爾（さいとう　しんじ）

1939年、朝鮮京城府生まれ、山形県飛島で育つ。句集『陸沈』、評論集『逸脱する批評』。出版社「深夜叢書社」主宰。東京都江戸川区在住。


遠つ世の卯波に杭の身青々と

孤島夢や螢袋で今も待つ

海霞吸ひつつ他界をくぐり来し

蟬の穴千年ののち墓一基

たはやすく身一つを移す雁列に

再びは逢へぬ鳰《にお》の目の荒らき

白芒瓦礫にまたも戻る吾れ

蜃気楼海図のいづこを流謫せむ

冬鷗還相てふ思惟と差し違ふ

たましひの繭となるまで断崖《きりぎし》に

句集『陸沈』より

# 雪をんな

（表題・抄出はコールサック社編集部）

## 黒田　杏子（くろだ　ももこ）

1938年、東京都生まれ。句集『銀河山河』『日光月光』。
俳誌「藍生」主宰。

羽黒山　十四句

飛ぶがごとく舞へるがごとく雪をんな
もとよりの独行独歩雪をんな
振り向かぬ母より勁《つよ》し雪をんな
氷紋蹴つて月山駈くる雪をんな
雪をんな五重塔を恃みとし
走り去る一瞬雪をんなぬくし
雪女かなしき一生《ひとよ》にはあらぬ
霧氷樹氷凍る轍《わだち》に玉霰
寒稲妻蠟燭《ろうそく》の芯切りにけり
氷柱氷柱稲妻は蒼いスカーフ

山伏の列しんがりに雪女
本当は自分が怖い雪をんな
月ひとつ星ひとつ雪女舞ふ
寒銀河鳥海山と月山と
みちのくの花待つ銀河山河かな
余震踏みしめ余花をたづねしゆふべ
みちのくのひと飛花落花飛花落花
みちのくへ春の銀河を遡り
松原のかき消えたればひぐらしも
家流されて句座に拠る夜の蟬

句集『銀河山河』より

# 地祇《ちぎ》

塩竈をはみだしている春の月
散るさくら塩土老翁《しおつちのおじ》遠目して
鬼房《おにふさ》の鎖骨に落ちる桜かな
栗原電鉄《くりでん》の手のひら走るごとき春
寒風沢《さぶさわ》島の風より軽き春かもめ
一目千本千の暗さの桜かな
青田風胆沢城址の鏃《やじり》音
阿弖流為《あてるい》の鼻梁を擦りぬ青山背
黒石寺結界に生る瑠璃蜥蜴

渡辺　誠一郎（わたなべ　せいいちろう）
1950年、宮城県生まれ。句集『余白の轍』『地祇』。
俳誌「小熊座」。宮城県塩竈市在住。

心平の細目は深し行々子
炎天の風を巻きたる塩屋埼
汗の身は安方《やすかた》と呼ぶ鳥のごと
陸奥の奥処も闇や虫すだく
夏草に沈みて地祇の眠りかな
幽谷は法螺貝にあり出羽の国
湯殿山縁起濡れた赤子の匂いして
鑿痕よりの秋冷奥羽の仏たち
橡の実のはじけて遠野物語

家持の吐息を分かつすがれ菊
南部から津軽へ滑る赤蜻蛉
みちのくのどれも舌なき菊人形
かりん一個たとえば賢治の喉仏
一望の奥六郡や稲の花
早池峰《はやちね》山の霊気に点る一位の実
鶏頭一つ呰麻呂の心の臓
浮島に行きずりのごと残雪が
えんぶりや海猫の瞳が濃く開く
不来方《こずかた》の岩の裂け目の凍えかな
北上《きたかみ》川へ分厚く雪の濡れかかる

みちのくの一瀑冬の膕《ひかがみ》なり
冬帝の眼窩でありぬみちのくは
月山は一切であり淑気満つ
脂肪の塊や底無しの三内丸山
三月の海が薄目を開けるとき
盗汗かくメルトダウンの地続きに
万緑の奥なり帰還困難地
ふくしまの大根一本ふりまわす
炉心など見えぬけれども登りけり
フクシマの弔旗となりぬ黒牛は
ミチノクハ晴朗ナレド赤子泣ク

# 孤山の雄

（表題・抄出はコールサック社編集部）

横手　三句

小かまくら千の祈りを灯しをり

水道課のかまくらに来て「はいつたんせ」

かまくらが光源となる路地灯り

蔵王　二句

吹き荒ぶ青《あお》松毬《まつかさ》の蔵王ぶり

倉卒《そうそつ》と河口湖上の岩つばめ

岩手・渋民　二句

裾雲に観天望気夏あけぼの

姫神の優美線形梅雨あくる

白河　三句

雨後新涼樹下に奉納土俵あり

爽籟に藻びかり著き南湖かな

さやけくて城の梁《うつばり》うろこ彫

句集『肩の稜線』より

## 能村　研三（のむら　けんぞう）

１９４９年、千葉県生まれ。句集『催花の雷』、随筆集『飛鷹抄』。
俳誌「沖」主宰、俳人協会理事長。千葉県市川市在住。

加賀に強情会津に一徹雪しまく

井上ひさし逝く　二句

刃のごとき繊月にして春に死す

深刻をコミカルに換へ霞濃し

東日本大震災

吼え極め今鎮魂の春の海

突然に春の空白地震《なゐ》止まず

夏帽の吉里吉里人を励ましぬ

みちのくの出作入作種蒔けり

白神の樹を擦る音は雪を呼ぶ

お岩木は孤山の雄や秋闌くる

連山の威に促され冬構

句集『催花の雷』より

## 白日傘《しろひがさ》

七ツ森六つまで見えてラムネ玉
杖に突き来しを芋煮の火にくぶる
安達太良《あだたら》とその空残し牧閉す
月山の水走りけり雛の里
日の射して地吹雪《じふぶき》の奥輝けり
朝顔に矢竹継ぎ足す瑞巌寺
伊達の田の海まで続く初景色
会津嶺《あいづね》も猫魔ヶ岳も紅葉晴《もみじばれ》
万葉の森より引きて田水張る
花茣蓙《はなござ》やいたこに渡す皺《しわ》の札《さつ》

## 柏原　眠雨（かしわばら　みんう）

1935年、東京都生まれ。句集『夕雲雀』、俳論集『風雲月露』。俳誌「きたごち」主宰、俳人協会顧問。宮城県仙台市在住。

露葎《つゆむぐら》より城垣の反り上がる
雪雲の押し会ふ会津坂下《ばんげ》町
城へ向く仙台駅の松飾
避難所に回る爪切夕雲雀
町ひとつ津波に失せて白日傘
角巻《かくまき》の手に角巻の子の手かな
前九年合戦の地の霜柱
日和《ひより》得て海坂《うなさか》藩の松手入
田起しのエンジン始動遠蔵王
金華山《きんかざん》沖より母の日の打電

## 奥ノ多クノ毛物

梟《フクロフ》ノ情《ココロ》ヲ詳《ツマビ》ラカニセヨ火炎《クワエン》
隼《ハヤブサ》ヨリ額《ヒタヒ》ニ卍《マンジ》ヲ受《ウ》ケテ褶曲山脈《シフキヨクサンミヤク》ヲ統《ス》ベム
股間《コカン》ニ蝦夷菊《エゾギク》ガ咲《サ》ク大鉄人《ダイテツジン》ノ脳死《ナウシ》
時間《ジカン》ノ雫《シズク》ノ痕跡《コンセキ》ニ咲《サ》ク鹿《シカ》ノ苑《ソノ》
奥《オク》ノ多《オホ》クノ毛物《ケモノ》ハ向日葵《ヒマハリ》ニ類《タグヒ》セズ
みちのくの石は羽毛を志す
さらばみちのくロゴスの百合は揺れず
まっくろな水平線に鮫の花嫁
大脳皮質もなびけこの島タブの島
藁人形日本海のあいぬ風

夏石　番矢（なついし　ばんや）
1955年、兵庫県生まれ。句集『空飛ぶ法王』『氷の禁域』。
俳誌「吟遊」発行人、世界俳句協会ディレクター。埼玉県富士見市在住。

タブの葉を夕日の門へ流しましょう
茸杉遊入空中深法門《きのこすぎゆうにゅうくうちゅうじんぽうもん》
ぶなの雫がうま酒となるみちのおく
呵々大笑の紅葉と黄葉みちのおく
義経はこの波の馬に乗れよ
吉田松陰北の地の果て風を詠む
誰もみつめられない津波に消された人たち
すべてをなめる波の巨大な舌に愛なし
中性子愛も歴史も通過し闇へ
Fukushima の火は牙をむき水は泣く

句集『真空律』『神々のフーガ』『楽浪』
『巨石巨木学』『漂流』『ブラックカード』より

## 逆紅葉

恐山五句

下北の秋にうつらと睡《ね》て入る
秋地獄ぺらぺらまはる風車
口寄せを盗み聴くときすすき揺れ
口寄せを了へてイタコは腰を伸《の》し
下北やうつらと入ればうつらと出づ

銀河曼荼羅宮沢賢治といふ嘘つき
銀河崩落寺山修司といふ嘘つき

福島県南相馬市小高地区

「原子の火」こぼれてセイタカアワダチサウ

福島県相馬郡飯舘村

セシウムをめくれば闇の逆《さか》紅葉

---

### 井口　時男（いぐち　ときお）

1953年、新潟県生まれ。句集『をどり字』、評論集『蓮田善明　戦争と文学』。
神奈川県川崎市在住。

会津若松市飯森山二句

十有九士屠腹し柿の実固かりき
十有九士この柿手向けん俗の柿

仙台の想い出に

もの云はぬ青春ありき郁子《むべ》の花

遠野

河童淵まどろみに咲く白日傘

三陸海岸二句

浜に重機海山せめぎ海鞘《ほや》肥る
海山の傷口を縫ひ海鞘の浜

句集『天來の獨樂』『をどり字』より

# ぎりぎりの朱

一九七九年、二十六歳の時、岩手、宮城、秋田、青森を旅した。きっかけは、その前年に父を亡くしたこと。なだらかな山々にほっとくつろぎ、冷たい海に身をすくませながら、私はひたすら自分の心と向き合っていた。

祭くる榛の木鳥を呼びあつめ
山清水さびしき指の揃ひをり
秋風の誰に会ひても湖濃かり
たれも入る暗がりといふ涼み場所
秋夕焼ぎりぎりの朱とおもふべし
冬晴の遠きはならぶ樫と楠
にはたづみ道半ばにて氷りたる
樅の幹冬のかすみにはぐくまれ
夜は凍る川とおもひて顔映す
倒木は隠して雪の雑木山

鎌倉　佐弓（かまくら　さゆみ）
1953年、高知県生まれ。句集『走れば春』『海はラララ』。
俳誌「吟遊」、世界俳句協会会計。埼玉県富士見市在住。

冬海にわずかに屈む人間か
深く腰掛けて殖せり冬星座
眼裏のかすかに疼く枯れわたり
もう一歩退き雪嶺に対峙せり
駅といふいづこも似たる冬帽子
さびしさの距離だけ動くかいつぶり
冬夕焼くちびる乾くまで見つむ
前を行くひとりが曲がり冬景色
耳深く瀬音をたたむ蕗《ふき》の薹《とう》
水白く山なみを黄に春惜しむ

# 遠会釈

死は土に溶けゆくいのち冴返る
屍の五指の触れ合ふ寒月夜
屍の両手両足枯芭蕉
春浅し水の裏側見てしまふ
蝶消えて現《うつつ》のもののみな昏き
蝶となり狂ふ術《すべ》あり「天の病む」
秋蟬や泣けば狂ふに少し似て
私は風母の螢とすれ違ふ
身に入むや明神峠の数十歩
風見鶏逆さに春を廻しをり

つつみ　眞乃（つつみ　まの）
１９４４年、東京都生まれ。句集『白游』『水の私語』。
日本文藝家協会、日本ペンクラブ会員。神奈川県川崎市在住。

花曇り武者の集《つど》へる奥座敷
茸飯みな「蕉風」と言ふ安堵
死ぬまでの遊びをせんと竈馬《いとど》かな
真実のひとつこぼれて露の玉
夕芒風の形が手を振って
寒月や円谷幸吉の墓の艶
ふらここや空の何処まで明日と言ふ
億年の闇のかなたに花現れて
また少し花に近づく観覧車
余花残花昔を今に遠会釈

# 大地の凍る春

みちのくの水を湛へし春の田は青一色の空を映せり
山肌は夕闇に紛れほの白く稜線見ゆる南部片富士
天井の低き教室今もあり教師啄木立ちし日のまま
動きたる大地を波がなぞりたりただそれだけなるやわれらの惨事は
荒らげて目覚める大地に思ひ知るわれらの浄土は彼岸にあるを
神様に聞いてごらんよこの世には絶対安全剃刀はない
冷え冷えと大地は凍る春なれど遅れし花も開き始める
この青さあの広島もかくありき放射能漂へるといふ空
プレハブの仮設スナック水割りとママの話が臓器に沁みる
みちのくの苦難の歴史また増しぬ　低き静かな声の語れり

福田　淑子（ふくだ　よしこ）
1950年、東京都生まれ。歌集『ショパンの孤独』。短歌誌「まろにゑ」「舟」。東京都中野区在住。

# 地《つち》を吸う花

座馬　寛彦（ざんま　ひろひこ）
1981年、愛知県生まれ。短歌誌「舟」「まろにゑ」。千葉県我孫子市在住。

笑う子の歯並みたいに白波がきらめく朝の庄内の海

暗雲を吐き日本海は腹中の濃い鉛色を晒しはじめる

頼りない呼吸音ただ聞きながら深雪《みゆき》を泳ぐ羽黒参道

まっすぐに世紀を貫く杉木立羽黒の雪に影を凭せて

樹々の間にいま降り立った五重塔白木の肌と雪相照らす

田畑道ひとの営為の凹凸を均そうとする奥羽大雪

雪景を行く鉄道に最上川大蛇の貌で縋りつづける

黒土が海まで続く被災地の大気に白い自動車揺らぐ

大津波に打ち破られた家々の眼窩はこちらに向けられている

Nの字にからだをよじる街灯の下には春の地《つち》を吸う花

# 二章　東北《みちのく》へ　詩

# 閑《しづか》さや岩にしみ入る蟬の声

余リニ多クノ蟬が身ノ内ヲ震ハセ
声ヲ殺シテ泣クノデ
鬱蒼《うっそう》トシタ木立ノ中ハ妖シク黴色ニカガヨフノダ
一瞬ノ閃光デ灼キツイタ白イ影ノヤウニ
虚シサハ岩ニマデ沁ミ入ツテヰルノデアラウカ
地ニ動キ　揺レシモノ　スベテ魂ノ形シテ
空ニ流レ　宙ニ埋モレ
族《ウカラ》ミナ声ヲ喪ツタソノ後モ
銀河系ヲ超エテ　マタヒトツ巨《オホ》イナル日輪アラハレ

未来永劫　耀キワタル空ヲ思ヘバ
かすみつつ蜩《かなかな》の天《そら》　殺青《さつせい》のことばはこゑのかぎりを生
きよ*
ト詠ツタ歌聖ノ　竹簡ノ喉輪ツラヌクソノ優シサ哀シサ
ニ
愛恋ハ慈悲ヲモ焦ガス心地シテ
タダ　ハテシナク
身ノ内が震ヘテ止マナイノダ

*塚本邦雄自選歌集『寵歌』（花曜社刊）より作品番号
一〇七八の短歌を引用。

尾花　仙朔（おばな　せんさく）
1927〜2018年、東京都生まれ。詩集『おくのほそ道句景詩鈔』『尾花仙朔詩集』。宮城県仙台市などに暮らした。

# 卯の花に兼房《かねふさ》みゆる白毛《しらが》かな　曾良

《死顔に咲く空木《うつぎ》の花よ》
今生のつひのまぼろし
他界とは煩悩炎り物狂ふ流刑の果のことなれば
陰府《よみ》の湖《うみ》にめくるめき溶けて漂ふ日輪や
幾千の紅蝙蝠《こうもり》が乱れ舞ふ杳冥《そら》の幕間に絶え間なく
嗤ひ声やら鬨《とき》の声　慟哭の声がきこえるのだ

まこと兵《つはもの》とは朽ちはててゆく歴史の橋桁
腐刻の貌をさらしては野にたちあらはれて
野原のかぎり倭文苧環《しづのをだまき》くりかへし
南無聖観世音菩薩千手《せんじゅ》のさまにのびあがり　伸び上り
わきあがる朱霊の雲を摑んでゐる
さすれば三界の扉に翁が句を供へて醒めぬ迷夢をとむら
はん
　夏草や兵《つはもの》どもが夢の跡
そのゆめの跡攫《さら》ふがごとく月に欺かれ日に背かれ
草の穂むらを掻いくぐり空を切つて流れとぶ　無数の首
に
血の眥《まなじり》や笑みなど映れば
日輪のまなかにうらうらと棲む金鶏の　胸下から
ぐさりと六寸五分*を刺し通し
腑分けのさまを大音声《だいおんじやう》に
あれよ老武者　陰府《よみ》の蒼馬に打ち跨り
卯の花みだして躍《をど》りでたのだ

＊「六寸五分」は、義経が幼少よりの守刀、と日本古典文学大系37『義経記』巻第八の注釈にあります。

## うみねこの島
### ——青森県・蕪島

小さないきものたち
おまえが持っているものは
少しばかりの熱い血と
少しばかりのやわらかな羽
けれども　かしこいいきものたち
おまえの翼はレーダーのように
安住の地をさぐりあてる

ここは蕪島《かぶしま》
巨大なメカニズムの
鉄の指からこぼれたままの離れ島
ここには
おまえたちの心臓を凍らせる
あのいまわしい銃声もない
青い空と　青い海
たまごを孵《かえ》すにかっこうな
やさしい陽溜《ひだま》りがあるばかり

シベリアの海から
ことしもおいで　うみねこたちよ
みゃお　みゅう　みゃお　みゅう
平和な島を
音盤のように鳴らしておくれ

新川　和江（しんかわ　かずえ）
1929年、茨城県生まれ。詩集『土へのオード13』『記憶する水』。
日本現代詩人会所属。東京都世田谷区在住。

## もうすぐ冬
### ——岩手県・遠野《とおの》郷

たきぎを拾おう
薪《まき》もどっさり割っておこう
秋は遠野をうつくしく色どって
足早に去って行く
もうすぐ冬
しんしんと更ける夜に火を焚けば
いろりの回りに集まってくる
異形《いぎょう》のものたち
幼い日から年寄りたちに聞かされて
今ではもう　こわいどころか
祖先のようにも思えるものたち
早池峰《はやちね》山に雪が降れば
——こんばんわ
ひっそりと
戸口に立つかも知れない雪おんな

## 火

――宮城県・玉造郡鳴子町

いろりの回《まわ》りはにぎやかだ
火を燃やすと
じいさまの　そのまたじいさま
ばあさまの　そのまたばあさま
働いて　働きぬいて
いまはもう　かるがると
霊だけになったひとたちまで
あつまってきて　目白押しにならぶ
こうやって火を囲んで
こころとこころを
あたため合ってきたんだな
にんげんの歴史をつくってきたんだな
――絶やすなよ　絶やすなよ
火の中で声がする
わかった　きっと守っていくよ
まごのまごのそのまたまごの
新しい火をつぎ足《た》して
つよい炎をまっすぐに立たせてみせるよ
いつまでも
大てつびんに湯がわいた
さあ　お茶いれてやろうか
みんなにも

## 真冬の登校

――福島県・会津坂下

道を　つけて行く
先頭に立って雪をかきわけ
ひとすじに　道をつけて行く
誰も踏まない野に
はじめて自分の足あとをつけた
人間の遠い祖先も
やはり　このように
感動で胸を　ふるわせたことだろう
よろこびで目を　輝かせたことだろう

まつげが凍《こお》っても
手が千切《ちぎ》れても
全身つららになっても
弱音を吐かずに進んで行く
わたしの足は知っている
ぶあつい雪の下ではもう　大地が
春をはぐくみはじめていることを
季節はいつでも
前進をおこたったりはしないことを

# 東北

ご存じかどうか。

ただ単に
方角を指すに過ぎない言葉で
土地の名が表示される地方は
「東北」のみである。
東北。
その方角から
生まれてきたものの厖大《ぼうだい》さを識るのは
われらの仕事だ。

いまその広く邃《おくぶか》い濶葉《かつよう》樹林のただなかから
イヌワシが翔ぶ。
クマゲラが翔ぶ。
その碧緑《へきりょく》の
水の滴りのあるところに
にんげんのいない
はずがない。

# 会津の冬


三谷　晃一（みたに　こういち）
1922～2005年、福島県生まれ。詩集『会津の冬』『河口まで』。詩誌「宇宙塵」、福島県現代詩人会初代会長。福島県郡山市に暮らした。


藁ぶき屋根が
雪をのせて
傾いている
明かりが洩れているのは
人が住んでいるのだろう
しかし棲んでいるのは
生きた人間ではないだろう

亡霊がかくれている夜
ひとところだけ明るい街角を
曲ってゆくバスには
運転手も車掌もいない
亡霊は
深く角巻《かくまき》をかぶって
ぼくが覗きこんだとき
雪あかりに
角巻の奥の眼が
やさしく光った

# わが産土《うぶすな》の地よ

前田　新（まえだ　あらた）
1937年、福島県生まれ。詩集『無告の人』、詩論集『土着と四次元』。詩誌「詩脈」「腹の虫」。福島県会津美里町在住。

東北、わが産土の地は
まつろわぬがゆえに
鬼の棲む方位とされる
わが祖は、鎧をまとい武器を持つ
侵略者の兵士、毘沙門天に
邪鬼として踏みつけられて生きた
その勝者のモニュメントは、
今も、神と祀られて村に立つ

いつからか
私は『東日流《つがる》外三郡誌』という偽書の
「共存のために富貴によって位階をさだめず
ともに労し、ともに助け、救い合って
暮らしを保つ」という
アラハバキの掟を
わがゲノムの秘奥に見た

そこから昌益は『自然真営道』を
構想し「直耕の思想」を唱えた
ヘーゲルは観念論から弁証法に至ったが
それよりも早く昌益は
「上無く、下無く、統べて互生にして二別無く」と
唯物の視点で封建社会の秩序を否定した

東北、わが産土の地は魑魅《すだま》が走る
作造に賢治、啄木に安蔵、多喜二にひさし
夜毎、魍魎《もうりょう》とともにわが空を飛ぶ
空の下に広がるうつし世は今
核のゴミが累々と堆積され
騙された地が騙されたままで
アメリカ原産のアワダチソウに浸食され
無人の荒野に還ってゆく

あゝ、わが産土の地よ
いたるところで、村が腐る
そこは相沢*が詩集『悪路王』で唄う
デンデェラ野だ
野の死者は回生の種を孕むか

※相沢史郎、一九三一年　岩手県北上市生まれ、デンデェラ野は『遠野物語』にも出てくる蓮台野の方言で、老人を捨てた野である。

# こどものこころ

## 小田切　敬子（おだぎり　けいこ）

1939年、神奈川県生まれ。詩集『小田切敬子詩選集一五二篇』『わたしと世界』。詩人会議、ポエムマチネ会員。東京都町田市在住。

わたしの東北といえば　庫平おじさん
庫平おじさんといえば　父のおにいさん
おじさんは音楽を奏でるような　東北弁だった
戦後　雑木ばやしの開拓に必死だった　関東の　弟一家
を訪れてきては　強い星月夜の下で　酒を酌み交わした
猫が恋にくるって　走りまわっていた
　林間に　星降る夜や　猫恋うる
小学生の胸に　星の光のメスで彫りこまれた
おじさんのうた　父も母も出身は宮城県だった

松島・月山・羽黒山・湯殿山・最上川・毛越寺・・・
わたしが訪れた寺院やそれを擁する深い自然の中には
必ず西行や芭蕉のうたが石に彫られ　木札に書かれ　ひ
っそりとたたずんでいた。うたのこころはそのような姿
で
東北に生きるわたしの祖先たち　父や母　或いは宮沢賢
治
のこころにも　浸みこんでいったのだろう。

こどもが生まれたとき　母にねがった。
「むかしおかあさんがあそんだとき　うたったうたを
おしえてね」
七十才の母はその脳裡からするすると　あそびうたをと
りだして記してくれたのだった。
みちのくの空の下で無心にまりつきに　おてだまに
興ずる幼女のこころが　私の東北のうたとなった。

　わるくち
ぐれた　ひんむくれた　まつめえーさ　ふっとんだ
　　　　註　まつめえ＝北海道松前郡

　あそびうた
おらえのうしろのじさの木さ
ちょんちょこどり　とまった
何して首たこ曲げでだ
腹こ　へって曲げでだ
下さおって物け
足こが汚れる
足こ汚れだら　川さ行って　かぎ洗え
ひびこが　きれる
ひびこきれだら　小麦噛んで　くっつけれえ
小麦噛んでくっつけだら　はえこがしぇしぇる

はえこ　しぇしぇだら　円扇《うちわ》もて　あおげ
あおげば寒い
寒いごとったら　あだれ
あたれば　あっついしょん

手まりうた
みーかんこ　みかんこくいたい　銭《ぜに》が無い
銭函《ぜにばこ》探して　叱られた　叱られた

手まりうた
しっちょいせ　しっちょい山から　おって見れば
あの鳥みさんせ　かもめどり　かもめどり
あれなんがれ　どこの舟
あれこそ角田のみやげ舟
角田のみやげに何貰《もら》た
さんばさらしの帯もろた
えはらはちまんかねの帯
帯に短し　たすきに長し
かねをたたいて長者とならば
みなと　かどのわき　みな長者　みな長者

手まりうた
正月とせ　障子開ければ電報きた
日露戦争の大勝利い　大勝利

二月とせ　二階に居るのは高等科
下に居るのは　尋常科あ　尋常科
三月とせ　佐々木先生に教わって
一年落第　おくれたりい　おくれたり
四月とせ　死んで帰るは　支那の兵
生きて帰るは　日本の兵え　日本の兵
五月とせ　ごんごんはやる繭かきを
お正月くるとて　とっておいたあ　とっておいた
六月とせ　ろくな戦さもたたかわねえで
逃げるは　ちゃんちゃん支那の兵え　支那の兵
七月とせ　質屋の番頭さんおいそがし
質を入れたり流したりい　流したり
八月とせ　蜂にさされて泣いている
何かお薬あるまいかあ　あるまいか
九月とせ　草の中にも菊一本
あれは見事に　咲いているう　咲いている
十月とせ　十円かねもて　どごさ行く
わしは嫁ごの帯買いに　帯買いに
しめて見たれば　ごわごわど
たたんで見たれば　すわすわど
納戸のすま（隅）こさ置いたれば
姉がとったが　妹がとったが　姉がとったら
一生のかたき　妹とったら　かまなえど　かまなえど
さんがないとも　一かんついた

# 同行の人

渡邊　眞吾（わたなべ　しんご）
1932年、岩手県生まれ。詩集『奥の相聞』『平和街道』。
詩誌「舟」「辛夷」。岩手県北上市在住。

ぼんやりと灯が点る
記憶もおぼろだが
いつだったか横手のかまくらを
見に行ったことがある
雪の洞《ほら》に水神さまを祀り
餅や甘酒をいただいた
母の胎内に還ったような
夜の幻想の祭りだった

ここはどこなのか
どこからきて　どこへいくのか
上からも下からも吹雪で
白一色の無辺に包囲される
閉じた瞼の闇にほのかな血脈
ホワイト　アウト
生きてきた　生きなければならない
いくつかの思い出を頼りに

子供の頃から
わらび採りや　きのこ採り
山ぶどう刈りや　栗拾い
食べられるものは何でも採集した
喜んで待ってくれる母の顔を思いながら
いつも　どっさり背負って帰った
大事に貯蔵し越冬食品となった
奥羽山脈は宝の山
私の命の源だった

こけしの眉をした人と
終電車に乗っていた
濁り酒ワンカップを舐めながら
日常のたわいない事や
忘れて少なくなった思い出を
繰り返し　繰り返し話しかける
笑いながら黙って聞いてくれる
雪の壁とトンネルの連続で
地底に落ちて行くようだ
ただ　一点の終点の明りを求めて

# 熱い底流

二階堂　晃子（にかいどう　てるこ）
1943年、福島県生まれ。詩集『音たてて幸せがくるように』『悲しみの向こうに―故郷・双葉町を奪われて』。詩誌「山毛欅」、日本現代詩人会会員。福島県福島市在住。

岳《だけ》高原を走る
牛は畜舎に横たわり
束ねられた牧草の大玉積み重なって
白樺の木々の根に雪は丸く輪を成し
木立の群れは黒く無言で佇む
透徹した大気を割きながら
安《あ》達《だ》太《た》良山《らやま》望む高原道路を走る
浸かったお湯のぬくもりと
硫黄のにおい身に纏いながら

湯煙に憩った快いけだるさ
まだ残り
岳温泉から
土湯の湯を目指し
飯坂の湯に宿をとる
脈脈とつながる　マグマの恩恵
湯のはしご

いで湯は蔵王に
東根《ひがしね》へ　鳴子へ

八幡平《はちまんたい》から　浅虫へ
途切れることを知らぬ
源泉の脈
奥羽の山並みの深いところで
燃える地底　一線を成し
北へ　北へ

太古から途切れぬぬくもり
湯花咲く湯煙に
寒さ　深ければなお
災い　酷ければさらに
身を寄せ　温《ぬく》む
東北が東北である所以
見えない　熱い底流に
繋がる
永遠に

# 明日のなみだのおくりもの

あまつぶひとつ　おでこにぽとん
あまつぶふたつ　ほっぺをするり
雲の上にいるだれかさんが
とどけてくれるおくりもの

わたゆきしんしん　つもる夜
明日のわたしのおひるのおやつ
わたゆきこんこん　わたしのおやつ
おさとう　みるくシロップ
たくさんたくさんよういして

なみだひとつぶ　ほっぺにきらり
なみだふたつぶ　ほっぺをするり
明日はなみだがいらぬよう
明日のぶんのなみだ

わたしの今日がかなしくなると
雲の上にいるだれかさんが
かなしくなってしまうから

今日がかなしくならぬよう
昨日もだれかのおくりもの

橘　まゆ（たちばな　まゆ）
1962年、長崎県生まれ。短歌誌「かりん」。千葉県松戸市在住。

明日がかなしくならぬよう
雲の上にいるだれかさん
いつも　おくりものありがとう

あまつぶぽとん　おでこにぽとん
明日のなみだのおくりもの

こなゆきひゅう　べたゆきぼとん
わたゆきこんこん　わたゆきこん
鐘つき堂の鐘の音が
ゆきのすきまにしみこんで
わたゆきこんこん　わたゆきこん
ゆきのしゃちほこ　しっぽがひえて

だれもかなしくならぬよう
雲の上からのおくりもの
わたゆきこんこん　わたゆきこん

手のひらの終雪《しゅうせつ》こおらせて
明日はだれかへおくりもの
明日がかなしくならぬよう
明日がかなしくならぬよう

# 黒羽東山道から屋島へ
# そして蝦夷陸奥へ

**貝塚　津音魚**（かいづか　つねお）
1948年、栃木県生まれ。詩集『若き日の残照』『魂の緒』。
「那須の緒」同人、日本詩人クラブ会員。栃木県大田原市在住。

元禄2年（1689年）5月　松尾芭蕉は
『奥の細道』の旅で、佐藤庄司の旧居家の
菩提寺医王寺を訪ね「堕涙の石碑は遠くにあらず」と
『笈《おい》も太刀《たち》も五月に飾れ帋幟《かみのぼり》』
と言う句を詠んで鎌倉武士の心根を偲んだ

治承四年（一一八〇年）奥州にいた義経が挙兵し
源頼朝の陣に赴く際　藤原秀衡の命により
佐藤継信・忠信兄弟は義経に随従した
また那須資隆は那須温泉神社に必勝祈願に訪れた
義経に出会い兄の十郎為隆と与一を源氏方に従軍させた

鎌倉から蝦夷陸奥を目指し関街道*を早馬が走っていた
数年後蝦夷陸奥信夫郷から鎌倉を目指す牛車があった
棚倉街道と関街道の合流地寒井地区の
那珂川河畔に源平屋島合戦で
義経の矢衣となって闘死した佐藤継信（二七歳）と
頼朝に追われ義経の身代わりとなって討ち死にした
弟佐藤忠信（二五歳）の五輪塔慰霊碑がある
佐藤兄弟は義経四天王で豪族佐藤庄司の子供たちである

陸奥信夫郷では二人の供養塔を鎌倉に建てんがため
石に刻んだ五輪塔二基を牛に引かせて関街道を西へ西へ
那須与一の居城高館城を臨むこの地で牛が倒れ角を折る
やむなくこの地に碑を建て兄弟の瞑福を祈った
やがて　この坂を「角折れ坂」
牛の死骸を葬った所を「牛が渕」と呼ぶようになった

若くして先だった子供達を嘆き悲しむ母を慰めるため
嫁たちが夫の遺品　甲冑を着て武勇を偲んだという
嫁たちが鎧・兜によろける姿に
母じゃは腹を抱え涙したという
いま五輪塔はその忠死を偲ぶ人もなく
道の辺の野仏が寄り添い
秋の世の末葉ススキの穂が揺れ
那須の野を一陣の母心が吹き抜け
今なおほろほろと胸をゆする

＊関街道…白河の関を通る東山道。関街道は、鬼怒川板戸河岸から高根沢を貫いて奥州白河へと南北に続く道である。奥州白河の関への道から、「関道」あるいは「関街道」という呼び名が生まれたともいわれている。

# 道祖神

道祖神は村の入口、出口、交差する道端に置かれている
この村でわたしは生まれた
入相の鐘、祖母の父の葬儀の鐘が鳴る
わたしが男を迎えた夕べも鳴っていた
火が燃え炎が雪に映り夜空を焦がしていた
男とわたしは四人の子供を生み育てた
鐘が鳴り雪のふる寒い日
男は村の出口に立って街道を見つめている
男はいった
　おまえの瞳に火が燃えているのを見る
　わたしの帰る道を知らせ旅を促す
わたしも男にいった
　夕暮れに見知らぬ小僧が村に来て何やらノートに書き
　　つけていた
　わたしはこっそり抜き取った　燃やそうと思う
男は続けていった
　おまえの瞳に燃えている火は美しくかすかに恐ろしい
　わたしがこの村に来た日を思い出す
　雪のふる村の入口でおまえはわたしに微笑み歌い踊っ
　　た
わたしも続けていった

植木　信子（うえき　のぶこ）
1949年、新潟県生まれ。詩集『その日―光と風に』『田園からの幸福についての便り』。詩誌「花」「山脈」。新潟県長岡市在住。

夕暮れだった　街道の傍らで倒れかけていた　鐘が
　鳴っていた
朝だったかもしれない
火が大きく燃え雪を照らしていた
男は突然笑い歌い踊り出した　わたしも笑い歌い踊った
石のなかで笑っている男と女は幸福への願い　人の一生
　を刻む
たそがれ　かわたれどきの街道で
あなたとわたしに似た一組に出会った
　馬の背に餅を置くならわたしも置け
　擦れ違う人と分け合っていく*
そう約束したのにおまえはいってしまった
道祖神さま　歳のカミさま　わたしを石に刻め
火のなかに置け
道の傍らに男と女、一対の道祖神が笑っている
ススキが揺れる街道が峠に続いていく

＊道祖神にまつわる主に北日本、東日本の男と女の旅の言い伝えから

# 奥州八十島

岡山　晴彦（おかやま　はるひこ）
1933年、熊本県生まれ。詩集『影の眼』『譚詩劇女鳥 岡山晴彦戯曲作品集』。詩誌「衣」、文芸誌「pegada」。神奈川県川崎市在住。

いまデパートの地下売り場に佇んでいます
見つめているのです
山積みにされたれんこんの仄暗い穴

在原業平詠う　奥州八十島　秋の野の昔語り*
小野小町の髑髏《どくろ》の目の穴に薄の穂が生え
痛み訴え　道行く人が引き捨てたことふと思い

そう言えば　ぼくの眼はどこに行ったのか
いやなにこころの眼のことです
そう　あるときまでそんな眼だってありました

終戦の頃　井戸を埋めるのに厄払い
白装束の襷《たすき》鉢巻　拝み屋さんが祈り踊り
底を覗いたら写真が一枚光って浮かんでいて

戦火の中　折角アルバムを井戸に匿《かく》したのに
残ったのは一葉の写真　それもやがて沈み
あの光はこころの眼であったのかもと

闇のなかに埋もれ消えていった眼
のこった暗い穴　その後にできたぼくの眼
だがそれは　いつも対極だけを見つめていて

いま喧噪《けんそう》のひととき　ふと目をやると
大きな柱の鏡に時計が映っています
見えます　嬉しくはあり　でもやはり離れた眼

またれんこんの穴を見つめ　髑髏の目
去ったこころの眼はどんなに美しかったのか
空夢でもいいのかな　などぼくは想い

帰りは毬《まり》のような昼月を仰ぎながら
脇道に入り　奥州の小町のこと思い出し
安らいだ気分に包まれてゆっくりと歩きました

*古事談、無名草紙など伝説あり。
秋風の吹くたびごとにあな目あな目（小野小町の上句）
小野とは言はじすすき生ひけり（在原業平の下句）

# 西行もどりの松

時は昔の　物語り
世は鎌倉　高僧の
西行法師は　度々諸国行脚《あんぎゃ》へ
旅立った　自然歌人と名高い上人
心地よく　気の向くまま
行くかた　定めず足はこぶ
気付けば　此処は陸奥《むつ》の郷里《さと》
日の匂い　心地良く
遠見の松に　足向けて眼下《がんか》に
広ごる　松島湾を一望すれば
日本三景と　賞賛される
値千金《あたいせんきん》の　いまも変らず
法師お立ち　の此の足跡
古来《こらい》より　変らぬ
自然の　美しさ
心身　安らぐ
旅　まくら

堀江　雄三郎（ほりえ　ゆうさぶろう）
1933年、旧満州大連市生まれ。宮城県仙台市在住。

# 山開き

六月《みなづき》の太陽　背にうけて
頂上めざし　一歩二歩
空は晴れ　天の恵《めぐみ》の有難さ
視界に映る　遙かな山並
舞台《ぶたい》は広い　地球は丸い
いま立つ　此処は
四方を　藪に囲まれた
難所の　窪地・雪どけ泥寧《ぬか》る
えんや　こらさっさっ・・・
あと　一息だ
目指す先　すぐ手《て》に届く
この擂鉢《すりばち》の　縁《ふち》を攀登《よじのぼ》れ
次の標識《ポイント》　見えてきた
清々しい　太陽の光を
ギンギン　浴びて
神神《かみがみ》宿る　海抜一九八〇米（1,980m）
月山《がっさん》の頂《いただき》　心身清く
頬《ほほ》なでる　風に吹かれて

# みちのく賛歌

初夏の風　ここ陸奥《みちのく》の
若葉にも　欅並木《けやきなみき》の大通り
爽《さわ》やぐ心　人の波
　今日は　お祭り
雀踊りに　山車《だし》も出る
青葉城《せんだい》の　築城なって
喜び祝い　舞い踊ったと
伝説の踊《おどり》　賑《にぎ》やかに
老若男女　晴ればれと
町の中を　練り歩く

いつ来《く》るか　まだかなと
待ちわびる　人々の目に

進みくる笛や太鼓に鉦《かね》の音《おと》
音頭《おんど》とる、囃《はやし》に合せ
踊手《おどりて》は、雀《すずめ》百《ひゃく》まで踊り忘れぬ
仙台雀、群《むれ》踊りつつ
ひらひらと、扇《おおぎ》の羽根を
ひるがえし
また　ひるがえし

ちゅん・ちゅん跳《はね》る

つぎつぎに　雀踊りの大競演

沿道は迎え待《ま》つ人
ゆれる波

来たぞっ、見えた、心は躍る
沸き上る拍手の中を
元気溌剌《はつらつ》、その前を行く
「そーれっ・そーれっ」
声掛《こえか》けながら飛《と》び跳《はね》る
軽《かる》い足どり、娘雀《こすずめ》たちの
可愛い瞳《ひとみ》も微笑《ほほえ》んでいる

昔しの光・・・しのぎつつ
　祭り囃は絶好調
　そーれっ・そーれっ

# 飢餓地《せがち》の風

萩尾　滋（はぎお　しげる）
1947年、福岡県生まれ。詩集『戦世の終る日まで』。京都府向日市在住。

昔　君は　エミシと呼ばれた
打ち込まれた王化《おうか》の柵をすり抜ける
強《こわ》い風の故に　異国から借りてきた史書は
服したものを　俘囚とし
屈せぬ君に　蝦夷の文字をあて
夷狄　化外の民とした
歴史という　偽るための文字を持たない風の人
赤黒く鋳込まれたむき出しの銅の
盧遮那仏の　ありがたさの眩ゆい鍍金も
君には　ただ　澄みきった川の
風がきらめく　光のしぶき

強《こわ》きゆえ　君は　悪路王とされ
霊を悼む原体村の修羅の叫びは
征夷《たいじ》する将軍の虚栄に裏返される
—祭りに忍び込む田村麻呂の伝説
金を奪い　米を奪い　そして　人までをも奪う
どうにも動かせない
そのまっくらな巨きなものに*
逆《あが》らい

陸奥の農民が自らを刻み込んだ　極重悪人の碑
水牢の跡を　かわいた風が　吹き抜ける

風に駆けるアテナイの馬が白く山に還る時
向うのにごった空から
もう恐慌が春といっしょにやってくる*

白河以北一山百文の貧しさの地に
親潮の冷たい流れを押上げ　植え込まれた黒潮の苗
餓えをみたすはずの稲
ベーリング海からのこごえた夏のうねりに
野に生きる自由は　凍りついた汗に
　地面に縫いつけられ　収奪され
飢えるための稔りの前に
　噛みしめる奥歯にしみる　一粒の米のにがさ

貧しさに娘を売る　つぶれの雪を吹き上げる
乾いた風が　白く哭く

*宮沢賢治より
アテナイ…エミシの英雄

# 紅染めの時

大仏殿を裏手に回った緑蔭の中
正倉院北倉　校倉《あぜくら》の造りに　流れることをやめた
歴史のよどみの中　六扇の樹下美人図鳥毛立女屏風《とりげりつじょのびょうぶ》に
貼られた鳥毛は剥がれ落ちても
時を超えた　ゆたかな頬の紅のぼかしと
あざやかな口唇の紅　絲綢之路《シルクロード》を辿った呉藍《くれあい》の花の跡

一つ一つの花びらに筒《まる》く花芯を包み
ふっくらとした苞と尖った葉先の
透き通ったとげが　細く身を守り
紅《あか》く燃える命を　黄色く秘める半夏生の一つ咲き
一時《いちどき》には花をつけない末摘花の
　野に咲く種《しゅ》を守る知恵

花よりもイモを作れと　叫ぶカーキ色の男達に
自らの身を飾ることはなくとも
紅は女の命　紅はとげでにじんだ母の指
畠の花は絶やされても
石よりも硬く凍《し》み重なった堅雪に　一握りの女の意地
白っぽく籾《もみ》に似た種を隠す八年の冬
守り抜かれた命が　一つ　一つ　また一つ

畑を黄色く染め渡る　緑の海のこみ上げる焔の　灯花《ともしびばな》
最上の朝の　針を柔らめるやさしさの涙の
　乾かない時《うち》の　紅花摘み
　―サアサ　摘ましゃれ　摘ましゃれ

京芸妓の口元を妖《あや》しく染める小町紅
移りゆく時の　紅に薫《にお》う友禅小袖
　行すゑは誰肌ふれむ紅の花　芭蕉
とげの刺す花摘む手には　許されなかった紅花染め
紅を揉み取り洗い出された黄水に
そっと浸された白い布　混じり合う梅の香りに
浮かびあがる淡紅《うすべに》色の花染め木綿
包み込む母の温もり
　―サアサ　揉ましゃれ　揉ましゃれ

冬から春への曲がり角　裏参道から二月堂へ
天平の修二会《しゅにえ》の業　お水取り
須弥壇の紅を重ねた造り椿《ばな》
閉じられた内陣のまだ残る冬の闇　灯された和蠟燭に
　深く臙脂の艶《ひかり》を映《か》えす　紅染めの春

＊藍…染料の総称
艶紅《ひかりべに》…紅花で作った絵の具

# わが暗誦の陸奥《みちのく》詩人達への讃歌

岸本　嘉名男（きしもと　かなお）
1937年、大阪府生まれ。詩集『早春の詩風』『岸本嘉名男一三〇篇』。詩誌「呼吸」、関西詩人協会会員。大阪府摂津市在住。

「ふるさとの訛なつかし停車場の人ごみの中に、そを聞きにゆく」と歌った石川啄木から始めよう。

父が住職だった寺を追われ、啄木も「石をもて追はるるごとく」郷里の渋民村小学校の教員職を退かねばならず、盛岡など岩手県内から北海道へ渡り、一年間ほど函館・札幌・小樽・釧路と生活体験をして、僅か二十六才で没した才人である。非情とも言える悲しい現実、そこから逃避も出来ず、苦しさは人一倍重なっていたであろうが、この若者を大いに支え鼓舞したのは、彼の文学的素質からほとばしり、人心を揺さぶって止まない卓越した表現の力があってこそと言っても過言ではない。

詩集『呼子と口笛』内の短詩「飛行機」を読んでみて、現実に飽き足らぬ「夢や希望」の潜在感まで窺い知れる。「給仕づとめの少年が／たまに非番の日曜日／肺病やみの母親とたった二人の家にいて／ひとりせっせとリイダアの獨學をする眼の疲れ・・／見よ、今日も、かの蒼空に／飛行機の高く飛べるを／」と、最終二行は、冒頭二行と繰り返して、遠くの物に憧れの気持を託したようだ。

次に宮沢賢治も同県花巻農学校で教鞭を執りつつ、詩集『春と修羅』第一集で、「青森挽歌」や「オホーツク挽歌」をテーマに、自らの妹の死を悼む。これらの詩は少し難解でもあり、晩年の手帳に自らの死期を前に片仮名で書いた「雨ニモマケズ」の方が、自戒の詩として、学童期から誰もが夢中になってそらんじた。

さて高村光太郎に話しが移る。彼は東京生まれ、奥様が福島出身で、詩集『知恵子抄』はまさに人間味溢れる夫婦相思相愛の詩集である。

あれが阿多多羅山／あの光るのが阿武隈川／
かうやって言葉すくなに坐っていると
うっとりねむるやうな頭の中に
ただ遠い世の松風ばかりが薄みどりに吹き渡ります
この大きな冬のはじめの野山の中に
あなたと二人静かに燃えて手を組んでいるよろこびを
下を見ているあの白い雲にかくすのは止しませう。

＊一九二三年三月作「樹下の二人」から（以下略）

これを十五年後作「山麓の二人」と比べてみる。
二つに裂けて傾く磐梯山の裏山は／険しく八月の頭上の空に目をみはり／裾野とほく靡いて波うち／芒《すすき》ぼうぼうと人をうづめる／半ば狂へる妻は草を藉《し》いて坐し／わたしの手に重くもたれて／泣きやまぬ童女のやうに慟哭する／――わたしもうぢき駄目になる／意識を襲

ふ宿命の鬼にさらはれて／のがれる途無き魂との別離／その不可抗の豫感／―わたしもうぢき駄目になる／

さて、百科事典を眺めていると、よく「併称」という言葉が出てくる。例えば前述三人と丁度同年代で、群馬県前橋市生まれの近代詩の先達「萩原朔太郎」と、金沢出身の「室生犀星」とがそうであり、前者は「月に吠える」の表現どうり、向かって行くタイプ、後者は抒情的懐古調で、「ふるさとは遠きにありて思ふもの／そして悲しくうたふもの／よしや／うらぶれて異土の乞食となるとても／帰るところにあるまじや／ひとり都のゆふぐれに／ふるさとおもひ涙ぐむ／そのこころもて／遠きみやこにかへらばや／遠きみやこにかへらばや／」

＊「小景異情（その二）」『抒情小曲集』より

前者については、拙論「朔太郎と猫」「朔太郎と象徴」の二稿が、コールサック詩文庫（10）に掲載されている。興味を持たれる方は御参考にして頂ければ有り難い。

また前述の彼らより、十年早く誕生の「土井晩翠」は仙台で生まれ育ち、あの文語調「荒城の月」は人に親しまれ、彼と併称される「島崎藤村」も、童謡「椰子《やし》の実」で知られ、小説「破戒」や「千曲川のスケッチ」などの作家で、長野県木曾馬籠で出生、後に仙台在住一年余り。

さらにこの二人より十年以上も前（つまり千八百六十年代）に生誕の「夏目漱石」と「森　鷗外」とが併称される。両者共東大出の超エリートな文豪であり、なぜ彼等が時期的にも相前後して輩出したのか、私はその基盤をなし得たのは、俳聖松尾芭蕉の「おくのほそ道」だと信じて疑わない。萩原井泉水著『奥の細道ノート』（新潮文庫）を参考に、前述してきた大活躍の文学者達より、なんと二百年程前に出生した彼が、晩年に辿った道程を今風にアレンジしてみると、東京・江東区深川から栃木日光・那須→福島白川→宮城松島→岩手平泉→山形尾花沢・最上→秋田象潟→新潟出雲崎→富山高岡→石川金沢→福井敦賀→岐阜大垣市まで、実に十一県にまたがって、五ヶ月の歳月を費やし、数多くの名句を創造、それらのうち幾句かは、教科書に載って学習されたり、また名所旧跡の各地に、句碑として建立されて、人々の目を引き、愛誦されてもきた。次例等は誰しもがすぐに口ずさめる。

あらたうと青葉若葉の日の光／夏草や兵《つはもの》どもが夢の跡
閑《しづか》さや岩にしみ入る蟬の聲／荒海や佐渡に横たふ天河《あまのがは》

これらの情趣が険しい自然や気候等の風土と相俟って、文学・文化的に強靭な「北イメージ」の良き伝統を築き上げてきたと私は考える。門人曾良を伴って自らの人生に決着をつける大仕事として、陸奥への旅を生き、万感の思いを書き綴り、その成果をば後世に遺沢した芭蕉の偉業に、絶賛の拍手を手向けたい。

＊「掉尾を飾る和歌一首」白玉の歯にしみとほる秋の夜の酒はしづかに飲むべかりけり（若山牧水作・於浅間山麓）

# 今日もがりがりと音がする

がりがりと、音をたてながら、
顔は板に張り付かんばかりに
近づけて板を掘る。

芋虫が葉をモリモリ食べて
命を繋ごうとする、
そんな営みにも似ている。

みちのくの豪雪地に生まれ、囲炉裏の煤で
左目の視力を失い
右目も僅かに見えるだけ。

それでも、ゴッホに憧れ
自然を愛し仏を敬いながら
生きて創り続けた。

みちのくの生活は厳しい大自然と
時の流れにがりがりと
爪痕を残すのに似ている。
高柴　三聞（たかしば　さんもん）
1974年、沖縄県生まれ。
沖縄県浦添市在住。

　長い歴史の中で、
宮沢賢治や太宰治らを輩出し
芭蕉や西行らが引き付けられた場所。

柳田国男を魅了し
民俗学を生み出す切っ掛けになった物語が
今でも語り継がれている土地。

多くの人や、多くのものが、
自然と隣り合わせの生活と共にがりがりと
大地に音を響かせながら生み生まれている。

その証左に自然の大地にそっと
耳を当ててみればいいだろう、
と思うのだ。

心臓の鼓動のような地響きのような
血とマグマが一つになったような
そんな音が今日も聞こえてくるはずなのだ。

# 三章　賢治・縄文　詩篇

# 原体剣舞連《はらたいけんぱいれん》
(mental sketch modified)

dah-dah-dah-dah-dah-sko-dah-dah
こんや異装《いさう》のげん月のした
鶏《とり》の黒尾を頭巾《づきん》にかざり
片刃《かたは》の太刀をひらめかす
原体《はらたい》村の舞手《おどりこ》たちよ
鴇《とき》いろのはるの樹液《じゅえき》を
アルペン農の辛酸《しんさん》に投げ
生《せい》しののめの草いろの火を
高原の風とひかりにさゝげ
菩提樹皮《まだかは》と縄とをまとふ
気圏の戦士わが朋《とも》たちよ
青らみわたるこう気をふかみ
楢と椈《ぶな》とのうれひをあつめ
蛇紋山地《じゃもんさんち》に篝《かゞり》をかかげ
ひのきの髪をうちゆすり
まるめろの匂のそらに
あたらしい星雲を燃せ
dah-dah-sko-dah-dah
肌膚《きふ》を腐植と土にけづらせ
筋骨はつめたい炭酸に粗《あら》び

宮沢　賢治（みやざわ　けんじ）
1896〜1933年、岩手県生まれ。『銀河鉄道の夜』『風の又三郎』。岩手県花巻市に暮らした。

月月《つきづき》に日光と風とを焦慮し
敬虔に年を累《かさ》ねた師父《しふ》たちよ
こんや銀河と森とのまつり
准《じゅん》平原の天末線《てんまつせん》に
さらにも強く鼓を鳴らし
うす月の雲をどよませ
Ho! Ho! Ho!
むかし達谷《たった》の悪路王《あくろわう》
まっくらくらの二里の洞《ほら》
わたるは夢と黒夜神《こくやじん》
首は刻まれ漬けられ
アンドロメダもかゞりにゆすれ
青い仮面《めん》このこけおどし
太刀を浴びてはいっぷかぷ
夜風の底の蜘蛛《くも》おどり
胃袋はいてぎったぎた
dah-dah-dah-dah-dah-sko-dah-dah
さらにただしく刃《やいば》を合《あ》わせ
霹靂《へきれき》の青火をくだし
四方《しほう》の夜《よる》の鬼神《きじん》をまねき

樹液《じゅえき》もふるふこの夜《よ》さひとよ
赤ひたたれを地にひるがへし
雹雲《ひゃううん》と風とをまつれ
dah-dah-dah-dahh
夜風《よかぜ》とどろきひのきはみだれ
月は射《ゐ》そそぐ銀の矢並
打つも果《は》てるも火花のいのち
太刀の軋《きし》りの消えぬひま
　dah-dah-dah-dah-dah-sko-dah-dah
太刀は稲妻萓穂《いなづまかやぼ》のさやぎ
獅子の星座《せいざ》に散る火の雨の
消えてあとない天《あま》のがはら
打つも果てるもひとつのいのち
　dah-dah-dah-dah-dah-sko-dah-dah

# 日日《ひび》

海で魚を漁《と》った
森で木の実を椀《も》いだ
山で獣を射た

食った
飲んだ
抱いた

山が噴いた
地が裂けた
水があふれた

焼かれた
潰《つぶ》れた
溺れた

死んだ
生れた
死んで生れた

祭りをした
鳴らした
踊った

叫んだ
喚《よ》んだ
祈った

神さまきた
神さま泣いた
神さま笑った

山が静まった
地が合わさった
水がひいた

土の器をつくった
石を割った
小屋をたてた

宗　左近（そう　さこん）
1919～2005年、福岡県生まれ。詩集『炎える母』、中句集『夜の谺』。
詩誌「海の会」、市川縄文塾主宰。千葉県市川市などに暮らした。

神さま乗り移った
神さま憑《と》りついた
神さま棲んだ

幸福だった
平和だった
永遠だった

だから敵が乗り移った
だから敵が憑《と》りついた
だから敵が棲んだ

神さまを埋めて
みんなを埋めて
日々を埋めて

そして幸福だった
そして平和だった
そして永遠だった

愛しすぎるのものは亡んでよかったか
美しすぎるものは幻になってよかったか
哀しすぎるものは影になってよかったか

# ぼんやり街道

オレの頭のなかには。
縄文と。
二十一世紀が。
どうやら同居してゐるらしいのだが。
どうやら錯誤も飛躍も喧嘩もなく。
仲好くしやべり合つてる具合なのだ。
今。
樹木たちの。
花時。
芽生えの時。
最新鮮な色彩の時。
汎エネルギーの噴水の時。
だのにおれのからだは二十世紀も終りに近いおんぼろで。
今朝の散歩もゆらゆらだった。
縄文。
二十一世紀が。
同居してるらしいオレの頭がうづくのは。
しやべつたつて反応なんか。
つまりはオレの肉の物語だ。
ともはっきりは言へないな。

ゆらゆら。
ゆらゆら。
独り歩いてく。
ぼんやり街道。


草野　心平（くさの　しんぺい）
1903～1988年、福島県生まれ。詩集『第百階級』『定本　蛙』。詩誌「歴程」創刊。福島県いわき市、中国南京、東京都に暮した。

# 赫い日輪（その二十二）
## ――神話・蝦夷共和国

男鹿半島の鼻梁部の
浜の浅瀬のテトラポットに
黒と白の濤が乗りあげる

荒板の風防柵がところどころ
壊れている

ナホトカの山腹に散在する市街
あの港に接岸し離港した
あの日私は壮年だった

日本海北東の濤の調べは
どんな旅路を辿るのか

奈良朝の頃
勃海の人々が飽田《あきた》に到達した記録は
濤の旅路

私が今辿っているこの海岸の
この濤頭《がしら》は

いずれにしても
シベリア東南端の
岸壁との大ハンモックに揺れて
旅をしている

この赫い日輪の
日本海の芯部にさしかかる頃
東と西は
どんな表現の
風景をもたらしているのか

この濤を渡って
蝦夷が来たとき
日は君臨して
まさに日高見の国
蝦夷共和国が誕生したのだ

畠山　義郎（はたけやま　よしろう）
1924年、秋田県生まれ。詩集『赫い日輪』『色分け運動会』。
詩誌「密造者」発行人、秋田県詩人協会初代会長。秋田県北秋田市に暮らした。

# ノブドウ（野葡萄）
## ――縄文の逆襲――

縄文の闇がらだらーりどぶら下がって　うなだれだ俺の
　首さ絡みつえだメグラブンド。

悲鳴あげてむりむりど中天さ吊りあげられだのぁ　暗え
　眼《まなぐ》つぎすた　うなだれだ思想。

後で　薄ら笑えすて　背中掻えで見でるのぁ
　何処の神さまだ？

学名訳「短い巻鬚をもった蔓」。東北地方では「メクラブンド」ともいう。広く「ウマ・ブドウ」ともいわれて薬用にされる。蔓植物は無毒といわれ、西洋では「ブドウ」は保護や庇護のシンボルである。花ことばは「あなたに頼ります」。

相澤　史郎（あいざわ　しろう）
1931年、岩手県北上市生まれ。詩集『悪路王』『花・うなだれた思想』。神奈川県に暮した。

# 光の矢

原子　修（はらこ　おさむ）
1932年、北海道生まれ。叙事詩『原郷創造』、詩論書『〈現代詩〉の条件』。詩誌「極光」。北海道小樽市在住。

粘土から土器《かわらけ》の形象《かたち》をよび戻そうとした
わたしは

泥まみれの人差指で
ふと指差した前方そのものが

なぜ　光の矢となって
すばやく飛びさっていったのか
わからなかった

まして　わたしは
まわりの森や草原が

その矢のすばやさに吸いこまれて
どこに飛びさっていったのか

見当もつかなかった

数千年たち

粘土の土器《かわらけ》に縄目文《なわめもん》を印《しる》すこともなくなった
もう一人のわたしは

とある日　なにかに胸を射ぬかれ
いつまでも残るかすかな痛みにうろたえたが

それが　どんな意味をもつのか
考えもしなかった

森や草原をひきつれたまま
なおも飛びさっていく前方そのものが

なぜ　もう一人のわたしを
置き去りにしたのか

思いあぐねもしなかった

# 「縄文」の声

宮本　勝夫（みやもと　かつお）
１９４３年、茨城県生まれ。詩集『損札』『手についての考察』。
詩誌「１／２」、千葉詩人会議会員。千葉県松戸市在住。

土器や土偶が発掘された
ふるさとの環状盛土遺構に立つと
陽を崇め神に祈り火祀りに勤しむ
太古の光景が見えてくる
前方左手遠く聳《そび》える筑波山
柔らかくうねりながら流れる鬼怒川

湧水が湧出している
里山に歩いて行くと
腐った倒木のうえには
黄緑の新芽が出ている
そこに豊かな土壌をつくり
限られた空間に我慢を強いられ
少ない水と陽と風と養分を
奪い合い　せめぎ合い　競い
多様植生の中で共存共生し
死と再生と循環を繰り返し
多層群落社会を形成していた
かつてその森に守られ森の恵みを受け
森と共に生きてきた村人たちの
魂のよりどころ「鎮守《ちんじゅ》の森」がある

凛とした空気が漂い
森閑《しんかん》とした霊気がながれているが
いま森からの活き活きとした
虫や小鳥たちの鳴き声が
私には聞えて来ない
生きとし生けるものの命を　無造作に扱い
山を崩し川を埋め大地を切り裂き
放射能で海や川や畑を汚染して…

山川草木に宿る神や霊をみつつ
自然崇拝のなかに畏敬の念を抱き
無力な運命を前にして
森の神に祈るほかなかった　縄文のひとたち

森の神・生存の礎・魂のふるさと
眼に見えない「モノ」に価値を見出し
一切衆生の命に想像をめぐらし
祈りに込めた縄文人の声が
一万年の時を超えて
私の耳元に語りかけてくる

# 花粉の言葉

今井　文世（いまい　ふみよ）
1939年、岡山県生まれ。詩集『青い指を持った』『峠の季』。
詩の会「ネビューラ」、日本現代詩人会会員。岡山県備前市在住。

三内丸山《さんないまるやま》の縄文遺跡では
谷にミズバショウが咲き乱れ　クリが栽培され
ブナやミズナラの森があったという

時の底にうずくまっている
何万年の記憶の壁
かたい核に包まれて
花粉という　小さな軽いものが　今もその姿をとどめて
いる

風に運ばれる
水に流される
鳥の羽や小さな虫たちの足についていく

私の庭でも
初冬　あけぼのの椿の花の中で
メジロが花粉にまみれて蜜を吸っている
夏の盛り　私は
むせかえるような生の匂いのするカボチャの
雄花を雌花に受粉させる

一グラムの土の中に十万個の花粉があるという
どんな色　どんな形をして
一万年の時を紡いできたのか

文字のない時代を
言葉のように語る花粉たち
時の始まりの　光と闇の深さ

その中の　短くて鮮烈な人間のいとなみが浮かび上がる

私の庭は消えない
地上の花粉は　たえず流れつづけ
今と　はるかな未来を結んでいく

## 〈ここで〉

関　中子（せき　なかこ）
１９４７年、神奈川県生まれ。詩集『沈水』『関中子詩選集一五一篇』。日本現代詩人会、日本詩人クラブ所属。神奈川県横浜市在住。

岩の窪みから
にじみ出る清水のかたわらに一つの井戸があり
ちょうどわたしの響きを見るところで
もう少しでつかめそうな懐かしいつるべのロープを
わたしは手から眼へうつそうとしているのです
わたしにここを明らかにさせてください
つるべのない時代もあったのです
眼が駆け回る脳裏に
縄文ははるか
近くにいるのは
それはみんなわたしでもわたしと語りあうだれかでもな
い
清水のまわりで
わたしは力仕事の少ない時代にいる
天秤棒《てんびんぼう》もない　大きな桶《おけ》もひしゃくも持たない
ごくあたりまえのようすでわたしに聞こえるように
水を汲む歌は過去のなりわいからわたしを
ふしぎに区切る気配でひろがる
イワタバコがひかりを返し
みんなが歌うがわたしを真似ない　ことばをつくらない
みんなわたしとは違う方法でうるおい
ことばのない生い立ちを
今日まで

# 庭に立つ枯れ蟷螂
## ―野の師父―

冨長　覚梁（とみなが　かくりょう）
1934年、岐阜県生まれ。詩集『闇の白光』『庭、深む』。詩誌「撃竹」、日本現代詩人会会員。岐阜県養老郡在住。

　季節が不意に愕《おどろ》くように傾いていく日曜日庭の飛び石の樹陰に沈んでいる蟷螂《かまきり》がいた近づくと命を燃して荒馬が嘶いて狂い立つような恰好で　鎌を振りあげて身構えた　老人のなかでも本能が燃えあがった　相手がその構図を完成していくにつれ　しだいに腹を立て　鋭い眼で射てやった　鎌は一つの空間で定まり　百姓一揆の総大将のようにいよいよ波うつ姿で　老人に対してくる　この二者の相対する時間・空間をさえぎるものは　何一つ見当らない　どれはどの時間が流れたかその僅かな流れのなかで　老人は蟷螂の眼に鮮やかに映っている己の恐しい形相を見たと同時にこの侍のあの三角の顔に　わけも知らず至上の愛らしさを感じた　老人はこの愛らしい侍から逃げるというよりも　この侍に侍以上の血相をもって対していた己から逃げるように　その場を去った　行々子《よしきり》が嗤《あざわら》っている声が聞こえた　生涯をかけ積みに積みこんできたはずのものが　つぎつぎ崩れ落ちていくような自分を感じ　老人は晩秋の日曜日の夕暮れのただなかで　おのれの業にぞっとしていた

　気づくと老人の前に　一人の少女が立っていた　少女は枯れた愛らしい侍に近より　侍をやさしくつかみ　静かに夕暮れの空に放った

　少し飛んで舞いあがったようであったが庭の片隅の叢へ　姿を消していった　蟷螂であったのか　叢の位置を気づかいながら　老人はそのどたりとした孤独をかかえ　誰れにうなずかされたのか　掌を合わせている　鎌を折りたたんだ野の師父*の羽音が聞こえてきた暮れの日曜日の片隅

＊宮澤賢治「野の師父」

# ブドリ

北上川が空から寒流を運んでくる
ために町には湿った風が幾層にも渦巻き
橋桁《はしげた》にすがっていた誰とも知れぬ影が
力尽きて落下し、打ちあげられると
また新たな寒流となって重なり
こうして町が冷害凶作に苦しんでいた頃

賢治さんの家の裏に男が一人で住んでいて
荒い土をほぐして一握りのブドウを植えた
夏のあいだじゅう傾いた藁屋根すれすれに
陽を浴びない雲が絶えず流れていたのに
秋になるとブドウは紫ふかく沢山の実をつけ
彼は朝からいそいそと売りに出たのだ
ブドウ売り…つづめてブドリ　ブドリと
人びとはくぐもった声で彼を呼んだ
声がくぐもっていたのはこの町は昔から
貧乏人を見くだす癖があるからである
ブドウは沢山の味をかくし持っていたのか
—ブドリのブドウ　うめぇくて夢みでるよだ
—腹へってる時などぁ頭のシンコまでしみる

大村　孝子（おおむら　たかこ）
1925年、岩手県生まれ。詩集『ゆきおんな』『花巻の詩覚え書』。
詩誌「辛夷」、岩手県詩人クラブ会員。岩手県花巻市在住。

あまり役にも立たない男のブドウが
なぜこんなにも遠い酩酊を誘うのか
人びとはくぐもった声で噂をはじめる
—ブドリが橋桁で雲見て笑ってだぞ
—ブドリの影が薄氷《（スガ）》みでぇな川波解《と》がしてだ
噂が本当なのか錯覚なのか誰にもわからない
けれど町が新しい幸福に気づいたのは
この時からだと私は信じている
その頃（昭和七年三月）宮沢賢治は雑誌に
童話「グスコーブドリの伝記」を発表した

童話とブドウ売りがこんがらかったまま
町じゅうの窓辺は次第に透きとおり
振り向いてブドリとは誰？　と問いかければ
風がおれおれ　と身をよじったりする
けれど人々はゆっくり五感に語りかけてくる
慎《つつ》ましいくるみの森の気配などブドリではと
噂を流したりもしたのだが…確かなことは
町から湿った風が薄れていったことだけだ

# 雨

橋爪　さち子（はしづめ　さちこ）
1944年、京都府生まれ。詩集『葉を煮る』『薔薇星雲』。
詩誌「青い花」、日本現代詩人会会員。大阪府池田市在住。

傘をささずに行こう　そう決めたので
夫の草野球チームの帽子をかぶって
丘の上の図書館に出かけた

館の前で濡れたコートの肩を拭いていると
のっぽの女子高校生がけげんそうに見た
いい年をして　そう思ったのかも知れない

いい年をした書物たちは
古紙のにおいを濃くくゆらせて
整然と並びならんでいた
手に取られれば全てを開示する
取られなければ無いものとして姿を消す
書物の潔いやさしさが好きだ

宮沢賢治のコーナーを探っていると　横で
歯をくいしばるように頁を繰る若者の体から
焼き肉のにおいがした
彼の胃はさかんにお昼を消化するのに
脳の方はいくら文字を汲みあげても

充ちることはないのだろう

まぶしい光景だった　私にはもう
彼のように全身傾けて本を読む体力はない

館の外の坂道には落ち葉の赤や
雨つぶを無数につけた裸木の
無垢で悔いを持たないものたちが
待ちうけていた

　わたくしはゆるされるとおもふ*
賢治の詩句が雨つぶとともに
絶え間ない垂線のように降り注ぎ
その降り注ぐ垂線のなかを
ゆっくりと歩いた

＊宮沢賢治『風景とオルゴール・過去情炎』より。

# 星の駅・2
## ——君と、雪の道を歩いた

神原　良（かんばら　りょう）
1950年、愛媛県生まれ。詩集『星の駅—星のテーブルに着いたら　君の思い出を語ろう…』『オタモイ海岸』。日本現代詩人会、日本詩人クラブ会員。埼玉県朝霞市在住。

君と　雪の道を歩いた
白い水銀灯の列が　どこまでもどこまでも　続いている
冬の都会

去年　この街に着いた日
ニセアカシアに降り積む雪の音が　聴こえ
眠りの中の　いっそう深い眠りへと
降りたっていく　夢見の中で

まだ出会わない君と
—「どこまでも一緒に行こう」　君はジョバンニのように言って
僕は　カムパネルラのように　笑って見せた—
出会い

君が落とした赤いミトン
僕が拾って手渡した　一瞬　風が舞い
「あ　飛んでいく」　こわばった唇で　君が　つぶやいた言葉が　何だか　耳に　こびりついて…
「どこまでも　行こう」　君はそう言ったし

静かに　僕も　笑ってみせた
でも　ダメだ　雪がこんなにも冷たく
君の笑みさえ　今は　凍って見える

君が失くした赤いミトン　片方だけ　しっかりと握りしめて
どこまでもどこまでも歩いていく
この雪の向こう　白い闇の果てには　遠く
星の駅が　輝いている

あの駅から　どこへ？　君は　旅立って行くのか—
夢の中で出会い　いつか　連れ立って歩いていた
（雪の道を　どこまでも　黙って歩いた）

「お別れだね」—君は　突然ふり向いて　そう言い
ちょっと　首を傾げて　笑ってみせる
僕は　もう　微笑みもできず
茫然と　雪の中に　立ち尽くしている

（雪ふり雪ふり世界の果てしまで雪ふりつづく激しい雪の中に————）

# 哀しみにも生かされて

ひおき　としこ
１９４７年、群馬県生まれ。詩抄『やさしくうたえない』。
日本現代詩歌文学館会員。東京都三鷹市在住。

「細長い日本列島のこのあたり
　ふるさとは銀河鉄道の駅の近く」
指さすほおが　明るく息づく少女だった
あの日と同じ　明るい寒月　ひかりみち
あなたはひとり銀河に　旅立った
宴への道は　月明かりに透き通り
流れるように　こころは急く

あなたの母は
「やっと生き延びた命だったのに私の半分」と
肩を震わす

地震と津波と　奪われた数多の同胞
数字に書かれた命の一人ひとりの名を呼びながら
「災害も戦争も集団の死は　みな　人為…」　と
あなたは怒り　うらみ　悔しみ　哀しみ
深いシンパシーは　やがて
自らも同じ海に抱かれたいと

遠い南の海に散った命はゆっくりと日本列島を縁取り
あなたの望んだ　銀河の駅にたどり着いた
ふるさとの海と空は碧く溶け合い　宙へ
銀河鉄道は　果て無く拡がる

大きな哀しみの癒ぬまま　あなたの死
母は傷つき苦しみ　こころは固く閉じたまま
海は　遠く　暗く
時に激しく波うち　とても近寄れない

あの明け方
「ふるさとの海と空を背にして
宙にたゆとう　誇らしげな姿だった
幼い娘はやさしい笑顔だった」　と
哀しみの命のつながる海に生かされて
ふるさとのあの海にもう一度寄り添ってみたい
あなたの母は静かに語る

# 夜明けの歌
## —波照間島 南十字銀河ステーションから

サウザンクロス
ほんとうにそらの果てまで走ったんだな
ちいさな電灯をたよりに　ぼくたちは
…Yさんは写真に光をやきつけている
とうとうここまで　星を追いかけてきて

まよなか　ポラリスの右　中天ちかく北斗がたちあがり
うしかいの麦の星　それからスピカ
右側にゆがんだ台形の　カラスの星座
左の直線を　海へ海へとのばしたところ……

—ああそれならぼくはなにを追いかけてきた？

サウザンクロス　銀河のステーションで
女のひとたちの笑いごえ　さざめき
ぼくたちはそのしたの　野原で
星をめぐった　あおむけのまま

あのまばらな星の闇が　ケンタウルス
そういや今夜　星のおまつりで
だからあちらこちらで　こんなに星がふる

見上　司（みかみ　つかさ）
1964年、秋田県生まれ。詩集『はてしないものがあるとすれば』『一遇』。詩誌「北五星」。秋田県山本郡在住。

—おっかさんはぼくを　ゆるしてくださるだろうか

ぼくは知りたかった
目でみてじぶんでたしかめ　感じたかった
それを詩にして　歌い　きみに　つたえたかった

ね　蛙はいったい何億万びきいるんだろうか
やっぱり天にむかって　歌っているんだろうか
それとも　ただないてるだけなんだろうか

うしなわれるために　永遠に　夢はあるのかな
きおくは　愛は　いのちのいとなみは

やがて夜明けに全天　星がきえ
もうすぐ　ぼくたちの旅はおわるね
そうして　一夜一夜にわすれられる
にどとおもいだせない　夢になるんだ

うしなわれる　きおくをたどる
夜明けまえの　夜の道
きみとわかれて　ひとりゆく　星の道

# 冬の山道で

絹川　早苗（きぬがわ　さなえ）
1937年、福岡県生まれ。詩集『ボタニカルな日々』『紙の上の放浪者《ヴァガボンド》』。
詩誌「ひょうたん」、日本現代詩人会会員。神奈川県鎌倉市在住。

宮沢賢治のポーズで山道を歩く
足元で踏みしだかれた落ち葉が
土に帰っていく

ラムネ色の空には
葉を落としたクヌギの　骨太な梢
白っぽいシデの　梢は細くて繊細な女の指となり
紅刷毛《はけ》の花を咲かせたネムの梢も　今は
魔女の指で空をかきむしっている

木立の隙間から　野鳥のさえずりにまぎれて
遠い子どもたちの　甲高い声が響き
谷戸には　家々の屋根が
銭苔のようにびっしり張りついている

山並みの　はるか彼方には
憧れる魂のように
真冬の積乱雲が　白く盛り上がっているけれど

――気象情報では
　日本海側での大雪・猛吹雪

幸と不幸は　いつも背中合わせ
戸板が　いつ反転するか
人には予測できない

いつの間にか　頭上には
鉛色の雲がひろがり
遠い白い雲の輝きも薄れはじめた

冷たくなってきた風に
背を押されるように山道を下る

# 金沢方言　亜流・雨ニモ負ケント

皺ニモ負ケント
入レ歯ニモ負ケント
垂乳根トチゴウ《違う》　干シブドウニモ
フヤカイタ三段腹ニモ負ケン
キカン《しっかりした》根性ヲ持チ
迷イモセント
ドシテモ《どうしても》カタイ《よい人》モンニモナレズ
イッツモ　ウチヲ留守ニシテ忙シガットル
コノ間モ
ヨソサン《他人》ノ　ジャーマ《女房》ト比ベラレテ
メソ《味噌》ツケラレ
アレモコレモ　ヒッパリ出サレテ
ジャーマノ　ジャーマタル意味ヲ
カンジョウ《計算》ニ入レント
チョット見　ヨウ《良く》ワカッテモロトルヨウデ
振リ向キモサレント
ケド　ナンヤラ威厳モッテ
オヤッサン《だんな》ニ　ワナラ《怒鳴る》レタ
弓ナリ金ナリ君主国ノ真ン中
飛ビ出イタ半島ノ兎小屋ン中ニオッテ
東ニオ祭リアリャ　行ッテ
オリャ　オリャ　ウトテ　オドッテ
西ニ病院ノ
オシメ《おむつ》タタミセンカ　ト言ワレリャ
ホイ　ホイ行ッテ
地下室デ　汗流イテ
南ニ離婚話ノ若イオッ母サンオリャ
イッサドイ《自慢気な》顔シテ　大イニ知恵カシ
北ニ寝タキリトッショリ《年寄り》オリャ行ッテ
息災ニシトラニャ《してないと》　ダッチャ《だめだ》ンゾ　ト言イ
哀レナ話ニャ　涙コボイテ
チョッコシ《少し》　変調アリャ
癌ヤワイネ　癌ヤワイネ
ドウシルウ《どうしよう》ト
オロ　オロ　歩キ
ウチノモン《家の者》ニ　イッセニハンゴムカレ《反抗され》
ホメラレモセンガニ《しないのに》
ケツナ《変な》自信モッタリシトル《する》
ホンナ《そんな》人間ノマンマデ《ままで》
ワテ《私》ハ　アッテイイガヤロカ《いいのだろうか》
魂ハ　マッデ《まるで》　ザラメ　ダ

「雨ニモ負ケズ」宮沢賢治　より


## 徳沢　愛子（とくざわ　あいこ）

1939年、石川県生まれ。詩集『みんみん日日』、方言詩集『もってくれ かいてくれ』。詩と詩論「笛の会」、俳誌「WA」。石川県金沢市在住。

# 風と稜線

佐々木　淑子（ささき　としこ）
1947年、岡山県生まれ。詩集『母の腕物語―増補新版』、小説『サラサとルルジ』。日本現代詩人会、鎌倉ペンクラブ会員。神奈川県鎌倉市在住。

陽は遠く　柔らかい筆で
天と地の間に　蒼く稜線を描けば
風は早や　季節のページをめくり
夏も過ぎ去ろうとしている静かな種山ヶ原

眼前に広がる　創造の手ほどきに
私は言葉を失い
迷い子のように
おろおろと歩き回るばかり

小さな白い花を見つけて駆け寄れば
何の化身なのかと問うてみたり
北の大地の響きに　耳を澄ませようとして
自分のせわしない靴音でかき乱し
むやみに　シャッターを押し続ける

ただ　風と呼吸を合わせ
そっと　この地に佇めば
それでよかった

ただ　取り囲む三百六十度の稜線の中に
自分自身を投げ出せば
それでよかった

刻々と　刻々と　何十万年
異なるパノラマを映し続ける種山ヶ原

今、この隆起準平原の上に立って
風を感じ　稜線に抱きしめられる幸せに
私はいつしか涙ぐむ

# イーハトーヴォの賢者へ

あとは　また　おきてから書きます　と
あなたは言って　永い眠りについた
昭和八年九月二十一日午後一時三十分
そのとき　黄道には　どんな星が巡っていたのか

それから　地上では大きな戦《いくさ》がおこり
この国はそれに敗れた
その後この国はどうなったか
あなたは知っておられますか

イーハトーヴォの賢者よ
今　どこですか
銀河鉄道は遠く涅槃《ねはん》まで走りぬけたのでしょうか
わたしたちのいのちは　どこまで旅をつづけるのですか
それも　いつかは終わるのですか
行きつく先はどこなのでしょう

今宵もまた灯は点ります
賢治先生の家に。
春になって早池峰山の雪がとけたなら
あの不憫《ふびん》な牛たちも生まれかわるはず

わたくしが淋しい思春期の荒野で
冬の虹のようなあなたの言葉に出逢ってから　半世紀。
この国は　今
あなたの理想とはほど遠いところで捩《ねじ》れて揺れている
まだ間にあうのだろうか　わたしたち
わたしたちのこころは。
彼方の賢者よ
どこにあるのですか
わたくしたちのほんとうの幸福は

あなたは
　いつ
　　おきるのです　か

淺山　泰美（あさやま　ひろみ）
1954年、京都府生まれ。エッセイ集『京都　銀月アパートの桜』、詩集『ミセスエリザベスグリーンの庭に』。日本文藝家協会、日本現代詩人会会員。
京都府京都市在住。

# 紙魚《しみ》

ああ
詩など書いて居る場合か
この星の行く末の気掛かり

海原を渡り気流に乗り
境目のない地帯を
国境と定められた地点
そちこちに戦さを仕掛ける群がある
神の力に縋り
神の力を引き合いに
生き物全てを根絶やしにかかる
わたしが生まれてすぐに始まった戦争も

歴史に埋もれた無数の人々の悲劇
道理を振り翳《かざ》し
力にまかせて鉈をふりまわし
魂までもぬけの殻にしてしまった
あらぬかたを見ていると
すかさず狙いをつけられる
油断を突かれる

小丸（こまる）
岩手県生まれ。
詩誌「璞」、町田詩話会会員。東京都町田市在住。

あの時の
なすすべもなく頭《こうべ》を垂れるしかなかった
海辺の町の惨劇は
この星の
嘗ての大きな気掛かりだった

森羅万象　森羅万象
こうした時は
賢治さんのところで人心地
本棚の端から賢治さんを取り出して
ページを開けるのです
おや　罌粒《こま》より細かくて黒い粒がひとつ
しかもチョコチョコ動いたよ
本の中の住人は紙魚《しみ》
本を食べて生きている生き物

ああ
賢治さんは
やっぱりこの星の行く末を
気になさっておられたのか

# わたしの銀河鉄道

星々が溜息をつく真夜中
わたしはふと目覚め
銀河鉄道の列車に乗りたいという衝動にかられた
急いで服を着かえ
吐く息が白い戸外へ出た

最寄りの駅に行って路線図を見た
銀河鉄道の発車する銀河ステーションを探したが
見つけられなかった
駅員に聞くが
「そんな駅はない」と言う
「そんなはずはない」とわたしは言ったが
駅員は取り合ってくれなかった
わたしは家路をとぼとぼと歩いた

向こうから
数十人の子供たちが歩いてきた
子供たちは楽しそうに
「こんやは星祭」
「ケンタウルス、露をふらせ」
などと口々に言っていた
子供たちが通り過ぎた後
ふと見上げると
あった!
銀河ステーション
神々しい光に包まれた駅が
わたしの目の前に建っていた

わたしは中に入り
券売機でイーハトーブ行きの切符を買った
発車時刻が近づいていた
切符を手に通路を急ぐ
プラットホームには銀河鉄道の列車が出発を控えていた
乗車口には二人の少年がわたしに手招きしていた
わたしはうれしくなり叫んだ
「ジョバンニ!　カンパネルラ!」
聖なる夜の邂逅に
満天の星々は微笑んでいた

風　守（かぜ　まもる）
1959年、山口県生まれ。文芸誌「コールサック」会員。岡山県岡山市在住。

# 星になった風の人

石っ子、賢治さん
貴方がつむいでくれた心づくしの
美しくもおいしいすきとおったたべものたち
私も私の空腹の孤独な魂でいただきます
それはたとえば清らかに白い雪菓子のような
それはたとえばせせらぎ流れる光の水のような
それはあるいは星の夢を煮詰めて作った飴細工のような
…
ささくれだった残酷に苦いこの世界では
あまりに繊細で脆くも美しい強い光なのです
貴方は満天の星空に銀河鉄道を走らせ
貴方は風の中から不思議な転校生を迎え入れ
貴方が奏でる切ないチェロの音色や
貴方が森のレストランで注文した品々…
貴方の頭や心の中の宇宙はまるで慈悲の結晶のように
私達を優しい月明かりに安らわせたり
時に春風のように爽やかな草花の歌を私達の胸に響かせます
全ての自然の中で生きる命へのまなざし、その熱い讃歌
太陽は爛々と鮮やかに勢いよく燃え輝き
貴方が私達をもてなす真心という最上級のテーブルの上で
私達はそれらの物語を一心に食べ
まことの幸いについて考えるのです
貴方は星になった風の人
貴方のイーハトーブで共にいただくそのすきとおったたべもので
私の心はきらきら輝くように満ち洗われました
貴方の星は今、東北の地から
世界中の優しき人々の心の夜空に昇り燦然と光輝いています
己の身を燃やし闇を照らし続けるあのサソリの火のように
悲しいほどに美しく赤々と…
柏木　咲哉（かしわぎ　さくや）
1973年、兵庫県生まれ。詩集『万国旗』。
日本詩人クラブ会員。兵庫県西宮市在住。

# 四章　福島県　短歌・俳句

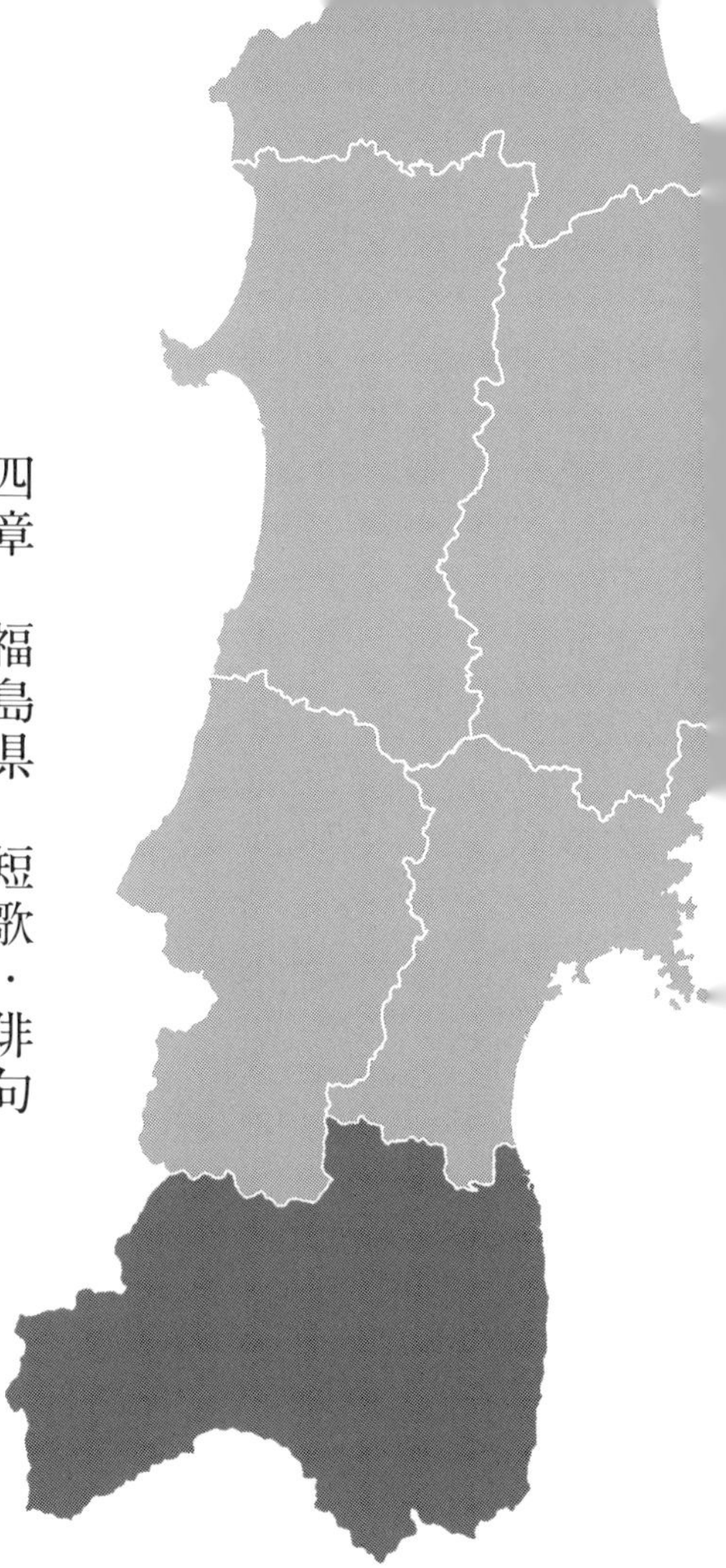

# 会津詠草（抄）

与謝野　晶子（よさの　あきこ）
1878～1942年。大阪府生まれ。歌集『みだれ髪』『小扇』。東京都千代田区などに暮らした。

うら枯れて萩上《うは》じろみ哀れなり昔も越えし岩代《いはしろ》の山

岩代の月が光の霧を置く猪苗代湖の秋の夜半かな

秋風を危ぶむやうに磐梯が雲にためらひわれ渚行く

動かざること青玉《せいぎよく》に変らねど落ちて走れる音ある湖水

湖沼《こせう》ども柳葉《やなぎば》翡翠《ひすゐ》竜胆《りんだう》のいろ鴨跖《つき》くさの青をひろぐる

五色沼いくつの色をしか呼べど数を知れるもあらぬ沼かな

我が部屋へ常にあふれて来たるもの磐梯おろし道者《だうしや》の男女《なんによ》

湯の渓の尼が淵よりたそがるる会津羽黒の川上の路

城外の湯のひがし山しのばれぬ戊辰の秋も我がいにしへも

白虎隊《びやくこたい》屠腹《とふく》の山の悲みは羅馬《ロオマ》の塔もなぐさめぬかな

歌集『白桜集』より

馬場　あき子（ばば　あきこ）
1928年、東京都生まれ。歌集『渾沌の鬱』『記憶の森の時間』等。
短歌誌「かりん」創刊。日本芸術院会員。神奈川県川崎市在住。

# 火を噴くやうなもみぢば

（表題・抄出はコールサック社編集部）

『灯の歴史』読みし戦後の暗き夜の未来なりにし今日のフクシマ
花散れば花を忘るる人間の悲《ひ》なるやヒロシマののちのフクシマ
勿来越えてゆきし小名浜にふたり目の母ゐて幼きわれに触れたり
散つて散つてあんずの花はもうあらず若きままはは小名浜もなし
ああふくしま吾れを迎へてくれるでもなけれど火を噴くやうなもみぢば
以上『あかゑあをゑ』より
ふくしまのヤマトシジミはどこまでゆく開張二十五ミリのあをき翅ひらき
放射能濃きに生きつぐ五年目の蝶の幼虫の食草はなに
柳津《やないづ》の虚空蔵《こくざう》さんの申し子のキマダラルリツバメ生きつぐやなほ
ぽつちりとともしびのやうな火の色を身にもつ蝶は草に沈めり
脊椎なき蝶はつよきかされどああ被曝の地《つち》の食草に寄る

以上『渾沌の鬱』より

# 水際《みぎわ》

遠藤　たか子（えんどう　たかこ）
1953年、福島県生まれ。歌集『水際』『水のうへ』。短歌誌「りとむ」。東京都世田谷区在住。

二〇一一年三月十一日　南相馬市図書館

ながいながい地震に館内とびだしてうねる地面に摑まらむとす

沿岸地区

人を呑みクレーン車を載せて迫りくる倒壊家屋の木材の山

「逃げて逃げて」わが声届けと窓を開け速度おとして君らへ叫ぶ

若きらを逃さむ思ひにわがくるま津波の前を駆け抜けてきつ

三月十二日午前、富岡町へ。午後、自宅において原発の爆発音を聞く

つながらぬ太郎のメールが繋がりて「避難」を促す着信履歴

三月十三日　道の駅へ避難

家を棄てネコ棄て故郷を棄てるかに避難す原発事故後二日目

三月十四日〜十八日　猫と共に飯舘→福島→飯舘

コンビニに売るはガムのみガソリンも情報もなく逃げ来しわれら

放射能濃くただよへる村里をよぎる生死の水際《みぎわ》をよぎる

三月十九日　Iさん一家のお世話で避難バスに乗る

両手延べ立つときふとも思ふなり被曝検査《スクリーニング》は十字架のかたち

三月二十日　新潟県長岡市の避難所に一泊→大宮駅

新幹線のホームに降りれば世の果ての表情に息子迎へくれたり

# 春景

本田　一弘（ほんだ　かずひろ）
1969年、福島県生まれ。歌集『磐梯』『あらがね』。
短歌誌「心の花」。福島県会津若松市在住。

掌《て》は歌のはじまりならむ十八年連れ添ふ孀《つま》の掌をにぎりたり

春雨のからだに抱かれ夜の底に孀といふ字を書けばにほへり

女子高生のかたちの春の夕暮が自転車置場に溜まりてゐたり

いちねんせいは黄色い帽子　小さなる黄のひかりを零《こぼ》す連翹

昨夜よりの雨止みにけりテニスコートに雀の貌《かお》を映す水あり

「甲状腺検査」だといふ五時間目「古典」の授業に五人公欠

超音波機器あてられて少女らのももいろの喉はつかにひかる

啄木が捨てたふるさと　ふるさとに帰れぬ春を咲く梅のはな

山鳩はこゑひくく啼く三年をまだ見つからぬ死者をよぶこゑ

田の畔にしやがめば万のみちのくの緑のこゑのきこえてきたる

# 歌集『手荷物ふたつ』より

関　琴枝（せき　ことえ）
1954年、福島県生まれ。歌集『手荷物ふたつ』。短歌誌「未来」。
福島県南相馬市在住。

生きていくために必須なものなど　そんなにはない手荷物ふたつ

行く先も決められぬまま遠くへとただ遠くへと逃れ行く道

ここならば見えないものに怯えずに外にいられる深呼吸する

難民を救う会から物資くる　そうかわたしは難民なのか

誰のせい誰のせいでもないそんなことはないはずその誰は誰

ふるさとへ向かう海辺の道がある田も家もなく道だけ残る

町なかに除染の作業増えてきて今日はあの屋根明日はあの庭

二時間目の授業を終えた三組は内部被曝の検査に向かう

あの山もこの里山も崩し崩し防潮堤は日々高くなる

廃校も統合もある福島に「未来」という名の学校できる

# 肉を削ぐ

福井　孝（ふくい　たか）
１９３３年、福島県生まれ。「玲瓏」「現代短歌舟」。千葉県四街道市在住。

大洋のかなた多多多多悲を抱き福島の皮めくらるるまま

喝破してうつむき更に喝破する　波をにらんでいわきの浜に

その次のその次の夏汀辺に鉦と太鼓と自安我楽《じゃんがら》念仏

赤茶けた松の根方に呻吟《しんぎん》の時ありありと消防車の赤

柿の木に柿なるおきてゆるぎなき時は止りてふくしま双葉

この真昼猪ファミリー横行す人間臭の失せたる集落

美田より肉を削ぎにし黒袋《こくたい》の幾万野ざらし河岸の丘に

震災と原発事故を曳く月日青ざめて立つ汚水タンクら

透明な車列がよぎるミッドナイト三春桜の銀花しゃらしゃら

常磐線ひたすら北に　大小の岩石《いし》並むるがに語りのつづく

# 死の雨

服部　えい子（はっとり　えいこ）
1953年、福島県生まれ。歌集『素足の幻想』『産土とクレーン』。
短歌誌「林間」「まろにゑ」。埼玉県南埼玉郡在住。

天からの便りのごとく牡丹雪とおき安達太良山《あだたらやま》を恋いいる
ふくしまに死の雨が降る三・一一家に籠れる母の声聞く
天の蓋閉ざしたような地震雲渦巻いているドアを開ければ
放射能を遮《さえぎ》るものは何もない色なく香なくまちは漂う
庭に置く立方体の除染土のブルーシートに風は吹きくる
雨雲のたなびくかなた傾いた原発建屋　雨が降り出す
炉心溶けいまなお空を覆《おお》うらし常磐道は4シーベルト
「またどうぞ」大熊町の看板が破れて風に吹かれておりぬ
フクシマの荒地に咲けるひまわりのレクイエムなり地に響きゆく
寒空に汚染土壌が積まれいてクレーン並ぶ産土《うぶすな》に立つ

# 風生れず

影山　美智子（かげやま　みちこ）
1936年、香川県生まれ。歌集『夏を曳く舟』『秋月憧憬』等。短歌誌「かりん」。千葉県松戸市在住。

震源地こは東京湾かと口ばしりぬのちの津波の翻弄すさまじ

津波が呑みふえゆく孤児らの百余名笑みみせをれど胸の虚《うろ》はや

原爆の惨より起ちし国おそふ津波につづく原子炉破壊

田打桜《たうちざくら》　打てと促し白くさくを種蒔き禁じらるる汚染地区

避難地区ひろがりゆくも田打桜や家畜とありしを別れ強ひらる

春の田を打ちて蒔く作業あてどなく奪はる塩害・放射能禍に

種蒔鳥クワクコウクワクコウ鳴くものを塩害・汚染の春田は乾く

早苗の波あをあをわたる風生れず仙台平野・相馬野・飯館

おもひのほか飼葉《かいば》の藁に降りたまるセシウム禍なり原発事故は

放射能のホットスポット感知するや尾長はこの夏水呑みに来ず

# タンバリン

栗原　澪子（くりはら　みをこ）
1932年、埼玉県生まれ。詩集『洗髪祀り』、歌集『水盤の水』。
埼玉県東松山市在住。

デモはいつも東京に行ってゐたさよなら原発でやうやく町に
一万人規模にあらず百人たらずなり町内に声出してゆく
一緒に歩きたしと友ら言へりSさんは大腿骨骨折Mさんは肺水腫
白髪の多きを率して先頭をゆく若き女性の声もわが町のもの
出だす声にあらためて肯《がへん》じ承認を繰り返すかな「原発いらない命まもらう」
太ゴシックにてNOと貼りたるタンバリン家に帰れば仏間に供ふ
姫辛夷ついばむ鵯《ひよ》に告ぐべくもなしこのそよ風にのる放射能
姫松に黄葉が増えゆく一合の米研ぎ汁のくれすぎかやはり汚染か
敏感いや病むと言ふべきか交差点の死が放射線の死と聞こえ
オリンピック〈ＴＯＫＹＯ！〉シャッターぱちぱちしらじらと福島呼ばる

# 白日夢

望月　孝一（もちづき　こういち）
1944年、神奈川県生まれ。歌集『チェーホフの背骨』、エッセイ集『山行十話』。短歌誌「かりん」会員。千葉県松戸市在住。

「三月十一日の角過ぎて」より六首

東北地方太平洋沖地震
すは、ついに東海大地震か、ごうごうの揺れの即断外れておりぬ

へり飛べば入り江の街々もはや失せ夕暮れ迫るを津波が返す

地震翌朝のテレビ
空襲の記録フィルムさながらを白日夢のごと見続けやまず

肩揺すり凝りほぐすような地の上につつましく生きいま奪われぬ

うたごえが涙さそうはおくればせ卒業式の子らの斉唱

スリーマイル、チェルノブイリそしていま滾《たぎ》ちやまざるパンドラの箱

「ガイガーの夏」より四首

ガイガーを携え磐城《いわき》の山登るわが東葛《とうかつ》とはいかほど差あるや

いわき市の二箭山《ふたつやさん》は岩の山荒き息とめガイガーを読む

修験者も遊ぶ我らも飲みし水深山《みやま》のベクレル問わねば清水

見放《みさ》ければ小名浜《おなはま》漁港はやや彼方あの日テレビに我見し津波

# 滂沱《ぼうだ》の牛

奥山　恵（おくやま　めぐみ）
1963年、千葉県生まれ。歌集『窓辺のふくろう』『「ラ」をかさねれば』。
短歌誌「かりん」。千葉県柏市在住。

二十世紀とう和梨届きぬ福島より放射線量書き添えられて
公園はすでに炎熱　葉月なる代々木よりあい原発を問う
パレードの「げん、ぱつ、いら、ない」若きらのリズムが身体に残りてはねる
福島に増える野良牛東京に滂沱《ぼうだ》の牛となりて走り来よ
生没ともに大津波の年という賢治イーハトーヴォ海岸にしばしば遊ぶ
大槌町の被災地過ぎて吉里吉里小学校、吉里吉里神社、高台にあり
海に津波　山に山火事の難ありて集落とは彷徨いの果ての落ちどころ
この国に住めない場所のあることをわが反骨の鈴音とする
山々に黒きビニールの固まりのこれだけ並べば充分の罪
放射能降りたる森にどれだけのふくろう遺伝子傷ついている

# 迎え酒

反田　たか子（そりた　たかこ）
1948年、山梨県生まれ。歌集『子規の地球儀』。
「みぎわ短歌会」所属。山梨県山梨市在住。

スケールの針を振り切る大揺れに眼のむずかゆさわすれていたり
全容のわからないまま日は暮れて白春巻きの素揚げを作る
新しいレンズに換えてみたけれどだめ八千余名の行方不明者
迎え酒みたいな語感ストロンチウム９０というを黙読すれば
岩手発大槌日記ミサンガを編みゆく声の紙面にこぼる
被曝からいつしか被ばくソーサーの影ひんやりとあせばみている
第三波沖にあらわる傷深く持つ人見るなのテロップ流れ
五十基のすべてが止まりオレガノの鉢の片面を染める朝焼け
子守歌聞かせるようにえんえんとわけのわからぬセシウム値を言う
底部には燃料デブリらしき黒あるいは羽のか黒きスワン

# 牛の骨

永瀬　十悟（ながせ　とおご）
1953年、福島県生まれ。句集『三日月湖』『橋朧《はしおぼろ》—ふくしま記』。俳句同人誌「桔槔」「群青」。福島県須賀川市在住。

—ふくしま十句—

ここからは東北と呼ぶ天の川
白河の関越えてより稲光
みちのくは天香無辺牡丹咲く
大地よりぐいと松明あかしかな
松明あかし地と海と空壊れても
牡丹焚火照らされてゐる我が無明
牡丹焚火地球の色となりをはる
北国の空の高さよ泉湧く
野馬追や神旗を仰ぐ顔顔顔
大空の頂点に鷹力抜く

—東日本大震災と原発事故十句—

激震や水仙に飛ぶ屋根瓦
蜃気楼原発へ行く列に礼
流されてもうないはずの橋朧
牛虻よ牛の涙を知つてゐるか
村はいま虹の輪の中誰も居ず
棄郷にはあらず於《お》母《も》影《かげ》原は霧
鴨引くや十万年は三日月湖
牛の骨雪より白し雪の中
かなかなのここは宇宙の渚かな
泥土より生まれて春の神となる

# 松明あかし

海沿ひに煙たなびき雁供養
みちのくの星を殖やして芽吹山
かまくらや隣家たづねるごと訪ね
かまくらの入口沓《くつ》の凭《もた》れあふ
水祀り山を祀りて出羽涼し
花桐《はなぎり》や最上川《もがみ》の瀞《とろ》となるところ
白鳥の引きし茂吉の山河かな
高館《たかだち》へ風吹き上ぐる葛の花
束稲山《たばしね》は裾長く引き豊の秋
えんぶりの辞儀ふかぶかと摺り終へぬ

## 片山　由美子（かたやま　ゆみこ）

1952年、千葉県生まれ。句集『香雨』『風待月』。
俳誌「香雨」主宰。東京都武蔵野市在住。

福島県須賀川市「松明《たいまつ》あかし」十句

星ひとつふたつ松明あかし待つ
松明し闇を縁取る小松明
風向きの変りやすさよ松明し
大松明かたむきかけて松明し
ぬくもりぬ松明あかしの人混みに
一山を炎のつつみ松明し
飛び火待つ心のすこし松明し
落城の炎のかくや松明し
松明あかし崩れかけたる明るさに
濃き闇のうしろに迫り松明し

句集『雨の歌』『水精』『天弓』『風待月』、俳誌「狩」「香雨」より

# ふくしま讃歌

（表題・抄出はコールサック社編集部）

花見山／福島市
阿《あ》武《ぶ》隈《くま》川の綺《き》羅《ら》も加へて花明り

慧日寺／磐梯町
風青ければ風《ふう》鐸《たく》の鳴りやまず

小名浜港／いわき市
小名浜の風に尾を跳ね鯉のぼり

田島祇園祭／南会津町
裃《かみしも》の風にふくらむ青田かな

「おくのほそ道」／須賀川市～福島市
身に入むや白河の関越えてより

こづゆ／会津若松市
降る雪に集ひて朱《あか》きこづゆ椀

成木責／昭和村
責むるとも睦み合ふとも成《なり》木《き》責《ぜめ》

民謡／相馬地方
歌《うた》垣《がき》の山かぜ光る風ひかる

野馬追／南相馬市
初《うひ》陣《じん》の武者に青嶺の澄みわたる

てーまいこいこい／いわき市
ねんごろに火を抱きとめて盆の山

## 黛　まどか（まゆずみ　まどか）

神奈川県生まれ。句集『てっぺんの星』、紀行集『ふくしま讃歌―日本の「宝」を訪ねて』。「日本再発見塾」呼びかけ人代表。

只見線／三島町・金山町
冬紅葉つないで走る只見線

凍み大根／二本松市・福島市（飯舘村）
凍《しみ》大《だい》根《こ》お天道様の匂ひせる

雛流し／三島町
しばらくは風に押されて流し雛

請戸小学校／浪江町
学《まな》舎《びや》も学びし日々も陽炎《かぎろ》へる

高橋の虫送り／会津美里町
不揃ひに山の暮れゆく虫送り

会津伝統野菜／会津若松市
小《こ》菊《ぎく》南瓜《かぼちゃ》こつんと会津晴れ上がる

流鏑馬神事／古殿町
流《や》鏑《ぶさ》馬《め》の一《いっ》矢《し》が逸《そ》れて秋高し

牡丹焚火／須賀川市
みちのくの夕月淡し牡丹焚く

からむし織／昭和村
機《はた》織《おり》の春待つ音となりにけり

原釜神楽／相馬市
わたつみへ花舞ひやまぬ神楽かな

紀行集『ふくしま讃歌―日本の「宝」を訪ねて』より

# 流砂の音

岩盤の擦れあふ音す春の闇

春水満たす五臓六腑と原子炉と

蘖《ひこばえ》やフクシマ忌とは云はすまい

夏よもぎ人住めぬ家遠巻きに

優曇華《うどんげ》や写真の中の一家族

白服と呼ぶには重き防護服

フェリー行く海の底にも五月闇

体内に流砂の音す盆の月

蜉蝣《かげろう》生る活断層の真上より

陸前も陸中も螻蛄《けら》鳴きゐるか

大河原　真青（おおかわら　まさお）
1950年、福島県生まれ。俳誌「桔槹」「小熊座」。福島県郡山市在住。

燕帰る待針のごと人置かれ

雪の牛舎聴こえぬはずの咀嚼音

襤褸一枚沖へ流るる涅槃の日

根の国の底を奔れる雪解水

揺揺と破船のめざす夏の月

骼《あらぼね》の砂となりゆく晩夏かな

飯舘をいたはる夜の鰯雲

一月の粉雪が降るぬた場にも

潮枯れの松こそ墓標あたたかし

水草生ふ被曝史のまだ一頁

## 蜩の門

（抄出はコールサック社編集部）

夜の梅メールに無事の二文字あり

常磐線弔旗の如く鯉《こい》幟《のぼり》

真夜中の余震や茄子の馬倒し

柊《ひいらぎ》刺す津波の跡の高さかな

海鳴りの町福は内福は内

初蝶の影の遅れてきざはしに

蜻蛉《とんぼう》の自在よ豊間中学校

海の鳥里の鳥鳴く盆の庭

送火の燃え残るものなかりけり

蜩《ひぐらし》の門じやんがらの鉦《かね》通る


## 山崎　祐子（やまざき　ゆうこ）

1956年、福島県生まれ。句集『点睛』『葉脈図』。俳誌「りいの」「絵空」。東京都豊島区在住。


彼の海へ松明《たいまつ》を振り露けしや

福島の福ふつくらと筆はじめ

手をつなぐことが祈りよ三月は

鳴き砂に刻む三月の風紋

花の種復興支援物資なる

復興を言へば激論春焚火《たきび》

人影へするすると伸び春の波

修司忌の野の花黄色ばかりなる

赤べこの首のあやふや亀の鳴く

沖に出で雨は霞に石城《いわき》かな

句集『葉脈図』より

# あれから八年
## ―ふるさとは福島県双葉郡浪江町津島

二〇一一年

地震《なゑ》後の小さき光やいぬふぐり

蜘蛛の子を散らして逃げて師走来る

二〇一二年

茄子《なす》の花仮設の兄に生活《たつき》あり

安達《あだ》太良《たら》の空遙かなり花空木

二〇一三年

原発を逃れ十六万人の冬

二〇一四年

赤き花仮設四年目の冬へ

二〇一五年

身に入むや海光に照る平和の碑

二〇一六年

囀《さへづ》りや郡界尾根の道狭く

二〇一七年

早蕨《さわらび》や放射線積む父祖の里

身分証示して入る躑躅《つつじ》山

齊藤　陽子（さいとう　ようこ）
1946年、福島県生まれ。俳誌「沖」。千葉県館山市在住。

ふるさとへもう帰れない夏が来る

父好きの少女なりけりかき氷

長き夜や母の手縫ひの針目解く

フクシマは紫遥か通草《あけび》の実

語尾上がるふるさと訛《なまり》雪しまく

竜の玉白髪の禰宜《ねぎ》の仮設守る

二〇一八年

初春や仮設を出ると言ふ便り

平和行進冷やしトマトで迎へらる

アイキャンと筆太に書く星祭

地下足袋に三和土《たたき》の暮らし薬喰《くすりぐひ》

# 色紙

片山　壹晴（かたやま　いっせい）
1948年、群馬県生まれ。評論集『名言を訪ねて～言葉の扉を開く～』、随想句集『嘴野記』。群馬県佐波郡在住。

智恵子抄・十三句

夏燃えて安達太良《あだたら》の魂《たま》となりぬべし

夏ジリジリと智恵子抄の深きまで

崩れける命の跡形軒深し

壊れゆく淵よりの色紙に延《は》う

迷いたる迷いたれば簡素なり

嫉妬など無きかのごとくグロキシニア

どどと脈あるごとく絵並びぬ

色紙よそは去りし日の脈拍《みゃく》と見ゆ

激情と色紙《いろ》の裂け目に悲劇見ゆ

肉体を形造ると色紙《かみ》の間か

「晩餐」の雷光に肉体《しし》照らされぬ

雷光に目眩めく生の「晩餐」よ

「像」残し光太郎の去らむといふ

東日本大震災・七句

千年の津波を今にし何故に春

被災者は言葉失しめ我言はむ

天土《あまつち》の悲《ひ》に添い行くべし道如何に

秋津島地動の記文連綿たり

嘆き身を残さぬ人も在りぬらむ

原子も花も摂理なり誰が止めそ

切なしの言葉突如に身に満ちぬ

## 鳥雲に

初空や衣に奇祭の泥飛沫

真夜の地震《なゐ》のこる静寂《しじま》と雪の香と

雪解風朽ちし厩舎の扉を鳴かす

滝櫻生きて千年一樹なる

凛凛と満ちてみちのく滝櫻

花の地の生業余所の花知らず

わらび野の摘まず七とせ媼《おうな》逝く

鳥雲に守るものあり夫とわれ

福島の子どもにならず入学す

風光る長子新築設計図

宗像　眞知子（むなかた　まちこ）

1951年、北海道生まれ。俳誌「藍生」。福島県三春町在住。

廃炉まで逃水の果て追ふごとし

青葉騒文《も》知《ち》摺《ずり》石の綾かとも

山除染百合の一叢残しをり

芋嵐仮設の友のそれつきり

うそ寒や仮置場より先見えず

黒塚や枯鬼灯《ほおずき》のささやきよ

みちのくの火祭の果て山眠る

牡丹供養ふところの燠鼓動めく

智恵子の空ほんたうの空白鳥来

風評のやがて忘却花八手

# また来るさぁ*

閑村を今にぎわせて梅回廊

うすもの泡沫《うたかた》はじけ滝桜

祖母逝きて花儚くて三回忌

散りてこそ「在る」を深めて花吹雪

和も洋も菓子にずんだの青々と

小食には成果真夏の椀子蕎麦

虫罠を掛けて少年寝就かれず

空仰ぎ死をころがして油蟬

胃袋の恋する君は水蜜桃

みな逝きて敬老の日の仏間の閑

鈴木　ミレイ（すずき　みれい）
1979年、沖縄県生まれ。WAの会同人。沖縄県那覇市在住。

メヒカリの唐揚げ眼《まなこ》にレモン沁み

禁断を獲り放題に林檎狩り

ヘビならぬイヴ誘いしは林檎の香

味も香も異文化まといラ・フランス

冬旅や寂の景色に身を溶かす

吹雪さえワクワクわれは南国人

「だっぺ」「んだ」お炬燵《こた》会議に混じりたし

チーズ載る燻りがっこに知恵の皺

豆を撒く我が内に棲む修羅めがけ

冬落暉《らっき》いのち一杯生きなさい

＊沖縄では、「行く」の意味で「来る」が多用される。

# 五章　福島県　詩篇

# 樹下の二人

——みちのくの安達が原の二本松松の根かたに人立てる見ゆ——

あれが阿多多羅山《あたたらやま》、
あの光るのが阿武隈川《あぶくまがは》。

かうやつて言葉すくなに坐つてゐると、
うつとりねむるやうな頭《あたま》の中に、
ただ遠い世の松風ばかりが薄みどりに吹き渡ります。
この大きな冬のはじめの野山の中に、
あなたと二人静かに燃えて手を組んでゐるよろこびを、
下を見てゐるあの白い雲にかくすのは止しませう。
あなたは不思議な仙丹を魂の壺にくゆらせて、
ああ、何といふ幽妙な愛の海ぞこに人を誘ふことか、
ふたり一緒に歩いた十年の季節の展望は、
ただあなたの中に女人の無限を見せるばかり。
無限の境に烟るものこそ、
こんなにも情意に悩む私を清めてくれ、
こんなにも苦渋を身に負ふ私に爽かな若さの泉を注いで
　くれる、
むしろ魔ものの様に捉へがたい
妙に変幻するものですね。

高村　光太郎（たかむら　こうたろう）
1883～1956年、東京都生まれ。詩集『道程』『智恵子抄』。岩手県花巻市郊外などに暮らした。

あれが阿多多羅山、
あの光るのが阿武隈川。

ここはあなたの生れたふるさと、
あの小さな白壁の点点があなたのうちの酒庫《さかぐら》。
それでは足をのびのびと投げ出して、
このがらんと晴れ渡った北国《きたぐに》の木の香に満ちた空気を吸
はう。
あなたそのもののやうなこのひいやりと快い、
すんなりと弾力ある雰囲気に肌を洗はう。
私は又あした遠く去る、
あの無頼の都、混沌たる愛憎の渦の中へ、
私の恐れる、しかも執着深いあの人間喜劇のただ中へ。
ここはあなたの生れたふるさと、
この不思議な別箇の肉身を生んだ天地。
まだ松風が吹いてゐます、
もう一度この冬のはじめの物寂しいパノラマの地理を教
　へて下さい。

あれが阿多多羅山、
あの光るのが阿武隈川。

## あどけない話

智恵子は東京に空が無いといふ、
ほんとの空が見たいといふ。
私は驚いて空を見る。
桜若葉の間に在るのは、
切つても切れない
むかしなじみのきれいな空だ。
どんよりけむる地平のぼかしは
うすもも色の朝のしめりだ。
智恵子は遠くを見ながら言ふ、
阿多多羅山《あたたらやま》の山の上に
毎日出てゐる青い空が
智恵子のほんとの空だといふ。
あどけない空の話である。

# 噛む

## 少年思慕調

阿武隈山脈はなだらかだった。

だのに自分は。
よく噛んだ。
鉛筆の軸も。
鉛色の芯も。

阿武隈の天は青く。
雲は悠悠流れてゐた。
けれども自分は。
よく噛んだ。
国語読本の欄外はくしやくしやになり。
活字の行まで噛みきると。
空白になった分は暗誦した。

小学校は田ん圃の中にぽつんとあり。
春は陽炎につつまれてゐた。

だのに自分は女の子の腕にかみついて
先生にひどくしかられた。

草野　心平（くさの　しんぺい）
1903〜1988年、福島県生まれ。詩集『第百階級』『定本　蛙』。詩誌「歴程」創刊。福島県いわき市、中国南京、東京都に暮した。

ゆつたりの薄の丘や。
昼はうぐひす。

だのに自分は。
カンシャクをおこすとひきつけた。
バケツの水をザンブリかけられ。
やうやく正気にもどつたりした。

指先の爪は切らなかった。
鋏のかはりに。
歯で噛んだ。

なだらかな阿武隈の山脈《やまなみ》のひとところに。
大花崗岩が屹ッ立ってゐた。
鉄の鎖につかまってよぢ登るのだが。
その二箭山《フタツヤサン》のガギガギザラザラが。
少年の頃の自分だつた。

阿武隈の天は青く。
雲は悠悠流れてゐたのに。

# 夕暮れ時になると

安部　一美（あべ　かずみ）
１９３７年、福島県生まれ。詩集『父の記憶』『夕暮れ時になると』。
詩誌「熱気球（詩の会こおりやま）」、福島県現代詩人会会員。福島県郡山市在住。

父方の祖父は　晩年
夕暮れ時になると　決まって
着物の裾を端折り　草鞋を履いて
生まれ故郷に帰ると言い出す

そんな時　伯父は
これから真っ暗闇のなか
山道を登り御霊櫃峠《ごれいびつとうげ》*1を越え
猪苗代湖南の村まで
五里の道を行くのは難儀なこと
今日は暗くなったので明日に
と言い含めるのだった

長男であった祖父が
近農村の次三男対策*2としての
安積《あさか》の開墾地に　一家で移り住んだのは
記録によれば大正十年三月のこと
祖父四十八歳　祖母四十四歳
どんな経緯があったのか　遅い旅立ちだ
なかには　生活苦に耐えきれずに
田畑を手放した者もあったというが
家を建て　五男三女を育てた祖父母は
成功組の一つに違いない
それがどうして

後で知ったことだが
故郷帰りの願望は
夕暮れ症候群という病状の一つで
失われた記憶に残された　最後のものとか
そんな祖父も九十二歳で死去
住まい近くの寺に葬られたが
あれ程行きたがった場所へ
今でも行き来しているのだろうか
病名が付くほど　恋しがられる故郷
私の意識の底の行き先は
何処だろう

＊1　郡山市と猪苗代湖を結ぶ海抜八七六メートルの峠
＊2　当初は明治十年代に、士族授産の政策として、国営により実施された郡山の安積地方大規模開拓事業

# 遠景の片隅

## ―戊辰戦争血縁的断章―

はるか西国の京の都の暮しぶりや
年のはじめに起きた「鳥羽伏見の戦い」や
そして流布していた尊王攘夷のことなど
どれだけ現実的な感覚としていたかを
そのとき生きていた高祖父か誰かに
遡って訊いてみたいと思ったりするこのごろ

その日慶応四年閏四月二十二日の夕闇のなか
男は宿場はずれの松林に恐ろしさのあまり
震えのとまらない躯を古株の根方に横たえ
家にも帰れず　とうとうそこに野宿し
まんじりともしないで夜明けを待っていた

先刻は八つ過ぎ　二人の影が声を荒げて
駕籠をとりかこみ一人の侍を引きずり出し
と見る間に白刃がひらめいて男が斬られた[*1]
たまたま阿弥陀堂[*2]の蔭で目撃した高祖父は[*3]
反射的に近くの薮に身をひそめたのだった

すでに村には春先から慌ただしい触れが届き
穀物から薪や蒲団　味噌　草鞋まで上納し

**太田　隆夫**（おおた　たかお）
1937年、福島県生まれ。詩集『水影についての覚書』。
クレマチスの会、福島県現代詩人会会員。福島県福島市在住。

平穏な集落を　初めて見る隊列が通り過ぎ
土湯[*4]の方では　仙台兵が死んだといううわさ
ことしの苗代づくりの背中に聞いたばかり

ようやく朝方に　高祖父は用達しから戻り
息せききって問いただす家族たちの面前に
昨日見たことを　少し話してすぐ眠った
そして七月末　こんどは二本松からの人々が
城が落ち　米沢を目指して通るのを見送った

いま広く知られているこのときの騒がしさは
多くの史料と記録に語られているけれど
人斬りを目撃して立竦み　野宿した男が
わたしの高祖父であったことの因縁は
百五十年も前だけど　どこかに愛重《あいちょう》がゆれ
風化のすすむ伝承の隅に　水滴がこぼれる

＊1 斬られた侍は長州藩士の中村小次郎　墓地は福島市御倉町の宝林寺にある
＊2 阿弥陀堂は現福島市松川町浅川字織の沢地内に現存
＊3 松林に野宿した高祖父は太田喜平治（太田氏七代明治十四年死去）
＊4 福島市土湯温泉町　山を越す会津旧道あり

# おとめ桜

季節はずれの那須おろしが　虎落笛《もがりぶえ》のように吹いていた
白河駅のプラットフォーム
春まだ浅い三月十一日
忘れはしない東日本大震災の記憶
小峰城の石垣の崩落　十箇所
復元は困難と思われた

東北本線のダイヤは乱れにみだれた
この城の石垣は何度も崩れた
自然災害と人間の知恵比べであった
　むかし　むかし　殿様はお告げを信じた
　人柱を立てると　石垣は崩れないと
　家臣からは誰も申し出がなかった
　家老は　仕方なく　我が娘を献上した
　おとめは生け贄となった
供養のために三重櫓の脇に桜を植えた
おとめ桜という
毎年四月になると艶やかに咲く
一度は白河戊辰戦争で焼失した
新たに芽吹いた桜は二代目と言われている

この城は結城親朝が小峰ヶ岡に造った山城
江戸初期に丹羽長重が大改修しか平山城で奥羽の押えと
　した
一度は戊辰《ぼしん》戦争で焼失した
平成三年「白河城御櫓絵図」や発掘を礎として復元した
三重櫓《さんじゅうやぐら》には　稲荷山*の大杉を用材として用いた
柱や床板・腰板に鉄砲の鉛玉や弾傷が残る
白河戊辰戦争の痛みである
石垣の復元は国の災害復興事業
むかし通りの梯郭式《ていかくしき》造りで　はしご状に郭を設け
石を一つ一つ積み上げる汗と涙の歴史だ
まだ完全ではない　約八割の復興が

那須おろしが、虎落笛のように吹いている
白河駅のプラットフォーム
四月になれば　小峰城の百八十本の桜と
おとめ桜は爛漫となるだろう

＊白河口の戦いの最大の激戦地

室井　大和（むろい　やまと）
1939年、福島県生まれ。詩集『雪ほたる』『夜明け』。
詩誌「の」「青い花」。福島県白河市在住。

# みゆる匂ひ

海を渡る風に春を感じていた湘南
指が千切れるほどに冷たい水道水が
僅かに温む春の気配に口元も綻《ほころ》ぶここ福島
震災から八年、遅い春の訪れは九度目になる。
当時は校庭の桜も汚染されてしまったかと
流れっ放しの涙の日々に
〝泣かないで、我々は負けない〟と叱咤する如く
風雪に、夏は20度を超す温度差の日々にも耐え
凛と背を張り何事も無かった様《さま》で生き続ける樹木
励まされ心底感心し教えられる頑強ということ。

市内の花の名所、花卉農家所有の花見山は
風評から観光客も戻り賑わいを増している。
三十年前初めて訪れひと山全てを埋め尽くす花に
福島人の底力を見せつけられ仰天した。
山裾にただ一本の柳の浅緑も目に染む
咲き急ぐ花に人は慌てて時を合わせる
山続きを地元が植樹し花の名所は拡りつつあり
早朝か夕刻には車規制が解かれるが
山近くで車を降りてみる。


## 松棠　らら（しょうどう　らら）

東京都生まれ。詩集『松棠らら詩集』『らら、ら！』。
詩誌「卓」、福島県現代詩人会会員。福島県福島市在住。


十日近く花を保つ花卉用の東海桜は散り
ウグイスとせせらぎに身を洗われ
山茱萸　染井吉野　山桜　白木蓮が咲き揃い
ふくよかな香に身をまかせるとき、

その香は幼い頃の薫りだと瞬時に思う
こんなにも優しく柔らかに溶け合う薫りに
包まれていたのか　過ぎた日の辺りは
こんなにも美しかったのか。

今、花見山は菜の花と花桃も色を添え
この山の外れにも
懐しい薫りに出合える幸せがある。

まつによりちらぬ心を山ざくら咲きなば花の思ひ知らなむ　西行
あはれわれおほくの春の花を見てそめおく心誰にゆづらむ　同
山ざくらほどなくみゆる匂ひかな盛を人にまたれ〳〵て　同

# 火

上がりぎわの
四角に仕切られた　その場所は
あなたの
存在　そのものでした

朝
夕
そこに座るあなたの右手の位置に
長い火箸《ひばし》が斜めに深く刺してあって
ぐいっ
決断するかのように
五徳《ごとく》を持ち上げ
火をかき起こす

ある時は
何十匹もの
目映い銀の鱗
容赦なく串刺し焼いて
ある時は
豆粒ほどの鉛の玉を幾百と鋳造《ちゅうぞう》し

うおずみ　千尋（うおずみ　ちひろ）
1944年、福島県生まれ。詩集『牡丹雪幻想』『白詰草序奏』。
詩誌「衣」「コールサック（石炭袋）」。石川県金沢市在住。

ぜんまい仕掛けの人形の手のよう
投網《とあみ》の糸を操って

あの　四角い囲いの中で燃えていた
火の不思議
火の力
沈黙と高揚と華麗な仕草は
子供のわたしを呪縛したけれど

今は
故郷を遠く離れた地
しゃばしゃばと霙ふる
こんな夜には
あなたの右手の位置にあった　あの長い火箸を
強く
握りしめたくなるのです

# 五歳の夏休み

星野　博（ほしの　ひろし）
１９６３年、福島県生まれ。詩集『ロードショー』『線の彼方』。
文芸誌「コールサック（石炭袋）」。東京都立川市在住。

ながくながく電車に乗った
上野から何時間も
海みたいな景色が飛び込んできた
　これは海？
二才の妹を抱えて母が答える
　猪苗代湖だよ
やがて大きな山　叫ぶ五才のボク
　富士山だ！
母は笑う
　あれは磐梯山

只見線の小さな駅で下車
会津坂下という地名
夕暮れ時　母の育った家に転がり込む
いくつもの広い部屋　高い天井
クシャクシャの笑顔で迎える祖母
なんて言ってるか分からない
東京のことばと全然ちがう
全部が木でできてる家
ミシミシ大きな音をたてて二階の部屋へ

朝　二階の窓から広い畑を眺める
はるか向こうまでゆれる緑の稲
裏山からはセミの合唱

青くて深そうな川まで歩いた
只見川という名前
　母さんね　ここでおぼれそうになったんだよ
学校にプールがない戦争中のころ
ここで泳がされ死ぬかと思ったと

夕方になりヒグラシたちが歌い出す
ゴーンと遠くから鐘の音
これが田舎というものか
くりかえし思い起こす
母と過ごした初めての会津の夏

# 五十年前のあなたへ

卒業式が終わった　教室に寄ってみる
水槽の金魚は深く沈み　マリモは浮いたり沈んだり
君は何を探しているのだろう
いつか転がっていった錠剤だろうか

真白な頁に春の光があふれている
それは記憶の捨て処かもしれない
書いて書いて燃やしてしまおう
書かれた文字が身を捩って捩って

時がゆく
時をゆかしめる
採血室に置いてある砂時計
血管がどんどん伸びてゆく

にーげよ　にーげるな
　にーげよ　にーげるな
あらかじめ廃墟となるべく定められているこの都会も
今日は空中に舞う埃を午後の光が燦燦と輝かせて

図書館　夥しい活字のラビリンスを通り抜け
いつの間にか死者に憑依した君は
許されて当然のように死者の言葉を語る
死者は使者だと

夜の向う
吹くことを禁じられたシャボン玉が流れてゆく
机の上の顔と机の下の足では君の表情がまるで違う
消しゴムを最後まで使い切ったことがあるか
いつもその前にどこかに消えてしまうだろうが

君は書く　五十年前の円谷幸吉さんへ
あなたに花種を送ります
文鎮には河原の小石を用意したのだけれど
手紙の続きは　白紙のまま

＊円谷幸吉…一九六四年東京オリンピック、マラソンで銅メダルを獲得。次回のメキシコオリンピックでの金メダルを期待されたが、一九六八年に自ら命を絶つ。福島県須賀川市出身で「父上様母上様、幸吉は、もうすっかり疲れ切ってしまって走れません」との遺書を残す。

新延　拳（にいのべ　けん）
1953年、東京都生まれ。詩集『虫を飼い慣らす男の告白』『わが流刑地に』。
詩誌「歴程」。東京都杉並区在住。

# 雪手紙

ふるさとの雪が恋しいだろうと
二月になると決って
父は手紙をくれた

さみしい朝は　甘いココアをあたためなおし
棚の奥にしまっておいた手文庫から
雪匂う父をとりだす

磐梯山の裾野に生まれた父の文字は
ひとつひとつが肩さがりして
丸くなぞると背筋から聞こえてくる
父のしわがれ声

　ユキノ日ハ墨ノカワリニシズリ雪タップリツケダ筆デ
　　書グガラ

ぁ、ゆき、
うっすらと
ゆき、

わたしは紅はなびらの散りしく庭に出ていって
両手のひらに
涅槃雪を受ける

さらりさらさら
とめどなく降りてくるのは
父の書く天穹からの手紙
雪手紙

宮　せつ湖（みや　せつこ）
1948年、福島県生まれ。
詩誌「アリゼ」、短歌誌「塔」同人。滋賀県大津市在住。

# 百日紅悲歌

酒木　裕次郎（さかき　ゆうじろう）
１９４１年、鹿児島県生まれ。詩集『筑波山』『明美抄』。
詩誌「いのちの籠」「衣」。茨城県取手市在住。

あなたは妹のような存在だった　少し我が儘
だが正直な性格でよく泣いた　もうあの男の
子供は産まない　と肩を震わせて泣いた　連
れ添う夫と夫婦別れするのが辛いのではない
そういう運命に迷い込んだ自分の人生が悔し
いのだ
あなたが三年もの入院生活を終えて　私たち
の職場に三歳の娘と共に帰って来てくれた年
も　九月の終わる頃だった　百日紅がたわわ
だった　牛久シャトーの葡萄園でバーベキュ
ー大会を開いて　戻って来てくれたあなたの
歓迎会を持った
あなたは年の暮に車で実家に帰える途中交通
事故に遭い　肋骨三本と長い脚の大腿骨を折
り入院していた　電車で郡山から磐越西線に
乗り換えて　みちのくのあなたの故郷の大き
な病院に見舞いにいった　その折も　こんな
ことになって悔しい　と肩を震わせて泣きじ
ゃくった
あなたが我々の許を離れて久しい　その後街
であなたを見掛けたが　ドクトル・ジバゴの
ラストシーンのように　あなたは一心に歩い
ていて逆方向に離れて行くばかりだった　私
たちをもう必要としないならそれはそれで良
い　それに越したことはない
百日紅がたわわに咲くと　あなたの姿が目の
前に浮かびあがってくる　百日紅はあなたの
花だ　花の少ない季節に　来る年も来る年も
たわわに咲いていておくれ　ことしの百日紅
は枝を左右に拡げて　十月の声を聞くいまも
なお　新しい花芽を拵えて咲き誇っている

# 児桜《ちござくら》

五月初旬の山山は
一斉に新緑の黄緑色に溢れ
空気が一段とおいしい

滑らかな稜線の中に
ポツリ　ポツリと
薄紅色の山桜が咲き始める
朱色のどぎつさではなく
うら若い女子《おなご》が
薄い頬紅を塗っているような
初初しい紅いろの山桜は
福島の山中にも見られ
日常の忙しさを消し去ってくれる
爽やかな一時の風景である

　植《う》る事子のごとくせよ児桜《ちござくら》
　　　　（寛文年間　宗房）

芭蕉（宗房）の
人々が　桜の木を植える時には

山口　敦子（やまぐち　あつこ）
1943年、秋田県生まれ。詩集『芭蕉　古の叙事詩』『文人達への哀歌』。
日本詩人クラブ、日本詩歌句協会会員。東京都板橋区在住。

〝慈愛〟を持って植えて下さいよ
という戒《いまし》めであった

植えた直後はまだ　児《ちご》に過ぎないが
いずれ美少年のような
美少女のような愛らしい
花を着けるであろうから　と
成長後の桜木の持つ妖麗さを
しっかりと胸奥に秘めながらも
児桜に限りない慈愛の眼差しを向けながら
呼び掛ける芭蕉

# 福島の高校生

坂田　トヨ子（さかだ　とよこ）
1948年、福岡県生まれ。詩集『あいに行く』『源氏物語の女たち』。福岡詩人会議（筑紫野）、詩人会議会員。福岡県福岡市在住。

福島から郡山行きの電車は、一時間も前にホームに入っていた。タッチの差で予定の電車に乗れなかった私は、ほっとして乗り込み、やっと遅いお昼に弁当を広げた。

次第に人が乗り込んできて、一様に座席の端に座る。三〇分余り経った頃、高校生らしい男の子が乗り込んできて私のすぐ近くに席を取った。座席はまだ十分に空いていて、乗り込んでくる誰もが人と離れた席に座るのを見ていたので、おやっと思った。座るとすぐにパンやおにぎりを食べ始めたのを見て納得しながら何となく可笑しかった。

その内に人が多くなってくると、彼は座席に置いていたバッグを膝に乗せ、すっと席を詰めてきた。感心な高校生だなと思って、彼が食べ終わるのを待って「高校生ですか」と話しかけた。それから一時間近く、郡山に着くまでの道中、彼はぽつりぽつりと学校のことや自分のこと、家族のことを話してくれた。

高校一年生で、バスケットボールの部活の帰りであること、調理科で学んでいること、調理師の免状を取りたくて学校を選んだこと、試験があるので他の科よりも厳しいため一学期だけで何人かクラスメートが辞めていったこと、父親は事業をしていたが、連帯保証人で人の借金を返すことになり、今は自動車で野菜を売ってまわる行商をやっていること、その父親が手に職を着けることを勧めたので調理師を選んだこと、（その口ぶりから彼が父親を信頼し、尊敬していることが読み取れた）姉は菓子のソムリエとして福島の菓子店で働いていることなど。（そう言えば母親の話は出て来なかった）

こちらが福岡から来た通りすがりの旅人だという気安さがあったのだろうか、きちんと敬語を使って静かに話す彼は、頼もしく見えた。

郡山に近づいて来たとき、お別れに励ますつもりで、私は言ったのだった。

「じゃあ、十年くらいしてまた福島に来たら、お店をやってるのかな」

すると、彼は急に表情を暗くして言ったのだ。

「いや、福島はもうダメです。きっとどこか違う街に行くと思います」

私は、胸を突かれて、何も言えなかった。やっとの思いで
「そう…　でも、元気でね。お話ができて良かった」

というと、ちょっと笑顔を見せて去っていった。

# 福島県戦未了
## 福島県の戦い未《いま》だ了《おわ》らず

有恨戊辰白河關辛卯勿来關
福島會津双大關，戊辰辛卯被悲酸。
官賊衝破白河壘，虎隊終焉飯盛山。
海嘯勿來雙葉岸，児童未避浪江灘。
不能敢死救身命，父母何時揮涙完。

恨み有り戊辰《ぼしん》白河の關辛卯《しんう》勿来《なこそ》の關
福島會津双《ふた》つの大關，戊辰辛卯と悲酸を被《こうむ》る。
官賊衝《つ》き破る白河の壘《とりで》，虎隊終焉飯盛山。
海嘯來る勿《なか》れ雙葉《ふたば》の岸，児童未だ避けられず浪江の灘。
敢えて死して身命を救うこと能《あた》わず，父母何時《いつ》涙を揮《はら》い完《おわ》るや。

（注）海嘯…津波

次韻岡鹿門十月赴東京途中作
災禍襲来福島県第一次戊辰戦争第二次辛卯海嘯令原子力発電系統不能制御
沙上残骸相馬濱，科学技術不超神。
怒涛一去来災禍，想起戊辰福島人。


### 長谷川　破笑（はせがわ　はしょう）
1947年、東京都生まれ。
俳誌同人誌「吟遊」、漢詩同人誌「葛飾吟社」。千葉県松戸市在住。


原玉　　岡鹿門
十月赴東京途中作
白骨掩沙荒海濱，風煙無處不傷神。
路傍累累陣亡塚，多是平生相見人。

岡鹿門《おかろくもん》の十月東京に赴く途中の作に次韻す
災禍襲来福島県第一次は戊辰戦争、第二次は辛卯海嘯原子力発電系統《しすてむ》をして制御不能令《たら》しむ
沙上残骸《さじょうざんがい》相馬《そうま》の濱《はま》，科学技術は神を超えず。
怒涛一《ひと》たび去り災禍来たる，想起戊辰の福島の人。

原玉　　岡鹿門
十月赴東京途中作
白骨沙《すな》を掩《おお》う荒海の濱，風煙神を傷《いた》めざる處《ところ》無し。
路傍累累陣亡《じんぼう》の塚，多くは是れ平生相《あ》い見《まみえ》し人。

（注）次韻…絶句、律詩等で原詩の押韻と同韻で詩を作ること。掲出絶句では起句承句結句で同韻（濱、神、人）を踏んでいる。

岡　鹿門…1833～1914。仙台藩士。昌平黌に学ぶ。安

積艮斎門下。明治期の漢学者漢詩人として名を成す。

尾崎紅葉は鹿門の弟子。

掲載の詩は鹿門が戊辰戦争後に東京への帰路磐城を通った時に詠んだ詩です。平時見知った友が累累と墓に葬られている哀しさです。

戊辰戦争…1868（戊辰）。明治維新時の討幕派と幕府派との戦役。

辛卯海嘯…2011（辛卯）東日本大震災。

陣亡塚…戦死者の墓。

# 三一一春津波

震災五日後、連絡が取れ仙台に息子を訪ねた

被災三日ひよどり梅に戯れて
雪描く墨絵さびしく機上より
雪野原息子たずねる津波跡

車累累仙塩街道子を尋ね
卯三月爪跡深し人も地も
雪残る出羽のバス停避難行
悲しきは怒る先なき春津波
大惨事卯三一一彼は九月
気が付けば春分過ぎぬ震災後
春津波芭蕉足跡呑み込めず
春津波穏やかな日々流したり
あの日より幻影幻聴始まる

# 薄磯の木片――3・11小さな港町の記憶

ドドドー　ザザザー　ドドドー　ザザザー
ドドドー　ザザザー　ドドドー　ザザザー
波の音が近くに聞こえているのに
平薄磯《たいらうすいそ》＊の町へは近づけない

常磐道いわき中央をおりて
いつもと変わらない市内の中心部を走りぬけ
高い堤防の高台の平沼ノ内《たいらぬまのうち》を抜け
浜辺へ下りる道を探しているが
破壊された家々で道が塞がれている
道が消滅しているのを知らないカーナビの声は混乱して
繰り返し行き先を代えていた

「薄磯に　行きたいのですが……」
と近くの主婦に尋ねると
「この先を左に曲がって　下りればいいよ
　ひどすぎて　見てられないよ」
と泣き出しそうな顔で教えてくれた

浜辺に下りて行くと

## 鈴木　比佐雄（すずき　ひさお）

１９５４年、東京都生まれ。詩集『鈴木比佐雄詩選集一三三篇』、詩論集『福島・東北の詩的想像力』。文芸誌「コールサック（石炭袋）」、日本現代詩人会会員。千葉県柏市在住。

カーナビは正面に薄磯の町と
右手に薄井神社を示していた
盛り上がった砂と家の残骸で車は通れない
車を降りて脇を抜けると
夕暮れの太平洋の水平線が見えた
灰色の波が少し赤らみ次々に押し寄せていた
小高い岡の薄井神社の神殿に向かう坂には
結婚式のアルバム、生活用品が打ち寄せられている
平薄磯の宿崎、南街、中街、北街が粉砕されている
半農半漁、蒲鉾工場、民宿、酒屋などの商店
港町の約二八〇世帯　約八七〇人の家々が
木片に変わり　車はくず鉄となってそこにある
民家も寺院も区別はない
残されている建物は
母や父が通った豊間中学校の体育館が形だけ残り
薄磯公民館と刻まれた石碑台が転がっている
塩屋埼灯台下の人びとは木片と化してしまったか
水平線からやってきた大津波は
左手の平沼ノ内と右手の塩屋埼の岩山にぶつかり
真ん中の薄磯に数倍の力で襲い掛かったのだろう

どれ程の水のハンマーが町を叩いたのだろう
古峰神社も安波大杉神社も修徳院も消え
この平薄磯には神も仏もない光景だ
水の戦車が町を好き放題に破壊して去っていった

伯父夫婦や従兄が暮らしていたバス通りは
いったいどこなのだろうか
町の痕跡も消えてしまった
命が助かった従兄や町の人びとは
どのように裏山に逃げていったのだろうか
従兄妹たちと泳いだ
塩屋崎灯台下の薄磯海岸は
あの時と同じように荒い波を打ち寄せている
せめてもの慰めは
亡くなった父母や伯父と入院中の伯母に
破壊された故郷を見せないで済んだことか

目の前の数多の木片の下にはいまも死体が埋まっている
一片一片の木片には一人一人の命が宿っている
その木片が海へ帰り海溝の底に沈み
いつの日かふたたび数多の種を乗せて
この地につぎつぎと流れ着き
新しい命を数多の命を生み出すことを願う
とっぷりと裏山に陽が落ちて

木片の町には誰もいないが
数多の命の痕跡が息づき
暗闇の中から叫び声や溜息や祈りの声が聞こえてくる

ドドドー　ザザザー　ドドドー　ザザザー
ドドドー　ザザザー　ドドドー　ザザザー

＊福島県いわき市平薄磯

# 六章　原発事故　詩篇

# 不条理な死が絶えない

若松　丈太郎（わかまつ　じょうたろう）
1935年、岩手県生まれ。詩集『十歳の夏まで戦争だった』、評論集『福島原発難民』。詩誌「いのちの籠」「腹の虫」。福島県南相馬市在住。

戦争のない国なのに町や村が壊滅してしまった
あるいは天災だったら諦めもつこうが
いや天災だって諦めようがないのに
〈核災〉は人びとの生きがいを奪い未来を奪った

二〇一一年四月十二日、福島県相馬郡飯舘村
村が計画的避難区域に指定された翌朝
百二歳の村最高齢男性が服装を整えて自死した
「生きすぎた　おれはここから出たくない

二〇一一年六月十一日、福島県相馬市玉野
出荷停止された原乳を捨てる苦しみの日々があって
四十頭を飼育していた五十四歳男性が堆肥舎で死亡
「原発で手足ちぎられ酪農家

二〇一一年六月二十二日、福島県南相馬市原町区
家族と別れ自宅でのひとり暮らしもしたりして
九十三歳の女性が遺書四通を残して庭で自死した
「さようなら　私はお墓にひなんします

二〇一一年七月一日、福島県伊達郡川俣町山木屋
計画的避難区域内の家に一時帰宅していてのこと
失職中の五十八歳女性が近くの空き地で焼身した
「避難したくない　元の暮らしをしたい

二〇一二年五月二十八日、福島県双葉郡浪江町
商店を営んでいた町が警戒区域となって一年二か月
六十二歳の男性が一時帰宅中に倉庫内で自死した
「もうこのまま戻れないんじゃないか

遺族たちが東京電力を提訴・告訴しても
因果関係を立証できないと却下されるだろう
生きがいを奪われた人びとの死が絶えない
戦争のない国なのに不条理な死が絶えない

# あの日

盥《たらい》の
冷たい水で
あしうらを洗っている。
それでも
地に撒かれた汚辱が
どうしても、ぬぐえない。
いくら、擦っても
この汚れは
消えてなくならない。
空も、まだ
あの日を抜け出てはいない。

渓谷の冬には
阿武隈の尾根づたいに、峰を越えて
禁句が
空から霙のように降っている。

常緑の森や林に付着したセシウム。
　原子記号Cs。原子番号55。
　色も臭いもない。半減期30年の、放射性物質。

齋藤　貢（さいとう　みつぐ）
1954年、福島県生まれ。詩集『夕焼け売り』『汝は、塵なれば』。詩誌「白亜紀」「歴程」「孔雀船」。福島県いわき市在住。

小春日和のいたるところに
見えない恐怖が、貼りついていて。
見えないからといって
逡巡していると
ふるさとは
どこも、禁忌ばかりの不幸な里山になってしまう。
　大地そのものが不幸を感じ取ったんです。*

そういうことか。
あの日
悲鳴をあげたのは、ひとばかりではなかったのか。

冬は
川縁の葉を落として
蕭条とした曇り空を水面に映している。

まだ、ひとのことばは
痛いか。
耐えかねて
また、身構えてしまうか。

＊『チェルノブイリの祈り』（岩波現代文庫）より

# 見えるもの見えないもの

高橋　静恵（たかはし　しずえ）
1954年、北海道生まれ。詩集『梅の切り株』、研究書『子どもの言葉が詩になるとき』。詩の会こおりやま、福島県現代詩人会会員。福島県郡山市在住。

その花は
筒状のままで
開き切ることはない
雄しべが退化しているのだという

冬の床の間に
楚々と佇む
一輪の白侘助《しろわびすけ》
どんな道すじがあってここに
やってきたのだろう

退化して
形を失くしたものの声が
聞こえたり
聞こえなかったり

起こるはずがなかった原発事故
破滅的事態と紙一重のことは起きた
六年たった今も格納容器の中は何も見えない
直下は推定毎時六五〇シーベルトだという＊

もう何も起こるはずはないのか
これからどんな道すじを辿るのだろう

退化してしまった畏れ
形のないものが
見えなかったり
見えたり

侘助の花が一輪
ポトリと落ちて
いのちを終えた

＊二〇一七年二月九日　東電発表　二号機の圧力容器を下につながるレール上の線量。

# 黒い袋

木村　孝夫（きむら　たかお）
1946年、福島県生まれ。詩集『ふくしまという名の舟にのって』『桜螢―ふくしまの連呼する声』。詩誌「PO」。福島県いわき市在住。

この中には
冗談が入っているわけではない
全て怒りの塊だ

だから黒い袋一つの重さは
それぞれの家で若干異なるものの
大きな違いはない

ぎゅうぎゅうに詰め込んだ怒りが
廃棄物となって固まっている

冗談の一つでも
入っていれば少しは救われるのだが
忍耐の限界を　超えているものばかりだ

そこから芽がでるのだから　これには驚く

袋のあちらこちらに
綻びが目に付くようになったのだ
除染廃棄物がこぼれ落ちている

そんな黒い袋が　庭の片隅にも積み重ねられている

放射能で汚染されているから
カラスもやってこない
危険な黒い袋なのだとインプットされている

怒りが膨らんで黒い袋が破れる日までに
中間貯蔵施設に運び込まれるのか

どれもこれも曖昧で　覚悟の線引きもままならない

除染廃棄物の工程表には終わりがない
この頃は　その起点も曖昧になってきた

最近　詳細ルートが示され
中間貯蔵施設へのパイロット輸送が示されたが
これが決まるまでまた時間がかかる

黒い袋は頑張っているものの
芽がでてくるということは
諦めが発芽し始めているのだろう

# 陸奥《みちのく》の未知

ふり返えると穏やかな陽射しに
陽炎が揺れている町だった
大地震《おおなゐ》のあとの津波禍の土地は
泡立草が延った荒野と化し
異郷のような禍しさに涙した日々
　雨ニモ負けず
　風ニモ負けず
賢治の詩《うた》と出会ってから
東北の農民は朝夕　呪文のように唱え
身をふるい立たせ
汗と泥にまみれて戦ってきたのだ

福島がフクシマとよばれてから
地震ニモ津波ニモ負《め》げず
原発事故後に降り注いだ
セシウムの雨ニモ負げず
風評被害ニモ負げず
根雪を溶かす大地のような意志で
私の郷の人々は戦っている

みうら　ひろこ
1942年、中国山西省生まれ。詩集『豹』『渚の午後―ふくしま浜通りから』。
文芸誌「コールサック（石炭袋）」、福島県現代詩人会会員。福島県相馬市在住。

石もて追わるる如く
古里を我れ先きにと脱し
ハイマート・ロス[*1]にされて七年
汐風の匂いが恋しくて
水平線の彼方に想いを馳せたくて
牛が草喰む緑の大地を踏みしめたくて
老いた人達が少しずつ帰ってきた

志し半ばで逝った町長[*2]が頭《かざ》した理念
〝町のこし〟
日本のどこに住んでも浪江町民の
呼びかけは全町民二万一千人避難民の
私の胸にもつき刺さっているのだが

原発事故後の廃炉作業は
未だスタートラインに立ったばかり
現場での未知の作業と戦っている人達
汚染水が貯まりつづける立林のタンク
トリチウムなる処理も未解決のまま
あの事故は無かったことにされそうな懸念

ほどなく九年目に入る核災棄民[*3]
誰に向かって叫べばいいのか
美しかったみちのくを返せ
私達の町や村や平和だった日々を返せ

陸奥は未知の事でいっぱい
復興作業も
原発事故後の復旧工程も

＊1　ドイツ語で故郷喪失
＊2　馬場有氏　二〇一八年六月死去
＊3　若松丈太郎氏の造語

# 笠女郎《かさのいらつめ》さんに

小松　弘愛（こまつ　ひろよし）
1934年、高知県生まれ。詩集『眼のない手を合わせて』『狂泉物語』。
詩誌「兆」。高知県高知市在住。

二〇一二年の夏
「朝日歌壇」の一首が目にとまる
　いなさ吹けば放射線量増すという真野の萱原《かやはら》夏は来向
　かう
　　　　　　　　　　（下野市　若島安子）

あの
「真野の萱原」も
放射性物質に……

「いなさ」は南東から吹く風で
特に台風の時期の強い風
「真野の萱原」は福島県南相馬市の地名
『万葉集』には
笠女郎の恋歌の中に「真野の草原《かやはら》」として登場する
　みちのくの真野の草原遠けども面影にして見ゆといふ
　ものを[*1]

女郎さん
この歌はかの大伴家持に贈ったものですね
あなたは家持への恋心を二十九首もの歌に託しているけ
　れど
ついに報われることはなかったようですね
女郎さん
わたしが「真野の草原」の歌を
記憶にとどめることになったのは
日本の近代詩史で大事な役割を果たすことになった
森鷗外や小金井喜美子たちの手になる訳詩集『於《お》母《も》影《かげ》』
その目次の欄に
別枠をとってこの歌が引かれていたからです
どうして？
と気になるところですが今は措いて——

女郎さん
あなたの「真野の草原」は
セシウム137・ストロンチウム90などで
汚染されることになりました
わたしたちは
万葉の時代の闇を遠くに追放して

あふれるような光の中で暮らすことになっています

と
ここまで書いて
あなたの歌をもう一首引きたくなりました
皆人《みなひと》を寝よとの鐘は打つなれど君をし思《も》へば寝《い》ねがて
ぬかも[*2]

わたしの書棚にある犬養孝『万葉の人びと』によれば
当時　都では夜の十時になると
「皆さん、もう寝る時間ですよ」
という鐘が四つ打たれたそうですね
女郎さん
わたしの部屋の時計は午後十時になろうとしています
今夜は　わたしも
あなたの時代の深い闇を想像しながら
もう寝ようと思います

＊1　陸奥《むつ》の国の真野の草原《かやはら》は遠いけれども、面影に浮かんで見えると言いますのに。

＊2　皆さん、もう寝る時間ですよ、と合図の鐘は鳴っていますが、あなたのことを思うと眠れませんわ。

# 浪江

私の故郷は福島第一原発から十キロ圏内にある双葉郡浪
　江町。
家屋や土地は残っているものの放射能に汚染されてし
　まった。
浪江町民の大半は他の土地で新たな生活を送っている。
もうあの頃の浪江には戻れないのだという思いが一層強
　くなっている。
――三原由起子*

この悲しみは浪江町以外の地域にもある
人として尊重されていない理不尽
基本的人権をゆがめられ奪われた人たち
引き裂かれる暮らしとこころ
請戸《うけど》小学校の床はゆがんだまま
潮騒に今夜も泣いている

*「新日本歌人」二〇一七年九月号抄録

青木　みつお（あおき　みつお）
1938年、東京都生まれ。詩集『人間の眼をする牛』、小説『荒川を渡る』。
日本現代詩人会、詩人会議会員。東京都小金井市在住。

# 野良牛

あの日は淡雪の舞う　うすら寒い日でしたよ
洗いざらい攫《さら》われ　オシラサマも流された
ウマゴヤシの砂地を　イソシギが走る潮騒の岸辺
ことばは立ち竦《すく》み　貝の形に蹲《うずくま》る
被曝は未来を覆《おお》い　暗雲は垂れ込めたまま
カエリタイケドカエレナイ

のは　生身の人間だけではない
一時帰宅という名の
四度目のお盆が来ても
照り映える雲井の裏地に
精霊は足止めを食ったまま
座敷童《ざしきわらし》の戻る家とてなく
天地の底ひから海嘯《かいしょう》に競り上げられ　波の穂に乗って
今生の縁側に屯《たむろ》する餓鬼
炎は失語の喉を焼きこがす

帰還困難地域に　辛うじて家が残っていても
草生《む》す墓の位置すら知れず
白髪交じりの毛根と　草木にまとわりつく
毎時三十マイクロシーベルトの放射線に透視され
夕日を浴びて立ちつくす木々

金田　久璋（かねだ　ひさあき）
１９４３年、福井県生まれ。詩集『賜物』、評論集『リアリテの磁場』。日本現代詩人会、日本詩人クラブ会員。福井県三方郡在住。

鼻血を流した石仏の群れが
路傍の往く手に立ちはだかる

わたしは元始《アルファ》　わたしは終末《オメガ》＊1
夜の引き明けの　新しい天と地を開く
サタンに身を委ねた裔《すえ》のものらが
預言と錬金術を以て　この世に終末をもたらす
水の源は枯れ　にがよもぎ星は苦く＊2

すでに故山に人影もない
ホルスタインの野良牛のひと群れが
山の斜面の斑雪《はだれ》に紛れこむ
もはや擬態となって
生きるしかない　われらは
神々をもどくものなるゆえに
さしずめ野火を
高く掲げ
まずは路傍の小さな神がみに額づく

＊1　『聖書』ヨハネの黙示録より引用。
＊2　ロープシン「闇の公爵ではなかったか……」（『ロープシン遺稿詩集』白馬書房、川崎浹訳）より引用。チェルノブイリの語源は「にがよもぎ」に由来。

# 棄民

日高　のぼる（ひだか　のぼる）
1950年、北海道生まれ。詩集『どめひこ』『光のなかへ』。
二人詩誌「風《ふう》」、詩誌「いのちの籠」。埼玉県上尾市在住。

セピア色に変色したモノクロームの写真をみるように
過ぎ去った昔の出来事と思っていた学童疎開
それがいま現実に進行している

＊

第二次世界大戦の末期敗戦の告知がせまっていた日本
米軍は都市への無差別爆撃をくりかえしていた
そのさなか学童疎開が進められた
国民学校（現小学校）三年から六年の児童
半ば強制的に集団疎開させた
一九四五年春には全国で四十万人を越えた
お寺や公共施設に収容された子どもたち
授業どころではなく食糧や生活用品の不足
病気やノミ　シラミに悩まされ野菜や米も不足
飢餓が始まり悲惨な生活を強いられた
さらに空襲で疎開中に家族を失い敗戦と同時に戦災孤児
浮浪児となる子どもたちも多かった

＊

二〇一一年三月十一日の東日本大震災
東京電力福島第一原発の爆発
深刻な放射能汚染は地元福島はもとより全国へ広がった
事故から九カ月が過ぎても終息の見通しは立たず
県外へ避難した福島県民は
すべての都道府県へ六万人を越し
県内の避難者を加えると十一万人近くが
避難生活を余儀なくされた
福島県内の小中高生二十七万人のうち
およそ一万八千人が自主避難した
戦後始まって以来の子どもたちの疎開だ
多くの福島県民は住む場所だけではなく
安全な空気　水　食糧を奪われた

＊

広島・長崎の原爆被害者の全面救済にも
背を向け続けてきた歴代政府
過酷事故の当事者でありながら
原発被害者への全面補償を拒み続ける東京電力とともに
またしてもこの国は民を棄てるのか
かつて　黄金の穂波ゆれるジパングと
憧れのまなざしで呼ばれていた国

# 見つめる

岡田　忠昭（おかだ　ただあき）
１９４７年、愛知県生まれ。詩集『忘れない―原発詩篇　増補三版』。詩人会議、愛知詩人会議会員。愛知県名古屋市在住。

あの日激しく大地が揺れ、あたりが騒然となったあと、静寂の彼方から大きな波音が聞こえてきた。人間たちはあわただしく動き回っていたが、食事だけはきちんと与えてくれた。

翌日、大勢の人が浜からこの飯舘の谷に逃げ込んできた。原子力発電所が爆発して、放射能という、臭いもしない、目にも見えない毒物がまき散らされたという。

ところが、放射能はその人たちを追うように、浜風に乗ってこの谷にはい上がってきていた。そのことが分かった人間は次々に村を去り、僕は置き去りにされた。

パニックになった僕は走り回り、そのあと呆然とたたずむしかなかった。そして、飢えと渇きが僕を襲った。

＊

あれからいくつかの季節がめぐり、何とか僕は生きている。水たまりや川の水を飲み、虫や草の実など、いろいろなものを口にして生き抜いてきた。

半年ほど前から皮膚に小さな斑点ができ、毛が抜け落ち始めた。最近は足に力が入らず、ヨロヨロと歩き回っている。

村には見知らぬ人たちがやってきて、屋根や壁を洗い流し、家の周りの草や土をはぎ取って、大きな黒い袋に詰め、田んぼに積み上げた。ほったらかしにされた自然は自由にのさばっている。

今日の夕日は美しい。きっと天国にはあんな光がいっぱいなのだろう。だけど僕は夕日に向かって歩いては行かない。

夕日を背にして谷の入口の向こうを見る。闇に沈んでいく核災害事故の現場、あの日から僕の世界を変えてしまった、おおもとを見つめる。

# しばられた郵便ポスト

わたし　しばられています
ぐるぐると縄に巻かれて

わたし　なにか
わるいことしたでしょうか

ただ　ひと　と　ひと　の
こころをつなぐ　仕事しただけでした

わたしの口に　ひとりの少女が
おずおずと　花模様の封筒をさしこむ

ちょっぴり　あまい香りのする　紙袋
どうか　相手にとどけ　いのった　わたし

わたしの口に　杖をついた老人が
背伸びして　少ししわしわのハガキをさしこむ

ふるくからの　友にあてた　最後の便り
どうか　相手にとどけ　いのった　わたし


石川　逸子（いしかわ　いつこ）

1933年、東京都生まれ。詩集『千鳥ヶ淵へ行きましたか』、小説『道昭――三蔵法師から禅を直伝された僧の生涯』。詩誌「兆」。東京都葛飾区在住。


でも　いま　わたしは　しばられ
口をガムテープで　ぎゅうっと閉められ

わたし　口も　からだも
放射能の毒で　いっぱいなんですって

うそでしよ
山からの風をこころよく吸っていただけなのに

どうか　この縄を解いてください
わたし　しずかに　口を開けていたいんです

ひとの消えた　村に　ひねもす立ちつづけ
わたしの　からだは　ナミダと怒りでいっぱいです

# 手紙

神田　さよ（かんだ　さよ）
１９４８年、東京都生まれ。詩集『おいしい塩』『傾いた家』。詩誌「イリプス」、日本文藝家協会会員。兵庫県西宮市在住。

封は切られている
水に濡れ
タテヤに張り付いて
便箋の端ひらひら

《この箱を開けてはいけません》
タンポポは
種を飛ばした
ペンだこが痛い

分裂
結合
連鎖
白いマスクは
紅く染まり
塩がこびりついて

降る降る
雪のように
舞い落ちる

東北の空
《過ちは繰返しませぬから》
少年《リトルボーイ》はそのまま老人になる
漏らす
漏れる
流す
流れる
ガイガーカウンターは鳴りっぱなし
ベクレルベクレルレルレルルルレル
白紙の便箋に壊れた文字
花の種
どこへ

# 望まぬこと

青山　晴江（あおやま　はるえ）
1952年、東京都生まれ。詩集『ろうそくの方程式』『父と娘の詩画集　ひとときの風景』。詩誌「いのちの籠」、日本現代詩人会会員。東京都葛飾区在住。

一人の青年が
タービン建屋の地下で
遺体で見つかったのは
二十日後のこと＊

私たちが望まぬことは
あなたも望まなかった
きっとそうにちがいない

地震直後に青森むつ市の母親に電話
「発電所は大丈夫。動いている電源もあるし。」
そのあと津波に襲われて閉じ込められた
二十一年の生涯

母親が記者に語った
「親孝行でした。
社会人、技術者として育てていただいた
東電さんに感謝の気持ちです。」

どこか遠い日の言葉が
皮膚を逆なでするように蘇る

オクニノタメニオヤクニタテテ……

死を前にしたあなたの言葉で私は知る
地震の揺れだけで動かなくなった電源があったことを
原発の煮えたぎり崩れた大釜からは
半年後の今もなお
放射能が吹き上がる

私たちが望まなかった
この現実を
あなただって望まなかった
きっとそうにちがいない

＊2011年3月30日福島第一原発4号機地下で発見される。朝日新聞4月5日記事より。

# 飛べないセミ

羽が丸くカールして
飛べないセミ
どうしたの

夏休みが始まって
それなのに
薄ら寒い雨の日です

三枚羽でうずくまる
小さなセミ
どこから来たの

玄関前の側溝でその日
放射線量　0・24マイクロシーベルト
外にいれば年換算2ミリシーベルトを越えてます
「年間1ミリシーベルト以上浴びてはいけない」
3・11以前　日本にそんな基準がありました
今は20ミリに変えられましたが……

松の木にとめた

歪んだ羽のセミ
すこし動いて
黒くて小さな丸い目が
伝えてる

未来の記憶？
いえ
いま　起きていること

# 夏を送る夜に

## ――原発ジプシー逝く――

鈴木　文子（すずき　ふみこ）
1942年、千葉県生れ。詩集『鳳仙花』『電車道』。
詩誌「炎樹」、詩人会議、日本現代詩人会会員。千葉県我孫子在住。

いいやつだったなあ。
ああ　いいやつだった。
それにしてものんべえだったなあ。
のむしかなかったのよ。

百姓やめて何年んなる。
田畑《でんばた》くさぼうぼうんなって五年よ。
漁に出なくなって三年半。
不漁つづきで　借金かかえて、
どうにもなんなかった。
そんな時、
請負いの親方がきたってわけさ。
十分か二十分働いて、
たった三分で一日の手間もらったこともある。
命がけで魚とってたもんにとっちゃあ、
原発さまさまだった。

百姓だっておんなじよ。
なんにも知らねで、
ゴムのカッパ着て　長グツはいて、
宇宙人みてなマスクつけて、
マスクは苦しいからはずして仕事した。
いつだったか
炉の床にこぼれた水ふきとってたら、
胸に下げたアラーム・メーターが、
ビービー鳴ってうるせえのなんの。
そんなの無視して作業やったけんどな。

そらあそうだ。
メーターがパンクしたって
やめられるもんじゃねえ。
上のせ手当ほしかったもんな。
あしたっから仕事もらえなくなったら、
そのことばっかり考えて。
仕事終っと
一二〇ミリレムって
被曝基準*どおりに書いたもんだ。
二〇〇ミリレムこえると、
メーターの針が切れるそうだ。

放射能は、
見えるわけじゃなし　臭くもなし。
仕事してっとき、
どこかが痛くなることもなし、
恐ろしいなんて信じられねえんだな。
覚えてるかい　あの黒人のこと。
でっかい体で真っ白い歯で、
コニチワ。
日本語はコニチワとサヨナラだけで。
体でリズムとりながらペラペラしゃべって、
人なつこい気のよさそうな青年だった。
両手をいっぱいひろげて、
首をちょこんと曲げて、
サヨナラ。
ひび割れた炉ん中で、
一〇〇〇ミリレムもあびたって話だが、
無事に国へ帰れたろうか――。
若くて肌が光ってたから、
毒なんかしみなかっただろうよ。
きっと　そうしみなかった。

いいやつだったなあ。
ああ。
もうすぐおれたちも。

まぁ　一パイいこうか。
ああ……

＊レムは放射線量の単位（現在はシーベルト）。法律では五〇〇ミリレムと決まっているが、これはとんでもない主張。

＊初出「海風」創刊号・一九八七年・海風の会

# 吉田昌郎氏のこと


大倉　元（おおくら　げん）
1939年、徳島県生まれ。詩集『噛む男』『祖谷』。
日本詩人クラブ、日本現代詩人会会員。奈良県大和郡山市在住。


二〇一一年三月十一日一四時四六分
東日本大震災は日本中を恐怖のどん底に突き落とした
地震　津波それによる東京電力福島第一原子力発電所は
壊滅状態になった
日本中を汚染するのではないかと
恐れられた放射能漏れ
世界の目が　日本に　東日本に釘付けとなった

東京電力福島第一原子力発電所
吉田昌郎《まさお》所長は自然のおそろしさに茫然とした
発電所内を走り回った
だが見て回る場所とて限られた
命がけの作業が待っているのを覚悟した
よし俺に命を預けてくれる部下と闘おう
その者だちなら俺の考えていることを理解してくれる
その者たちががんばってくれたら
何とか被害を最小限に食い止められる

日本政府　原子力調査委員会　東京電力東京本社
さまざまな意見が発電所内で錯綜する中
吉田昌郎所長は注水を止めなかった
発電所の中を知り尽くしている
命を預けてくれた者だちと一丸となって
爆発を防ぐために注水を続けなければならない
注水を止めろとの勧告を無視して

日がたつにつれ陣頭指揮にあたった
吉田昌郎所長その人について
メディアは伝え始めた
大阪出身であり　部下に慕われている
責任感の強い男等々

あっ
あの眼鏡の優しい吉田昌郎所長は
昔いっしょに仕事をした
Y氏の息子まさお君ではなかろうか

一九七二年
金物卸問屋に勤めていたY氏が代表となって会社を起こ
した

鉄板加工会社などにつとめていたT氏やI氏にM氏
家庭金物製造会社につとめていた僕も仲間に入った
当時流行っていた炊飯保温ジャーの販売会社だった

Y氏と全国を営業で回った
Y氏は小柄ながら正義感の強い男だった
商売のイロハを叩き込まれた
十人足らずの仲間
家族ぐるみの付き合い
風通しのよい会社
Y氏の夫人が経理を担当していた
Y氏のひとり息子が学生服でよく遊びに来ていた
名前はまさお君といって
大阪のO大学付属高校に通っていた
上背のある好青年だった

残念ながら会社は三年で解散した
そういえば
まさお君は東京工業大学を出て
東京電力に入社したと聞いていた
テレビの取材に応じている吉田昌郎所長け
頑固さもあったY氏の息子
まさお君に違いない

Y氏はもうこの世の人ではないが
生きていればどんな心地だろう
放射能漏れを食い止めよう
その一念で頑張っている
四十年ぶりに見るまさお君

東京電力福島第一原子力発電所
吉田昌郎所長

頼んだぞ
テレビの前で叫んだ

＊吉田昌郎氏は二〇一三年七月九日　食道癌のため
五十八歳で命を閉じた
参考『死の淵を見た男』門田隆将著（角川文庫）

# きみが逝った日に

明るむのを待てず
手向ける花を携え
きみが寧日《ねいじつ》暮らした
集落へと向かう

波頭の向こう
岬の灯台がかすんで見える
形も　匂いも　音も　無い
理不尽な仕打ちを前にして
黙するしかないのだろうか
何事も無かったかのように
闇を抱えたまま
平静さを装い
「復興」「絆」の神輿を
担げとでもいうのだろうか

あの日
きみが嫁いだ湾を臨む集落は
海の底に沈められ
放射能に汚染され

こやま　きお
1947年、栃木県生まれ。詩集『父の八月』『海が燃える3・11の祈り』。
詩誌「那須の緒」、日本現代詩人会会員。栃木県宇都宮市在住。

人も灯りも
消失してしまった

どこまでも碧い　海
広く澄んだ　空
子どもたちと戯れた白い　砂浜
きみが愛した故郷は
どこへ行ってしまったのだ

きみの安らぐ
魂の還る日を祈り
花を手向ける

# たんぽぽ

森田　和美（もりた　かずみ）
１９４８年、奈良県生まれ。詩集『二冊のアルバム』『リヴィエール・心の河』。
詩人会議、戦争と平和を考える詩の会会員。埼玉県川口市在住。

たんぽぽが咲いている　堤防の
果てしない空　光の波に運ばれて
青のなかに溶け込んでしまいそう

だれ一人近づけない
毒された村里にも咲いているだろうか
一輪のそのまなざしで
今日の空を見ているだろうか
あの日の大地震　無残に崩れた
安全神話の灰のなかでも……

消すに消せない原子の火
野原で遊べない子どもたち
たんぽぽ一輪にもさわれない
小さな瞳いっぱいに重い不安をたたえて
今日の空を見ているだろうか

遠い昔　子どもたちが名付けたという
たんぽぽ　たんぽぽ　つづみのひびき
綿毛になって風に乗る
新たな春を呼ぶために
灰のなかでも咲くために

# 種まもる人

堀田　京子（ほった　きょうこ）
1944年、群馬県生まれ。詩集『畦道の詩』『愛あるところに光は満ちて』。東京都清瀬市在住。

ご先祖様が守り慈しみ育んできた我らが大地
種をまき　育て　収穫
連綿とした命の営みの歴史は変わることなく
子から孫へ受け継がれて行くものであった
かけがえのない日々
大地と共に生き農業という営みの中で暮らし
社会を担っていた
喜びも悲しみも　共に分かち合いながら社会を構築
三・一一　メルトダウン
逃げろ　危ない　放射能にやられる
静かなふるさと福島を
一瞬にして　葬ってしまった原発の恐怖

浪江町の日々は暗黒の闇の中に立ちすくむ
すべては水の泡と化した日
何から何まで奪いつくした原発事故
あってはならない事故が現実に起きた
あれから八年　ふるさとの火を消すな
復興には血のにじむような努力
混乱の中で在来種の野菜の種を精魂込めて
命がけで守り抜こうと頑張っていた人がいる

たかが種　されど種
代々受け継がれてきた野菜は宝である
この我が子のごとき大切な種を
守ることができなくなったあの日の惨事許せない

地場の旨味のしみ込んだ　野菜　丈夫で自然な作物
誠実な農民の喪失感・嘆きを　見過ごすことができず
会社をやめて　人生を伝統野菜にかけて活動する方がいた
効率のみの求められる経済の中で
苦難の道を行く聖職者のようだ
野菜は人が笑っていないと　固くなってしまうと嘆く
高橋一也さん
食べることは生きること
化学物質など添加物まみれの加工食品の洪水
消毒漬けの野菜　これでは病気にならないほうがおかしい
食べ物を戴くということは
人とつながりが原点であったはずだ
飽食の時代において　安心して食べられるものは
どのくらいあるのだろうか
肉は抗生物質汚染　ホルモン剤まで使用されている
畑にはまず虫殺しの消毒

そして雑草は除草剤で枯らす事が定番の現代
農薬ネオニコチノイドは
ミツバチの神経伝達物質を破壊絶滅の恐怖があるという
時代の流れは止められないが
思考することで身を守らねばならない
さわやかな泉の水を求めて走り回る高橋一也さん
心ある野菜屋さんに大きなエールを送りたい
種は民族の遺産
心ある沢山の仲間で守ってゆく必要を感じる

（アメリカの種会社独占企業は売り込むためにＦ１という次世代に種を残せないものを開発）

## 三・一一　あれから間もなく五年

メルトダウン　汚染された大地
じだんだを踏みながらなぜ　なぜ
分からない　見えない一寸先
静寂の中の恐怖　放射能の威力

月に向かって　吠えれど　聞こえず
太陽に向かって祈れど　届かず
星を見上げて泣いた日々
一瞬にして奪われた大切な宝
築きあげた全てが喪失した
心の扉はあの時から閉じられたまま

かけがえのないふる里を　追われて流浪の民
地域も　家族も崩壊の危機　さまよえる二十万の民
涙で振り向いても　なにも見えない
虚無感の中ひたすらに絶え歩く
やりようのない　気持ちを抱えたまま暮らす
あの日から続く人々の闘い
固めたこぶし振り上げ　原発反対

バラ園の夢破れて双葉園
人生の全てをかけて築き上げたバラ園
七千株のバラの嘆き哀しみ愛おし
五万人の来園者の思い出まで消し去った
バラ園の甦る日を憧れ夢に見る

福島の自主避難者十一万人の行方やいかに
住宅支援打ち切り　弱者いじめ
普通にご飯が食べられますように
普通に外へ出られますように
普通の暮らしが夢
頑張ることの限界の中で
冷たい仕打ちに泣く
本当の空　青い空が恋しい

# なくなった

なくなった
街を歩く
ことはできない
ここには街が
一つあった
みんないた
なくなってから
はじめて気付く
ここが普通で
なかったことに
気づかされた
これがあった
原発が
安全はもろく
崩れていく
それでも国は
やめようとしない
なぜだろう
どうしてだろう
もうフクシマだけで
たくさんなのに
なぜそれが
分からないんだ

植田　文隆（うえだ　ふみたか）
1980年、福岡県生まれ。
詩誌「このゆびとまれ」、鹿児島詩人会議会員。福岡県北九州市在住。

曽我部　昭美（そがべ　あきよし）
1931年、愛媛県生まれ。詩集『記憶のカバン』『記憶の砂粒』。
詩誌「リヴィエール」、日本詩人クラブ会員。和歌山県和歌山市在住。

# 居場所

原発数キロ圏内の地から
百キロ離れた町に移ってきた人が
居場所がないというのを聞いて
恥ずかしくなった
「ふるさと」の川が面色《かおいろ》を変えた位で
ひどく嘆いたりすることが

だが
居場所があっても
どこかおぼつかないような思いは
ずっとひそんでいる気がする
心のどこかに

どこに引っ越しても
それなりに人になじみ
花も愛《め》でてきたけど
いつもかすかに揺れているような
この生きる空間

安普請《やすぶしん》の
虫食いの
円形の仮屋

# ズーム

柴田　三吉（しばた　さんきち）
1952年、東京都生まれ。詩集『角度』『旅の文法』。詩誌「ジャンクション」。東京都葛飾区在住。

低い山々に囲まれた群青の湖。湖畔の無人駅にカーソルを合わせ、Google の航空写真を拡大する。駅舎のすぐ脇に、山裾にへばりついた集落が見えてくる。さらに拡大すると、農地のあいだに散在する二十戸ほどの家屋。そのはずれに一戸だけ、わら葺きの屋根が残っている。百年前、父が生まれた家だ。昼を過ぎたばかりの影が、屋根を縁取るように落ちている。

＊

傾いた門の前に立つ。母屋の棟が、煙出しのきわで大きく窪み、ビニールシートで覆われている。道路に面した蔵の漆喰《しっくい》も落ち、あの日の揺れの激しかったことが見て取れる。くたびれた作業着が庭いっぱいに干され、夏草がその裾をついばんでいる。

ガラス戸からこちらをうかがう気配があるが、もう縁が切れてしまった人たちだ。声をかけるのもためらわれ、蕎麦畑の畔道を行くと、疎林の中に学校らしき建物が見えてくる。
「明治六年　Y尋常小学校開設」
「平成一八年　一三三年の幕を閉じる」
御影石に彫られた文字。昭和のはじめ、疥癬《かいせん》頭の父が通った学校だ。光あふれる校庭を、子どもたちの影が走りまわっている。

＊

不意の郷愁に襲われるが、この村もあの日々、はげしく汚染されたのだった。湖畔にうずくまる、ひび割れたかまどの里。土間に並ぶ厠《かわや》と厩《うまや》のにおい。郷愁とは誰のものだろう。樹間に響く蝉の声が、時のゆらぎとなって背を包む。

＊

画面を東へスクロールする。わずか八十キロ、太平洋沿岸に、白い波が打ち寄せている。

（福島県双葉郡　大熊町・双葉町）

ふたたび拡大していくと、福島第一原発、1号機から4号機の、円形のドームが見えてくる。撮影日不詳の静止画像。敷地内には巨大な重機が並び、汚染水貯蔵タンク、フレコンバッグが、地上絵みたいな幾何学模様を描いている。

重機の横に米粒よりも小さな人間が立っている。その人を縁取り、濃い影が刻まれている。誰とも知れない影が、徐々に伸びていく。

# 赤光

原　かずみ（はら　かずみ）
1955年、石川県生まれ。詩集『光曝』『オブリガート』。詩誌「まひる」。東京都あきる野市在住。

赤銅色の小柄な老人が
語りだす
落日の烈しさで

葛尾村は福島で二番目に人が少ねぇ
自然とともに生きてきた村です
避難解除になっても
その村に　子どもらは帰れん
そりゃあんた
村に未来がないということです

三春町の仮設住宅脇
応援メッセージが所狭しと貼られた集会室
耳が遠いという老人の
ぎくしゃくした　しゃがれ声が
やすりのように私たちの上を行き来して
うっすら血をにじませる

戦争中は一億火の玉や
村の若いもんもたくさん死んだ
戦後　みんなで蓑笠着て　鍬で耕して
やっと平和になったと思っとったに

記憶を失ったまま横たわる除染地
押し黙るフレコンバックの山塊
辺り一面の殺風景に
老人は烈々とやすりをかける
表皮が剥がれ
ふいに真皮が覗く瞬間
きりりと引き締まった畝
鍬をふるう農夫たちの影が
先祖と縺れ　先祖と踊り
阿武隈の山々の底に
紅溜りのように夕日が溜まる邨

落日の烈しさが産む闇の深度
百年たてば明けるだろうか
その時
〈未来〉は転倒し
赤光を浴びた禁断の森が聳える

# あの町から

髙嶋　英夫（たかしま　ひでお）
１９４９年福岡県生まれ。詩集『明日へ』。
詩人会議会員。埼玉県狭山市在住。

見上げれば
空はどこまでも青く
白い雲が　ゆったりと流れてくる
ここからは見えないけれど
遠く海と山にかこまれた
あの町が目に浮かぶ
大震災を乗り越えて
悲しみ苦しみ涙から
明日がもっと喜びの日であるように
懸命に生きていく人たちがいる

見上げれば
小学校の空から
どこまでも夢が広がっていく
遠く海辺の小学校で
子どもたちが元気な声で走っていた
いつまでも伝えてよ　その日のことを

見上げれば
高圧線が遠い山を越えて電気を送ってくれる
その遥か向こうに
原発事故から何年が過ぎても
今も帰れない町があり
暮らしても苦難が続いている町がある

どこまでも空が青いこの町へ
あの町の人たちから送られた
海の幸から　野山の幸から
今日は　わかめとホタテとお酒を
買い物かごに入れている

空はどこまでも青く
海と大地がつながっている
あの町からこの町へ
あなたの町の景色を　暮らしを
風に乗せ　白い雲に乗せて伝えて欲しい
私には力が及ばないけれど祈っている
明日がもっと笑顔の多い日であるように

# 空の青

空が青ければ青いほど
言葉が虚しい時がある
いや
虚しいのは言葉を発する
僕たちかも知れない

青い空の下の
メルトダウン
メルトスルー

制御し得ない核エネルギーと
制御しそこなった人間の欲望の対位法
それを
悲劇というか喜劇というか

怒りが怒りとならない
かなしさが漂う

青い空に声が響く
仕方ない　天の災いだから
仕方ない　人は過ちを犯すのだから

あの時
見たものを見なかったという
見なかったことを見たという

頑張れとか応援とか　善を装った
逆撫でする風が吹いている
青くても黒くても
空は空だ

遥かな君は　きょうも
羽を椀《も》がれた言葉を発し続けているだろう
パンドラの箱から覗いた希望に向かって
祈るように

いま　僕は
君の影を見つめて
僕らの末生の言葉が
輝く時を
思い描いている


## 松本　高直（まつもと　たかなお）

１９５３年、東京都生まれ。詩集『木の精』『永遠の空腹』。
詩誌「舟（レアリテの会）」、日本現代詩人会会員。東京都小平市在住。

田中　眞由美（たなか　まゆみ）
1949年、長野県生まれ。詩集『待ち伏せる明日』『指を背にあてて』。詩誌「ERA」「しずく」。埼玉県新座市在住。

# かくれんぼ

隠れじょうずなものは
一瞬で
どこまでも　逃げた

そっと
肺胞にかくれた　もの
食道からはいりこんだ　もの

何げない顔で
すこしずつ忍びこんだものが
姿を見せ始める

目をむき
目を凝らして
隠れたものを　探す

　だいじょうぶ
　だいじょうぶ
ただちには影響はありません

オウムがえしに
火消しの御題目は唱えられるけれど
積るものの総体は増えるばかりで
ご利益なんて　現れない

〈ホットスポット〉なんて
ポップな名をつけられて
そこではイベントでも開かれそう

隠そうとする者と
見破ろうとする者が
繰り広げる鬼ごっこがつづいて

安全印の危険区域に隠れたものは
遥かな地に逃れ
存在宣言を　する

　やっぱり
見つけてもらわなくちゃ
〈かくれんぼ〉は終れないもの

# 半魚人

勝嶋　啓太（かつしま　けいた）
1971年、東京都生まれ。詩集『今夜はいつもより星が多いみたいだ』、共著『妖怪図鑑』。詩誌「潮流詩派」「コールサック（石炭袋）」。東京都杉並区在住。

三丁目の来々軒でラーメンを食べた帰り
ぶらぶらと散歩していると　男の人に
海に行くにはどう行ったらいいですか？
と声をかけられた
目と目がすごく離れてて　すごい受け口だったので
なんか魚っぽい顔しているなあ　と思ったら
半魚人です　とのことで　納得
休暇を利用して　地上見物に来たのだが
道に迷ってしまった　ということらしい
ヒマだったので　案内かたがた
ぼくも　海に行くことにする
電車とバスを乗り継いで　海に向かう
半魚さんは　やっぱり漁師か何かなんですか？
いえ　自分はサラリーマンです
最近は　温暖化のせいで　海も不景気でしてね
それ　結構　地上人のせいですよね　スミマセン
半魚さんは　どこにお住まいなんですか？
フクシマ県沖です
じゃあ　地震と津波で大変だったでしょう？
実は　そうでもなかったんですよ
わたし　わりと深海に住んでるもんで
ただね　実は　その後の　汚染がひどくてね
今も　出勤の時は　防毒マスク着けてるんですよ
ああ　ゲンパツから漏れたの　垂れ流してますからね
重ね重ね　スミマセン　と
一応　地上人を代表して謝ったりしている内に
海に着く
冬の海水浴場には　さすがに誰もいなかった
どうもありがとうございました　と半魚さんは言って
すごい綺麗なフォームで　海に飛び込み
スイスイスイ～　と泳ぎ去っていった
……やっぱり　半魚人だから　泳ぎが上手いな

# Junction

林　嗣夫（はやし　つぐお）
1936年、高知県生まれ。詩集『そのようにして』、詩論集『日常の裂けめより』。
詩誌「兆」、日本詩人クラブ会員。高知県高知市在住。

アメリカ発の経済原理が
桜ともみじの
この小さな島国に移植され

隣の米屋が滅んでいく
向こうの酒屋もいつのまにか姿を消した
そして　強い者はわがままになるほかない

桜の季節になると　里や浦で
校歌をうたいながら
小学校が滅んでいく

もみじの季節も知らないまま
亡くなった老人が
都会の一室で見つかったり

小さな島国の痙攣のように
福島では原子力発電所が爆発し
土そのものが　滅んでいく

ところで
いつも詩誌を送ってくださるKさん
足裏マッサージの技法を習い始めたとか

死者たちとつながりたくて　言葉を捜し
追われる人たちとつながりたくて
手指の訓練をするのだろうか

＊Junction――詩誌名

# 青い夕焼け

火星の空は　赤い。
そして
火星の夕焼けは青いのだ　と
なにかの本に　書かれてあった。

いま
地球上の　この一角は
（死人《しびと》を埋《うず》めた　瓦礫の累積）
だれも棲むことのない　（被曝地）である。
なのに　なぜ　？
嘘みたいに　地球の空は青く澄むのか。

わたしの幼かったころも
空は青くて　（夕焼けは赤く）
地平のあたりはいつだって――
草の生えない戦場だった。

（あのころの
漫画に書かれた　（火星人）　は
なぜだろう　？

くにさだ　きみ
1932年、岡山県生まれ。詩集『死の雲、水の国籍』『くにさだきみ詩選集一三〇篇』。詩誌「腹の虫」「径」。岡山県総社市在住。

頭が膨《ふく》れて　目が赤く
水母《くらげ》みたいに
フニャフニャしていた。

火星という星を　探索すると
あそこにも――
地球と同じで　水があった　と
国民学校のウノ先生は
見てきたように教えてくれたが……
火星の空は　マッカだと
教わることは一度もなかった。）

地球と同じで
宇宙も　きっと
グローバル化がすすんでいるのだ。

いま
フクシマという
水の天体を探索すると
（防護服を被《き》た）　お化けの水母が

青い手袋をはめ　鳶口を握り
ミエナイ
イロノナイ
マッタク　ツカミドコロヲ　ウシナッタ
放射能という怪物《ファントム》を
調教しようと焦《あせ》っているのだ。

（だからといって
〈原子力の平和利用〉と言ってはならない。）

日暮れごろになって
免震棟に戻る　似せものの水母に
そっと
線量計を近づければ　わかる。

放射能《ファントム》たちはいつだって
「色」を「音」にして　たちあがってくるから――

＊

火星の空は　赤い。
火星の夕焼けは　青いのだ。
たしかに　そう
ものの本には書かれていたが――

わたしどもの棲む　水の天体。
地球の底には
（線量計の届かない）
黄泉《よみ》
と呼ぶ国が隠されている。

火星と同じで
火星より一層ブルーな　黄泉の国では
――被曝を知らない亡者の群れが――
隠された　（音のない）
青い夕焼けに染められて佇む。

# 浜岡が危ない

埋田　昇二（うめだ　しょうじ）
1933年、静岡県生まれ。詩集『海と風との対話』『埋田昇二全詩集』。詩誌「鹿」、日本現代詩人会会員。静岡県浜松市在住。

遠州灘から太平洋の大海原を望む高台に臨む
浜岡原子力発電所は
暁の海からたち昇る赤い太陽に希望を
沈む夕陽に生の寂寞を想う
だが
海岸から遠くない
直下の地底の闇のなかでは
大陸プレートの固い岩石と
フィリッピン海プレートの硬い岩石が
激突する地殻の壮大なドラマが繰り広げられていること
　に
私たちは気がつかない
私たちの見えないところで
陸側のプレートの先端部分が引きずり込まれ
ぎりぎり
ぎしぎしぎしと押し込まれ
ひずみが限界に達した時
陸側のプレートが跳ねあがり
激しく地が震え戦く
そのとき
盛り上がった海水が大津波と化して
沿岸の村人たちを情け容赦なく襲う
数十億年前から続くこの陸と海との
この予告なしの狂奔が
人の命を
子の命が奪い
村々を抹殺する

浜岡原子力発電所はフィリッピンプレートの境界である
　駿河トラフに近接している
東海地震の震源と予想される領域のほぼ中心にある
静岡大学の調査では
原発から八キロメートル以内の周辺には八本の活断層が
　知られており
他に活断層の疑いのある三本の線があるが
そのうち二本が原発敷地内を走っている！

二〇〇七年
産業技術総合研究所活断層研究センターが
浜岡原発の東二キロの地点で八か所のボーリング調査を

実施したところ
八千年以上前から百～二百年周期で
東海地震が起きていることが確認された
東海地震が単独で発生した場合もマグニチュード8震度
　6が想定され
もし
一八五三年の安政南海地震のように
東海・南海・東南海連動型地震となる可能性も高いと予
　想されている
その場合には
マグニチュード9の巨大地震となる可能性があると計算
　されている

また二〇〇九年
文部科学省の研究によれば
東海・東南海・南海地震が連動して起こった場合
津波は数分～数十分の時間差を置いて連動発生し
浜岡原発付近などいくつかの狭い範囲では
海上波高一一メートルに達することがあるというシミュ
　レーションが公表されている

二〇〇五年三月三十一日
中央防災会議は
東南海・南海地震による死者は一万七千八百人
（内、津波による死者八千六百人）
経済被害額約五十七兆円と算定された報告書を発表した。

二〇一一年五月六日
菅首相は
東日本大震災と福島第一原子力発電所の大事故のあと
浜岡原子力発電所の全ての原子炉の運転停止を中部電力
　に要請
さらに二〇三〇年までに14基以上の原発を新増設すると
　いう
現行のエネルギー基本計画を白紙に戻すと発表
中部電力も首相の要請を受け入れたが
浜岡原発の停止についても防潮堤の建設までとしており
地震と津波が襲えば
液状化の著しい浜岡の砂丘は
脆弱な原子炉建屋とタービン建屋を倒壊させ
「福島」の悲惨を繰り返すことは間違いない
この瞬間が
明日にも起こるかもしれない
「浜岡」は危ないことに変わりない！

# 東京ラプソディー


斎藤　紘二（さいとう　ひろじ）
1943年、樺太生まれ。詩集『二都物語』、『海の記憶』。
日本現代詩人会、宮城県詩人会会員。宮城県仙台市在住。


メルカトル世界地図の
ユーラシア大陸のはずれに
いまにも地図からずり落ちそうにして
極東の縁にしがみついている島がある
そう　黄金の島ジパングだ
英語で言えばジャパンとなるが
いかにも太平洋にジャポンと
落ちそうな響きではある

そのジャパンの首都・東京に
4年にいちどの祭りがやってくる
ブエノスアイレスから世界に発信された
フェイク宣言が功を奏して
スポーツには決してあるまじき（IOCも恥を知れ）
じつにアンフェアなやり方で
みごとに世界をあざむいたのだ
そうだよ　忘れもしないあのころし文句
福島の状況は　統御《アンダーコントロール》　されています
東京にはいかなる影響もありません

あのとき統御されたのは　じつは
日本のメディアと国民であったろう
晋三は盟友トランプよりも遥かに早く
フェイクニュースを世界に発信していたのだ
（おお　フェイクの先達　安倍晋三！）

晋三、お主もなかなかやるのう　ひょっとして
心臓に毛が生えているのかしらん　トランプが言い
おかげであれが誘致の切り札《トランプ》になりましたよ　晋三が
応える

確かに　政は祭りごとのことだから
政治が祭りを決めることはあるだろう
だからと言って大嘘をついて
ごり押しで決めていいものではない
決めればそれはまさにファッショというものだ
ファッショが時代のファッションになったらおしまいな
のだ

それにしても
福島の状況は統御されていますと言いくるめ
震災からの復興五輪だとのたまうあの男の
口の中からちらちらのぞく舌（ああ何とも下卑た舌よ）
男の舌は本当に一枚だけなのかと
テレビの画面にくっついて調べてみる
ついでに　男の顔にあっかんべえ

　復興五輪とのたまうけれど　巷では
　何が復興五輪だふざけるな　そんな声が多いのだ

あの日から
福島はセシウムにまみれ　ひとびとは
いわれのない悪意にみちた視線にさらされ
大いなる偏見と差別にも日々さらされて
ついにはくたびれ果てた生活のなかでは
明日も　ましてあさってなど見えはしない
そのつらい心を元に戻すことこそ
復興のほんとうの願いではなかったか

けれどもそんなことはもう忘れてしまったかのようだ
かつて東京に送電した福島いまは暗く
五輪を待つ東京の電飾はあくまで明るく
黄金の島ジパングの中心で輝いている

そして音楽も明るく響く
おお　にぎやかに奏でられる狂詩曲
曲は東京ラプソディー

だがじっと耳を澄ませば
おや　北風にのって
遥か遠くみちのくから流れてくる歌がある
（会津磐梯山は宝の山よ　笹に黄金がなりさがる）
ほんらいならば陽気なはずの歌が
東京ラプソディーに気圧されて
なんだか低く陰鬱に聞こえてくるではないか
ときに経文のごとく　そして
ときに呪詛のごとく

# フクシマ年代記《クロニクル》

むかし東北《みちのく》という土地は　桃源郷的異界だった
義経が逃げ込む藤原の都　芭蕉の選ぶ最後の旅
だが中央政庁からすれば　征伐すべき北狄《ほくてき》の地
明治はじめの戊辰の年は　東西両軍が激突した

江戸への義理か義の故か　されど幕府は断末魔
さらに平成二十三年　東電と国のせいで大被害

この卯年は三月の十一日　午後の三時の少し前　突如
東日本に大地震が起こり　太平洋側では津波が咆えた
テレビ画面で観る凄惨さ　巨大な波は劇画かと疑うも
悲しみは福島第一原発の　事故が起した見えない恐怖
原子力緊急事態宣言発令　福島の原発立地で避難指示
翌日は第一原発1号機で　水素爆発あり避難区域拡大

その後　時として福島はフクシマと表記されるが
ヒロシマ・ナガサキと違い　福島の県や市でなく
県内の原発事故被害地に限ったほうが　意が通る
一年経った二十四年　各地の被害は復興しだすも
フクシマは無惨　微量長期の被曝に風評被害など

天瀬　裕康（あませ　ひろやす）
1931年、広島県生まれ。詩集『ロボットたち』、歌集『時は流れ往けど』。
短歌誌「あすなろ」同人、「短詩型SFの会」代表。広島県大竹市在住。

放射性物質にうなされて　避難移民も悩み尽きず
或る作家は　この人為的災害を　原発災と呼んだ
それに対し東電や国は　誠意をもって対処したか

文明に　春の夢裂く　核無用
災害当初から東電の　脳裡にあるは自己保全
マスコミがばらした　以前の社長の巨額な退職金
原子力産業を儲けさせた　政府与党の罪は大きい
与党を原発連合が動かしているなら　なんとしょう
かつて満鉄が軍を操り　戦争たくらむ　そのように

二十五年一月から始まった大河ドラマ「八重の桜」は
鉄砲で官軍と戦った山本八重　のちの新島八重の物語
会津人らの励ましになるも　浜通りの現実は酷かった
天災を　原発災が増幅したため　どこまで続く泥濘《ぬかるみ》ぞ
東電は水が漏れていたと云い　汚染水を海に流し続け
震災前に二百二万の県人口は　百九十五万に減った由

全国の知事会は　復興支援の職員を二十六年四月から
福島県には一五一人　岩手県・宮城県にも派遣を決定

五月にはケネディ駐日米大使が　原発などを視察した
東北《みちのく》六県による東北六魂《ろっこん》祭に　福島は大わらじを出品
第一原発５号機６号機は　廃止し廃炉の研究施設に！
だが順調には　ゆきそうにもない

四度目の新年が来た朝は　初日の出を拝む人の群れ
原発災はどうなった　宇宙線を利用して調査すれば
燃料は殆ど溶融し　ロボットが視るとヘドロだらけ
原発事故で　将来を悲観し自殺した老酪農家の
遺族が起こした裁判の　和解成立は十二月初め
それは良いことではあるけれど　救済すべき人多く

平成二十八年はフクシマ五年　被曝とは一体なに？
チェルノブイリから三〇年　政府は何を学んだのか
この年　観光再生へ向け　多くの動きが起って来た
いわき市では　海の民の信仰や山の修験者が人を呼び
須賀川市は特撮　会津十七市町村は三十三観音を発信
観光客の立ち寄る数は　震災前の八割近く回復し
避難者は二月一日現在　十万人を下回ったものの
あの放射線による汚染地区は　まだ復興には遠かった
線量計にシーベルト　放射能の強さはベクレルだとか
二十九年には　県内に大規模太陽光発電所が計画され
原発に替わる　再生可能エネルギーの実用化がすすむ

原発事故を含めた震災関連死は　九月末で二二〇二人
だが風評被害と人口減対策は　特に被曝地では深刻だ
違う話を探すなら　地元「福島民報」にはこんな記事
年末は伊達市や相馬市で聖夜などにとイチゴが売られ
福島では日本一の酒巡り　白河駅に戊辰戦争の立看板

日本各地はなに疑わず　明治維新後一五〇年
福島では平成三十年を　戊辰戦争後百五十年
京に放火の長州が官軍　都を守る会津が賊軍？

野口英世を世界に送った福島県だけど　何の因果か
震災死　原発災死　関連死　合計すれば四千を超え
全国に散らばった避難生活者　いまなお四万三千人

平成が春の最中《さなか》に終わる年　福島県では——
正月の　請戸《うけど》漁港では出初め式が復活し
郡山は「みちのく　いいもん」物産展を開き
全体は復興してきても　浜通りにはまだ原発災
プルトニウムの半減期二万四千年は超常的だが
セシウムやストロンチウムでも約三十年だから
福島が復興しても　フクシマの苦難は続くはず
だども　負けてはならぬ　ならぬことはならぬ
フクシマ年代記《クロニクル》は　まだ　終わるまい

# あの日から

末松　努（すえまつ　つとむ）
1973年、福岡県生まれ。
詩誌「コールサック（石炭袋）」、日本詩人クラブ会員。福岡県中間市在住。

東北の地が大きく揺れ
日本が大きく揺らいだあの日
言葉も消えた
叫び　呻き　嗚咽
声にならぬ 悲しみ　怒り　落胆
言葉になどできぬ現実
目を覆う事態に　ひれ伏すしかなかった

あえて向かわざるを得なかった漁船を津波は通り過ぎ
暴走した果てに　陸で数多の人生を剥ぎ取り
港の大型船を　あろうことか建物の上に乗り上げさせた
そこには　最後の最後まで地元の命を救おうと
危険をかえりみず　沿岸に残った人もいたというのに

揺れが収まり
引き波が去ったあと
命を暗くした町が現れる

すべて　幻であってほしかった
いまだに　嘘であってほしいと願ってしまう

制御不能に陥った発電所は
故郷の土に　透明な要塞を築いたが
その中で当時もいまも懸命に対処している人たちがいる
避難した先で
失いかけた力を振り絞って過ごす人たちがいる
駆けつけるボランティアがいる
遠方で　何もできないからと
祈りを捧げ　募金する人たちがいる

だれもが思いを言葉にするまでに
時間を要している

復旧し　日常を取りもどす人もあれば
被害に遭いつつも　同じ地で力を奪われた人のため
尽力する人もいる
揺れの恐怖や　残った被害と記憶に苦しみ
命を落とす人もいる
震災が奪ったものは　あまりに大きかったが
それでも復興再生をめざし

立ち上がろうとする人がいる
思いつくかぎりの知恵工夫を凝らし
教訓を形にし
かつての風景を残すこともあれば
町に命を吹き込もうと
かさ上げされた新たな土地に　全力を傾ける人もいる

あれから八年経ったが
悲しみも辛さも苦しみも　決して消えはしない
皆　それらを抱えたまま
笑顔をつくりながら　踏ん張っているのだ
早々と言葉で
「アンダーコントロール」
と国を治めるものが　遠くで高らかに宣言しても
何も消えず　癒やされることもないだろう
だが　わたしたちは　悲嘆にくれるに終わらず
震災を風化せぬようにしなくてはならぬ
語る言葉を失おうとも　語り継がねばならぬ

いま
生きているからこそ
手を取り　力を合わせ
絆も　笑顔も　言葉も　取りもどし
いつまでも悲しむだけに終わらせず
ひたむきに明るく生きようとしている東北を
支えていかねばならぬ
そこにいまなお継がれている命に尊さを抱き
希望の言葉が現実と安堵を紡ぐようになるまで
できることをひとつひとつやり遂げなければならぬ
必ず、だ

なぜなら
わたしたちも　東北に支えられ　生きているのだから

# ふるさとを忘れない　福島を忘れない

**梓澤　和幸**（あずさわ　かずゆき）
1943年、群馬県生まれ。『リーガルマインド―自分の頭で考える方法と精神』『報道被害』。日本ペンクラブ理事。東京都国分寺市在住。

僕のふるさとは群馬県の桐生である。東武伊勢崎線で浅草から二時間と少し。やぶ塚駅から桐生に入るあたりで、電車の右側に、小高い山の連なりが迫ってきた。何年かご無沙汰していたふるさとが近くなってきた。母の胎内に帰って行くような不思議な思いがこみ上げてきた。

二〇一一年三月、福島第一原発の過酷事故が起こった。五月三日、富岡町、川内村ほか二八〇〇人の人々が郡山ビッグパレットに避難していたが、その時見たことはどうしても文章にしておかなければならない。

大きな体育館様の建物に、一世帯あたり四平方メートルと段ボールで仕切られた空間。そこに家族が押し込められている。視線をさえぎる仕切りは五〇センチくらいの高さの段ボールだけだ。

夕方、慰問に訪れたプロレスの地方巡業の一座が特設の舞台を作った。ヒール（悪役）を、善人役の、小づくりだが鍛え上げた骨格の男性が小気味良く投げ飛ばして押さえつけた。「そこだ。もっとやれ」という喚声が次々に飛んだ。拍手が響く。

演技が終わったあと、福島出身と名乗ったさっきのレスラーが話した。「みなさん、耐えて生きてください。私は、五年後、六年後、もっと大きくなって帰ってきます。その時までお元気で……」大きくなってという言葉が印象に残った。

語尾は震えていた。グランドスラムで叩きつけられた背中が真っ赤になっているのが目に焼き付いた。

翌日会津若松で一〇〇キロ先の大熊町から町ぐるみ避難している役場の職員からお話を聞いた。大熊町は福島第一原発の立地自治体である。

「事故から一ヶ月半、いまふるさとを思うのはどんなお気持ちですか」。思えば、切り裂くようなおろかな問いである。

しかし、廃校となった校舎を作り替えた役場の一室で、白髪交じりの五〇代半ばの男性は答えてくださった。

「これは、祖父、父親の世代が選んだ道の結果です。私たちはもうふるさとにはもどれない。」午後の陽光がさしていた。

遠くを見るような瞳で語るそのことばの響きは、沈み込むように低く重かった。

「いま、ふるさとの海岸縁の丘には、海岸から高い方向に向かう斜面に白い花が咲いています。町民が誇りにしてきた梨の木の花です。　それは目を見張るような美しい光景です」

その男性はさらに言った。

「私たちはもうあそこに戻れない。とさっき言いました。でも戻るんだ。戻らなければならないのです」強い口調だった。

生きることに肯定的な価値を見出すなら、ふるさとを奪いとられてしまったとき、人はどうやって生きる力を抱くのか。塗炭の苦しみにさいなまれた同胞《はらから》のことを忘れない。そう思う人はあちこちで声をあげて、あの歌を声にして姿をあらわせ。

そのときこそ、福島の人々のふるさとは取り戻されるのだ。

# 悩む水

## 青柳　晶子（あおやぎ　あきこ）

1944年、中国上海市生まれ。詩集『みずの炎』『草萌え』。
栃木県現代詩人会、日本現代詩人会会員。栃木県宇都宮市在住。

起きぬけに飲む一杯の水
風呂もトイレも同じ水道水だ
水仕事をする時はていねいに水を扱う
果物を洗った水で台布巾を絞り
茶碗の洗い水で牛乳パックをすすぐ
油は拭き取って　塩や泥の水は庭に捨てる
できるだけよい状態で下水に返したい
この水は浄水場で処理されて
下流の都市部でくりかえし使われる
衛生上問題はないのだけれど
都会では飲料水は買うものらしい

水の星といわれながら
使える真水は0.1％に満たない
わずかな水を生きものたちが分けあっている
キジバトが庭の水たまりの水を飲んでいる
安全な水場はあまり多くはないのだろう

大地震以来　浄水場の汚泥は放射能を含み
指定廃棄物とともに各地に保管され増える一方だ
処分場を引き受けてくれる所はどこにもない
ずっと以前から人は判断を誤った
さまざまな場面で地球は汚され傷ついて
確実に住みにくい方へところがっている
先刻の雨も天の大きなバケツをひっくり返したような降
り方だった

# 意図

## ――被曝した少女――

秋山　泰則（あきやま　やすのり）
１９３８年、東京都生まれ。詩集『民衆の記憶』『泣き坂』。
美ヶ原高原詩人祭主催、日本現代詩人会会員。長野県松本市在住。

地震津波　三陸沖Ｍ８
福島原発で爆発　国内初の炉心溶融
避難指示追加半径20キロに拡大
福島第一原発３号機炉心溶融160人被ばく
２号機一時空だき　３号機水素爆発
高レベル放射線４号機爆発で発生

その時少女は双葉町にいて
友だちと外で遊んでいた

福島最悪レベル５　スリーマイル級と保安院
県「ＧＭサーベイメータ」の調査で
11歳の少女　甲状腺に100ミリシーベルト確認
事故発生13日後政府は15歳以下１０８０人測定
双葉町住民参加無く
甲状腺被ばく考えにくいと発表
放射性ヨウ素半減期は８日
補償回避策バレバレ

英国での原発建設凍結と日立製作所発表
米国　台湾　リトアニアへかかわった
日本メーカー原発計画挫折
米国原発企業買収の東芝経営危機

事故発生以来8年経過
建屋付近高線量　燃料デブリ除去不透明

忘れていないか
あの時11歳だった少女を
何も知らず双葉町で遊んでいた少女
政府が隠そうとしている
被曝した少女を
忘れていないか

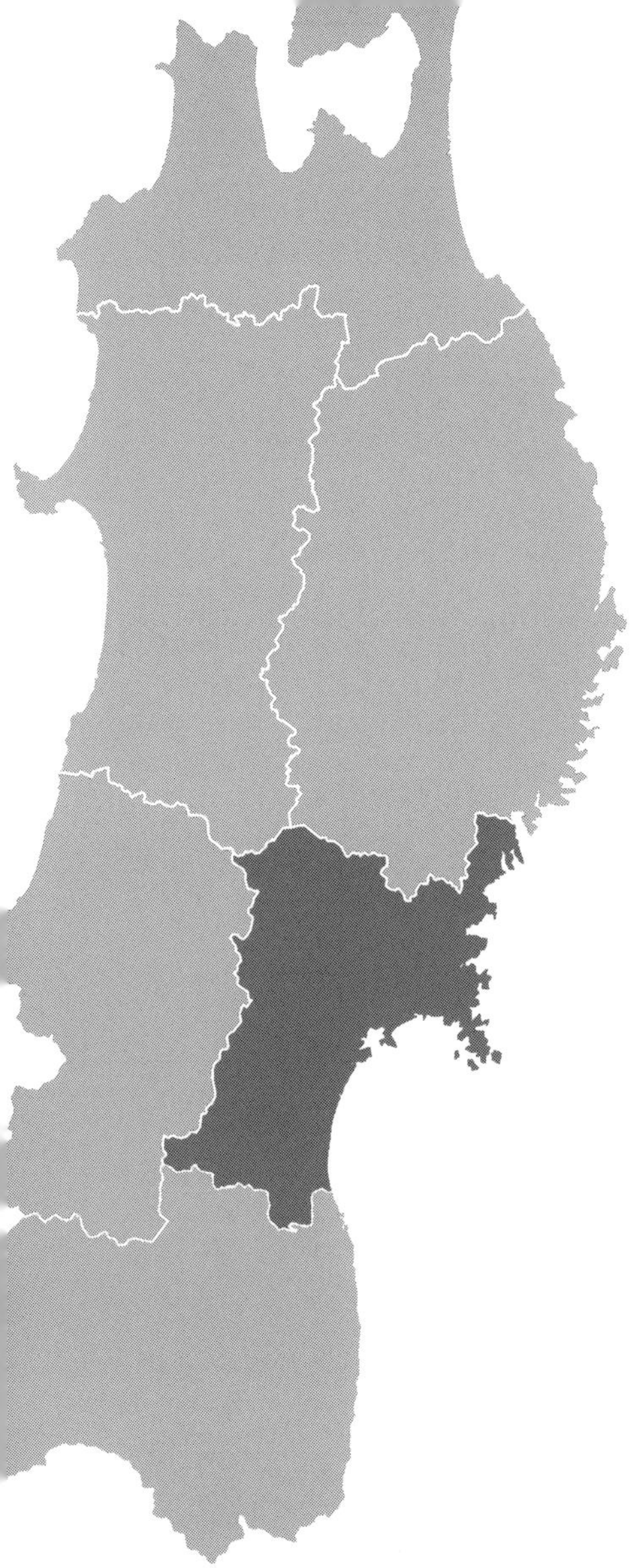

# 七章　宮城県　俳句・短歌・詩

# 舌

人呑みし海あらたまの枕上
雀跳梁初日も放射能も浴び
寒燈を連ねて津波常襲地
鬼房の声か氷が張っている
鬼房忌ジャガ芋人参玉葱も
氷瀑となりて震災校舎立つ
三月十一日の泥なお爪に
汚染土と云えど産土初蕨
山と盛るべし福島の蕨飯
みちのくの花死化粧死の抗議

（表題・抄出はコールサック社編集部）


## 高野　ムツオ（たかの　むつお）

１９４７年、宮城県生まれ。句集『萬の翅』『片翅』。俳誌「小熊座」主宰。宮城県多賀城市在住。


夜桜に舌あり津波語り出す
ぎいと戸が開きやませが舌伸ばす
東北人唇厚しやませ沁み
梅雨の闇より「やまびこ」の鼻面が
風死すよ原子炉作業員各位
津波かぶり怒濤をかぶり小浜菊
心臓に再稼働なし星月夜
この頃は不知火汚染土置場にも
野葡萄や被曝の村の歌声す
我もまた震災遺構冬に入る

俳誌「小熊座」二〇一八年一月〜二〇一九年一月号より

## 亡者踊り

風に鳴る奉納の絵馬余寒なほ
春泥の靴並びたる楽屋口
春雪の繁きに歌舞伎幕上ぐる
見得を切る武者に喝采山笑ふ
花道の幕吹き上ぐる雪解風《ゆきげかぜ》
塩高く撒き青草の馬場祓ふ
法螺《ほら》の音の響き渡れる夏野原
馬の背に麦茶を分かち武者若し
炎天に舞ふ御神旗《しんき》の朱色濃し
荒馬の武者振り落とす油照《あぶらでり》

## 屋代　ひろ子（やしろ　ひろこ）

１９４６年、宮城県生まれ。句集『染師町』。
俳誌「きたごち」、俳人協会会員。宮城県仙台市在住。

町に入る早稲の匂ひの橋渡り
杉の香の枡に振る舞ふ新走《あらばしり》
深き闇亡者踊りの手の先に
長き夜に国誉むる唄響きけり
虫しげし囃子《はやし》途切れし路地の闇
えんぶりの笛の音届く駅ホーム
恵比須舞雪の桟敷に糸垂らす
えぶり摺る南部ことばを唄に乗せ
コップ酒手にえんぶりの衆囃す
笹子鳴く南部出城の馬長屋

# 寒風沢島

春の日の海より射して方位石
縛り地蔵に船の汽笛の朧かな
ヒアシンス遊郭跡に芽吹きたり
震災の空埋めつくす春の星
停電の街に聞きたる初音かな
花の園抜けて罹災の申請へ
黙禱の背に黒蠅の動かざる
校庭の仮設住居に大根干す
半壊の家の柱に松飾る
壊すこと決まりし家に初明り

篠沢　亜月（しのざわ　あづき）
1961年、宮城県生まれ。句集『梅の風』。
俳誌「きたごち」。宮城県仙台市在住。

浜に挿す線香の束雪解風
黙禱のベル照り降りの名残り雪
船便で弁当届く遅日かな
筍を掘りて寒風沢島暮らし
水母浮く海に潮力発電所
津波来し畑に太る南瓜かな
供養碑に絡む通草の実の小さし
風荒き砲台跡に男郎花
津波来し方に穂芒靡きけり
建て替はる家に灯や竜天に

## 仙台駄菓子

油《あぶら》麩《ふ》を買ふ虚空蔵の木《こ》下《した》闇《やみ》
航空ショー始まる前の威銃《おどしづつ》
瑞巌寺辞し門前の一《ひと》夜《よ》酒
公園に後三年の図赤《あか》蜻蛉《とんぼ》
蛇神に桐の実の鳴る居《い》久《ぐ》根《ね》かな
虫鳴くや築地崩るる多賀城址
天高し御《お》釜《かま》神社に槌の音
曲水の水流れ入る浄土池
天守閣よりかまくらの町明かり
夏来る駅に五軒の牛タン屋

## 佐々木　潤子（ささき　じゅんこ）

1964年、東京都生まれ。句集『遠花火』。俳誌「きたごち」。宮城県仙台市在住。

仰ぎ見る政宗像や時鳥《ほととぎす》
笊《ざる》に盛る仙台駄菓子釣《つり》忍《しのぶ》
宮城野に浮くナイターの灯りかな
鳥渡る浄土ヶ浜の白き岩
再開の被災の路線夏兆す
気仙沼の仮設市場の初鰹
会津嶺の風に波打つ稲穂かな
女郎花《をみなへし》咲く山あひのこけし館
身に入むや見上ぐる津波到達点
初氷フィギュアスケート発祥地

# 被災地三十八日

二〇一一年東北大震災ののち地震保険の査定のため被災地に入り、東京海上日動火災保険会社の指揮下で働いた

仙台に着きし初めは桜花名残みせたる四月二十四日
地平線まで見えそうな閖上《ゆりあげ》のガラと廃屋草木一縷《いちる》
閖上は音に聞こえてその被害確かめたれど立ちつくすのみ
ああやはり打ち上げられた白き船行き場もなしに中学の庭
すぐそこはあの海と同じ海があり当たり前なる波を寄す音
しばらくは言葉失うわたくしに確かに見えぬ北のわざわい
タクシーの運転手その瞬間に会社へ向かい助かりしとう
避難所へ逃れて津波被りたる人々眼の裏に我は見き
塩竈《しおがま》の神社より見ゆ塩竈港海臨むとき水は慕わし


古城　いつも（こじょう　いつも）
1958年、千葉県生まれ。アンソロジー『少年少女に希望を届ける詩集』。日本キリスト教詩人会。千葉県船橋市在住。

枝垂れ桜満開四月末日の塩竈神社の巫女《みこ》の朱袴

連日の憂きことばかりの束の間を憩う神社の八重紅しだれ

隣席でユーチューブ見せてくれたひと映像は津波濁流の町

郊外へ出ればご遺体安置所の看板も見え被災只中

仙台を基地となしたるキリンビールトヨタ自動車みな流されし

遠出してタクシーに見ゆ自衛隊の深緑のトラック迷彩のテント

この道路は波の止まりし命綱ドライバー言いて残る感情

その家の主は命落としたりその時のままの家に入りて

教会の壁の剥落補修まだ手のつけられずされど寄付せで

優秀なハウスメーカー噂さる家の破壊のほぼ無かりしと

海岸より遠きは遠きそれはそれ家の破壊の全損もあり

鳥翔ける空から見ればた易きに小さき車は被災地を行く

一軒を訪ねて車は一時間地方の都市のそのまた地方

被災後の失業をふと零したる大きな家の若き妻はも

客宅に上がりてひととき世話話業界事情もさり気に聞かれ

隣席に日毎に代わるパートナー彼らにとって我は異教徒

若い子は使い易いでしょうと問うベテラン社員は監査部勤務

青葉城護国神社はただ右翼伊達正宗を拝みて帰る

「国分町より名《な》掛《かけ》丁《ちょう》」美容師は地元に生まれ地元で働く

靴一足バックスキンのローファーの舗装道路も剥き出しの地も

淡々と過ぎにし三十八日の家に戻りて涙溢るる

# 希望

沖の汐風吹きあれて
白波いたくほゆるとき、
夕月波にしづむとき、
黒暗くらやみよもを襲ふとき、
空のあなたにわが舟を
導く星の光あり。

ながき我世の夢さめて
むくろの土に返るとき、
心のなやみ終るとき、
罪のほだしの解くるとき、
墓のあなたに我魂たまを
導びく神の御み聲あり。

嘆き、わづらひ、くるしみの
海にいのちの舟うけて
夢にも泣くか塵の子よ、
浮世の波の仇騒ぎ
雨風いかにあらぶとも
忍べ、とこよの花にほふ——
港入江の春告げて、
流るゝ川に言葉あり、
燃ゆる焔に思想おもひあり、
空行く雲に啓示さとしあり、
夜半の嵐に諫誡いさめあり、
人の心に希望のぞみあり。

## 土井　晩翠（どい　ばんすい）

1871～1952年、宮城県生まれ。詩集『天地有情』『神風』。作詞「荒城の月」。

# 桃子おばさんの話

―宮城県の東松島市矢本は２００４年と２００５年に大地震に襲われ、ある寺の壊れた墓穴から骸骨が数体出てきた―

矢口　以文（やぐち　よりふみ）
１９３２年、宮城県生まれ。詩集『詩ではないかもしれないが、どうしても言っておきたいこと』。詩誌「Aurora」。北海道札幌市在住。

まんず　魂消《たまげ》だのなんのって　あん時
家《ええ》がブランコみだいに揺れだのっしゃ
神棚だの　仏壇だのがら　物がみんな
がらがら　がだがだ　落っこったのっしゃ

もうだめだ　家がつぶれると思って
玄関がら跳び出すて　むこうの墓場の方を眺めだら
墓石《はがいす》が揺れだり　倒れだりすてえだのっしゃ
そすて　もっと魂消げだごどに

そのすぐ横《よご》のほら　あの斜面に　大ちな穴が開えで
その中《なが》で骸骨達《がえこつだづ》が　おろおろすてえだのっしゃ
私《わだす》は腰《こす》を抜がすて　眺めでえだのっしゃ
歯ががつがつなって　止まらねがったのっしゃ

斜面が崩れで　隠《かぐ》れでえだ横穴《よごあな》のお墓《はが》が出でちたのっ
しゃ
中《なが》さ寝がされてえだ骸骨達《がえこつだづ》が　目を覚ますたのっしゃ
千数百年も前《めえ》がら　そごに寝がされでえだんだべなーす
お墓《はが》の中《なが》には　刀《かだな》だの数珠だのが随分　あったんだって
さ

このあだりの豪族だったたって言うんだげっとも
もどもどは　ヤマトのほうがらやってちて
俺達《おらだづ》の先祖《しえんぞ》を支配《すはい》すてえだんだってさ
その骸骨だづはみんな　びっくりすたんだべなあす

何しぇ千数百年も前《めえ》がら　眠りこげでえだんだがらねえ
す
横穴《よごあな》をふさいでえだ岩の扉が　突然《とづじえん》ぶっこわれで
お天道《てんど》様の光《しかり》が　槍みだえに飛び込んでちたんだがらね
えす
命《えのづ》からがら　着《ち》るものも着ねえで飛びそうとすて
外ば覗《のぞ》えでみで　たまげだんだべや
世の中《なが》がすっかり変ってえだんだがらねえす

田んぼや畑《はだけ》に　道路が何本も這ってえで
そのうえで自動車《ずどうしゃ》が　ぴょんぴょん

いなごみだいに　跳びはねでえだんだがらねえす
骸骨だづが腰《こす》こば抜がすて　へなへな座り込んだり
立づ上がったり　おろおろすたりすてえだのも
分がんねぐねえなあ

やっと地震《ずすん》が収まったがら　もう一度《えづど》
寝床さ帰《け》って寝ようとすたんだべなあ　んだげど
近所《ちんじょ》がらの通報で　あわてで飛んでちた役場の人だづに
役場さ連れて行《え》がれだのっしゃ

今では倒れだ墓石も斜面の横穴も修繕されたげっとも
骸骨だづは　博物館のガラスケースの中さ寝がされで
見物人だづの目にさらされで　気《ち》の毒《どぐ》に
もうぐっすりは　眠れねんじゃねえべがねえす

# 異なるもの

## 同化

鬼は
川でものを洗っていた
夜が明けると
重たい体と心を起こし
いつも川辺へ下りていった
ふつうの人の声が目覚め
生活が響き合い
日常の臭いが漂ってくると
鬼は自分が世界から剝離し
世界から浮き上がって
晒されている感覚を覚えた
鬼は
臓物のようなものの
濁り血や臭《くさ》みを洗い流していた
気が遠くなるほどいつまでも
洗いつづけていた
日が傾く頃になってやっと
最後に何度もゆすいで
きらめく水面から引き上げ

前原　正治（まえはら　まさはる）
1941年、宮城県生まれ。詩集『独りの練習』『黄泉の蝶』。詩誌「撃竹」、日本現代詩人会会員。宮城県宮城郡在住。

それを首級のように
頭上にかざした鬼ではあったが
その顔は
自信のない萎えた表情であった
洗い流しても洗い清めても
臓腑のようなものから
痣《あざ》に似たものは消えなかった
それを苦痛と恐怖と怒りをこめて
無理に削りとれば
彼は
鬼ですらなくなることを知っていた
けれど
終りもなく日々くり返される
途方もなく暮れていくこの行為を
巨大な神の黒い手のように
いや応なく強要してくる者があった
人はそれを
その痣を
いびつで汚らわしい模様を
踏みつぶした虫けらを嘲笑《あざわら》うように
たましい（魂）！　というのか

鬼はそれをそっと
いたましい！　と呼んでいた
囲い地の境界に棲みつく鬼は
闇がにじみ出し
あたりが暗黒になって初めて
自分を世界に溶かし
安らいだ気持に浸された

## 変換

時代の風の息吹きにまかれて
一瞬にして
人は鬼に変貌し
鬼は人に入れ換わる

地べたに生きる絶叫を押し殺し
地吹雪く闇に向けて
〈福は内　鬼は外〉と
哀願の声がばらばらと撒かれる

我らの内にいつも鬼がいる
おのれの鬼に気づかぬまま
鬼を喰う鬼がいる
鬼に喰われる鬼がいる

抜け落ちている世界の床下から
ひんやり這い上がってくる
〈鬼は内　鬼は俺〉という声に
人はいつも耳をふさいでいる

## 雪崩《なだ》れる

神は鬼を生み
国家と民族の身震いが
みるみる鬼を育て膨脹させていく
泥酔と反吐《へど》と憤激の気流を
雲霞のように人は飛び
人の内にも外にも鬼があふれ
歪んだ人の顔もいつしか鬼と化し
見渡す限り
大地を鬼が埋め尽し
赤と青の階層が上下に入り乱れ
ざわざわとだんだら模様にひしめいている

純血の名の下に
大河のように鬼の血が流れ
鬼殺しの下
人であった者が夥しく息絶える

# 原子力

「コンピュータ文明」についての研究会があってわたし
も呼ばれた。
そのあとパーティーがあって、
「コンピュータを欠かせない仕事をし、最先端のソフト
で編集をしている、
詩人でもある秋亜綺羅さんに、コンピュータの未来を話
していただきましょう」
とばかり、わたしに急に振られたわけだ。ビールも
ちょっと入っていたし、
あいさつなんて準備もしていなかったし、渡されたマイ
クをつき返して、
わたし自身、なにをしゃべりだすかわからないまま、
即興の詩のボクシングのつもりで、つぶやいてみた。

コンピュータなんてないほうがいいに決まっている
都会に建築物なんてないほうがいいに決まっている
伝達のためのことばなんてないほうがいいに決まってい
る
生きていくのに数字なんてないほうがいいに決まってい
る

秋　亜綺羅（あき　あきら）
1951年、宮城県生まれ。詩集『透明海岸から鳥の島まで』『ひよこの空想力飛行ゲーム』。個人誌「ココア共和国」、日本現代詩人会会員。宮城県仙台市在住。

楽譜と指揮棒に命令される音楽なんてないほうがいいに
決まっている
ひとは生まれた瞬間、死にたくないとは思わなかった
ひとは生まれた瞬間、生きることがうれしいとは思わな
かった
ひとは生まれた瞬間、裸であることを恥ずかしいとは思
わなかった

抱きしめておっぱいをくれるお母さんを好きだと思いは
じめたのはいつか
あしたがあるんだと思いはじめたのはいつか
好きなひとに死んでほしくないと思いはじめたのはいつ
か

文明に管理されたいなんてだれも思っていない
経済学に身を任せたいなんてだれも思っていない
時代が量子力学に塗れているなんてだれも思っていない

津波にだいじなひとや家を流されて
それでも、海を憎んでいるひとに会ったことがない

海とひととその物語は、千年に一度の震災ですら例外で
　はなく
海とひととその物語は、いとおしく、せつない

ひとは俳優でしかないのだろうか
地球は劇場でしかないのだろうか

劇場のなかの俳優には
シーベルトなんて、ベクレルなんてさわれない
台本として渡されたセシウムにも
ストロンチウムにも毒を感じない

だが、コンピュータですらできる政治
だが、コンピュータでしかあやつれない原子力

政治にも原子力にも
いとおしさと、せつなさが
これっぽちでもあっただろうか

と。

# 風の遺言

原田　勇男（はらだ　いさお）
東京都生まれ、岩手県松尾村（現八幡平市で育つ）。詩集『炎の樹』『かけがえのない魂の声を』。日本現代詩人会、日本文藝家協会会員。宮城県仙台市在住。

海辺の街は
まだ手つかずの遺構のままだ
あの日のすべてを看取った
灰いろの空は
永遠の闇のかなたで悶絶《もんぜつ》している

海が悪いのではない
陸を襲ったのは海の意志ではないと
額のしわが深い漁師は
しわがれ声でつぶやいた
海はきっともとのようになる

この非情な海の上を
どこまでも歩いていきたいと
遺された家族はいう
あの人がいる海の果て
奈落の向こう側へ

浜をさまようと
風の切り口から声の遺言が届く

海の女神になって
わたしは魚やサンゴたちと
夢のコロニーを作っているの

おれは海の清掃屋
にんげんが汚した海を浄化するのさ
もう一度生まれ変わるとき
ぼくは同じ家の子どもになるんだ
いつの時代かわからないけど

まぎれもない海と空が
もどってくるかどうかは
だれにもわからない
風の遺言だけが
はるかな海と空を超えて聞こえる

# 未来ササヤンカの村

もしも　旅行嫌いのあなたが美しい夢を見たいと　寂しい追憶の果で思ったら　私の村　ササヤンカの村へ　そんな微かな勇気をみやげに　旅行の一歩三歩十歩を寄せてください

風が湖をくすぐる頃　私はあなたの拳をヒュンと引いて　ササヤンカの村のすべてを案内します「さあ　あの梢の所を見てください　ヤマガラが尾をピョン小さくはにかんでますよ　あの枝の撓の所を見てください　シジュウカラが嘴をクルッ力んでますよ　ほら　あのツリガネ草の所を見てください　テントウ虫がロロロロ悩んでますよ　あの水辺に鬼ん子のように駆け込んでヒョイ覗き込んで見てください　ミズスマシがスンスイイ愛敬いっぱいですよ」　夕焼けが頬をホオッと染める頃になっても　私はあなたのために　透き徹るササヤンカの村のすべてを一生懸命案内します

もしも　旅行嫌いのあなたが美しい夢を見たいと　寂しい追憶の果で思ったら　私の村　未来ササヤンカの村へ
　そんな微かな勇気をみやげに　旅行の終歩を寄せてください

## 佐々木　洋一（ささき　よういち）
1952年、宮城県生まれ。詩集『未来ササヤンカの村』『キムラ』。個人誌「ササヤンカの村」。宮城県栗原市在住。

# サアラ

サアラ　妖精が天に向ってハッカのように泳げば　すべてに青い視界がかげろうを揺する　クリーナ山麓に浮かぶ開拓村コウリャン地の一本のサキッとしたぶな木の手のひらから　妖精が天に向って泳ぐという希望を　やまびこから聴いた　サアラ　その妖精をサアラと風は告げた　僕はいまそこに在る　しかしサアラ　おまえはもうその開拓村コウリャン地からさえ追い出しをくっていた
　サワヤカ虹が七色の赤錆毒を吐き　クリクリ森は喉を折られ跪き　キントン蜻蛉《とんぼ》のお尻がつながったままで落ち　サアラ　クリーナ山麓に浮かぶ開拓村コウリャン地の一本のサキッとしたぶな木の手のひらから　妖精が天に向って泳ぐという希望は　りんりんと永遠の果にさよならするというのか　サアラ　もうクリーナおろしのびゅゅんびゅん風の季節なんだよ

# 天使の声はかろやかに

――本当に深刻なことは
陽気に伝えるべきなんだよ
と　春は言うのだった＊
――ねがわくば
重いものを背負いながら
タップを踏むように
奇をてらうわけでもなく
わざとらしくもなく
かろやかに

だからきっと
その若い女性は
とてもかろやかに告げたのだ
――いそいで　たかいところへ　ひなんしてください
と

町役場の拡声器から流れるその声は
たくさんの人の命を救い
町の人々は天使の声と呼んで
その若い女性を偲んでいると聞きました

わたしもいつか天使になれたら
と　孫むすめを抱きしめながら
思っているのです

いちばんたいせつなことを
かろやかに　かろやかに
つたえようと

いまは百冊の詩集でも
うたいつくせないほど
重たいけれど

＊仙台市在住の作家・伊坂幸太郎の『重力ピエロ』より

相野　優子（あいの　ゆうこ）
１９５３年、兵庫県生まれ。詩集『ぴかぴかにかたづいた台所になど』『夢の禁漁区』。詩誌「アリゼ」、日本現代詩人会会員。兵庫県神戸市在住。

# Kよ

清水　マサ（しみず　まさ）
1937年、新潟県生まれ。詩集『遍歴のうた』『鬼火』。
日本現代詩人会、新潟県現代詩人会。新潟県新潟市在住。

梅雨晴れの朝
携帯電話がメールの着信を知らせる
数少ないメル友のひとりKからだ
　今日はこれから名取市から多賀城市に移動です。仙台
より少し上の市です。
作業内容は昨日と同じ仮設住宅の緑のカーテンプロ
ジェクトです。
圧倒的に若い人たちが多いですね。
日本はもっともっと、若い人たちを優遇しなきゃあ、
ですね。
　それでは二日間頑張ってきます。

限られた文字の中で
躍動する言葉の眩しさ
徹夜勤務の仕事を持つ身で
災害が起きると
どこへでもどこ迄でも疾風のように
車を駆って支援に赴き
友人の哀歓の場には
風の中を走り抜ける使者のように
真っ先に駆けつけて
人の心に繋がる

Kよ　君に棲む宮沢賢治のように
君は走り　君は黙って行動する
時には何処からか
メールを送り無力な私を鼓舞する
僅かばかりの募金に応じるだけで
ひとかたけ*の膳も用意することのない私は
原発事故の恐怖から避難してきた人びとと
君の心の深くに宿る光に向かって
ありがとう　どうか元気で　と
大きくメールを打つ

*一度の食事

# 自分の宝石の街

あたるしましょうご中島省吾
（あたるしましょうごなかしましょうご）
1981年、大阪府生まれ。『改訂増補版・本当にあった児童施設恋愛』『入所待ち』。詩誌「PO」、関西詩人協会会員。大阪府泉南市在住。

今日も宮城県のふうかちゃんは歩く
津波にのまれた景色が近くにあった
宮城県のふうかちゃんは
故郷から買い物で仙台のビル街の街を今日もひとり歩く

仙台市営地下鉄の駅から自動改札を出て空を見上げた
晴れ渡った空だった

いつかきっと遠くから優しい風が吹いてきて
悩みの種でもいつか美しい花が咲くことを知っていた
ふうかちゃんは東北がこれからあったかくなっていく楽しみで笑った
愛と助け合いの祝福の粉雪の嵐がいつも降り注ぐことを知っているから

必死で生きている人は輝いている
それは悩みの種でも、痛みの雪の日の景色を見ても
日本中がみんな悲しんでいることを知っているから
仙台のふうかちゃんは一人じゃないと安心して
今日もにっこりと「ありがとう」とみんなに微笑む

ふうかちゃんの住む宝石の街をみんな日本中が泣いて優しく見守って
祝福の粉雪の嵐を降り注いでいてくれているから
今日も「ありがとう」という言葉をはきたくなる

仙台から仙石線に乗って海岸線の街を見た
みんな一途に復興のためにもがいている
遠くから来た人もガレキ処理などでもがいている
ふうかちゃんは苦しいのは自分一人じゃないと思った
みんな戦っているんだと知った

# 津軽海峡の大海原に揉まれて

いつまでも君と二人
恋い焦がれていた
彼女のために
大海原で結婚の資金を貯める
大間の青年の就職は漁師だ
カモメさんが便りを渡す
津軽海峡の海岸線は荒れていた
冷たく顔に刺さる北風の中
僕たちはそんな荒れた海原で生きている
今日は大間で漁業を再開する
君に愛をさけぶ僕は
波打ち際に津軽海峡の大潮に揉まれて
君は泣いて僕を観た

僕の彼女が心配そうに船をみおくっていた
いつまでも僕のために、僕の船に向かって
手を振っていた
危険と隣り合わせの
大海原の男には
いつまでもいつまでも
船を揺らしていた
僕は津軽海峡の男だ
君のために
僕は大海原の男になる

# 海鎮魂

伊達墓地のある無尽灯廟《むじんとうびょう》
茂ケ崎《もがさき》城跡の丘陵に佇《た》つと
遠くかすんで
真一文字に海がみえる

黄昏時
いまは何もないおだやかな水平線は
物憂いばかりに
押し黙ったままだ

　沈黙の海底が一瞬にして裂け
　それがやがて
　言語を絶する恐怖となって
　何もかも喪失させた日

この丘陵へとのぼる
歴史ある長い石段も破損したという

すべてがまた伝聞という
もう一つの時間の懐に包まれる前に
おまえという名の生存は
あるがままを
あの海の底に沈めなければならない

暗い未知の領域から
青くかがやくやさしい言葉を
いま　新たによみがえらせるために

＊元禄十年第四代伊達綱村が大年寺を建立し伊達家墓所と定める。
酒井　力（さかい　つとむ）
1946年、長野県生まれ。詩集『白い記憶』『光と水と緑のなかに』。
日本現代詩人会、日本詩人クラブ会員。長野県佐久市在住。

# 八章　山形県　短歌・俳句・詩

# 金瓶村小吟（抄）

（表題・抄出はコールサック社編集部）

斎藤　茂吉（さいとう　もきち）
1882〜1953年。山形県（旧南村山郡金瓶村）生まれ。
歌集『赤光』『あらたま』。短歌誌「アララギ」。東京都新宿区などに暮らした。

夏至《げし》すでに過ぎたることをおもひいで蔵王《ざわう》の山をふりさけにける
一むらの萱《かや》かげに来て心しづむいかなる老《おい》をわれは過《す》ぎむか
ものなべてしづかならむと山かひの川原《かはら》の砂に秋の陽《ひ》のさす
秋雲は月山《ぐわつさん》のうへにこごりたり夕ぐれにしてうつろふらむか
このくにの空を飛ぶとき悲しめよ南へむかふ雨夜《あまよ》かりがね
いつしかに黄ににほいたる羊歯《しだ》の葉に酢川《すかは》の水のしぶきはかかる
おごそかに水嵩《みかさ》まされる最上川ひとときわれにむかひて流る
星空《ほしぞら》の中《なか》より降らむみちのくの時雨《しぐれ》のあめは寂《さび》しきろかも
こがらしの山をおほひて吹く時ぞわれに聞こゆるこゑとほざかる
山々は白くなりつつまなかひに生けるが如く冬ふかみけり

歌集『小園』より

# 桜桃の故郷《さと》

荒川　源吾（あらかわ　げんご）
1929年、山形県生まれ。歌集『啞者睡る』『青の時計』。短歌誌「現代短歌舟の会」「日月」。千葉県千葉市在住。

雪国《ふるさと》へ峠越ゆれば色彩《いろ》は失せ完膚なきまでモノトーンの景

この橋を渡れば白鷹《しらたか》荒砥《あらと》町故郷《さと》への喉《のんど》洗ふ最上川

こだまのやう過ぎしかの日が還り来る白鷹山麓牛の鳴くこゑ

とつぷりと暮れて満ちたる闇に見ゆ桜桃の故郷《さと》ともる町の灯

夢明り暗い盆地の町の灯の桜桃の里にとつぷり眠る

吾の漬けし沢庵《たくあん》百本にほふ時ふいにふるさとにほふものばかり

かなしみも生ものだからと風は言ふ〈3・11〉は乾物と化すか

忘却とは忘れ去ること東北の悪夢はいづこ　おどろこのくに

四年とはいかほどの時間《とき》ひさい地の報道も日々粛々と減る

百年後海波は尚も青なるべし核持つ奴等の何の火あそび

# 雪上

赤井橋　正明（あかいばし　まさあき）
1951年、山形県生まれ。歌集『ウキタム通信』。「たんか央」「現代短歌舟の会」。山形県米沢市在住。

雪上をスノーダンプで雪運ぶ雪捨場までに雪はこぼれる

陽の射して明るむ障子雪かきのない一日を切に願えり

家々の屋根を一瞬かき消してふぶく日中車走らす

落雪の音のひびく夜なにゆえか犬は遠くより吠え立てるなり

丘の上の老人ホームに雪は降り寝たきりの母を置いてゆくべし

雪道にけつまづく朝ゆったりとびっこの猫が笑って過ぎる

階段をのぼる音のみひびく夜銀河宇宙は白くかすむ

雪道をゆっくり歩む猫のためひざしはまるくおだやかにさす

残雪の上に淡雪降る彼岸ただよう紫煙は部屋の中なり

大雪の朝の知らせに驚きて車走らす老人ホーム

# 蔵王の地蔵

秋野　沙夜子（あきの　さよこ）
1942年、東京都生まれ。エッセイ集『熟年夫婦のあじわい』『勘ちがい知らぬ間の罪つくり』。短歌誌「かりん」。栃木県小山市在住。

肩までも雪に埋もれば豊作と吹雪に立てる蔵王の地蔵

積む雪を地蔵に測る米作り村人守る蔵王の地蔵

蔵王山ゲレンデ食堂カツライス地蔵の加護か白飯うまし

新幹線出羽の柵は越えたれど今だ越えざる出羽の三山

出羽三山越えし鶴岡畑物うまし老中酒井の息かかりし地

吹雪像鶴岡と知り電話せば「これがふつう」と小一男孫

吹雪く日は六年盾に登校と出羽人の意気孫に知らさる

鶴岡の婿言う雪は一メートルぞ三十センチは雪とはいわぬ

娘の帰省土産はつや姫だだっちゃ豆「んだ」「…だべっ」もおまけに連れて

主のみ食みしといわるダダッチャ豆男女平等我は食みたる

## 出羽冬季

新雪や出羽の山々座禅組む
初あられ峠の白猿膝を抱く
大白鳥交はす鳥語の辞典欲し
雪帽子鎮守の杜は雲の駅
火の鳥の舞ひ姿なり冬落暉
終電や車掌の指呼に冬銀河
合祭殿禰宜が焼べ足す初篝
トトロ棲む出羽の山里初日燃ゆ
元朝や雲は天才干支がゆく
初春の月山わが掌に載せてみる


## 佐々木 昭（ささき　あきら）

1929年、北海道生まれ。俳誌「沖」。山形県米沢市在住。


修験者の鬼門へ放つ弓始
観音の千手悴む奥の院
民話の会出番窺ふ雪女
円空に見せばや月下の樹氷群
雪しんしん笛が昂ぶる黒川能
浪の華浴びて戒受く岩羅漢
雪の夜見得切りなほす村歌舞伎
節分会逃げ来し鬼と地酒酌む
舟唄の谺に目覚む猫柳
雪解川アドリブ音符の稚魚放つ

# 蔵王恋し

（表題・抄出はコールサック社編集部）

芭蕉句碑巡り巡りて桜餅
飛花落花蕉翁旅をむすびし地
稲刈つて出羽の夕日を平らにす
みちのくの闇を深めて牡丹焚
日本の背骨を越えて寒波来る

東日本大震災　四句

木々芽吹くいま復興の力秘め
水道水飲めるうれしさ朝ざくら
ただ祈るのみ苗代に種蒔きて
福島の空高々と幟立つ
蔵王恋し茂吉恋しと小鳥来る

## 杉本　光祥（すぎもと　こうしょう）

1938年、東京都生まれ。句集『峰雲』『山旅』。
俳誌「沖」「三田俳句丘の会」。千葉県柏市在住。

蔵王嶺に雲の湧き立つ稲穂波
発車合図は津軽じよんがら雪しまく
白神の山毛欅の巨木の根明けかな
初紅葉して早池峰の裾明り
岩木嶺の空の青さよ山毛欅もみぢ
曲屋に大き神棚神の留守
北上川万緑光りして明くる
北上の川面を掠め夏つばめ
月山や晴れて帰燕の乱れ飛び
稲刈れり鳥海山の裾拡げ

句集『峰雲』より

## 鳶の笛

最上川初日の空に鳶の笛
裸足にて残り火わたる初観音
白鳥引く最上大河の水蹴って
啓《けい》蟄《ちつ》や畦に置かれし一輪車
夜桜に透きし馬上の「義光《よしあき》」像
渓を越へ山また山の山ざくら
蕗味噌や里の山河のひかりそむ
雲の峰背負ふ熊野の茂吉歌碑
朝椀《も》ぎのさくらんぼ下げエアポート
さりげなく山の風呼ぶ姫小百合


### 笹原　茂（ささはら　しげる）
1931年、山形県生まれ。句集『里日和』。
俳誌「沖」。山形県山形市在住。


山寺の木造駅舎軒つばめ
万緑に包みこまれし堂あまた
紫陽花の夜来の雨に色増せり
磨崖仏つららの奥にかくれをり
しとやかに連れ舞ふ巫女《みこ》や牡丹の芽
道問ふやはんこたんなの籠に菊
長き夜の句座にまじりて斎館《ぼう》泊り
どぶろくの試飲の筈の二日酔ひ
里神楽出番待つ子の顔と顔
志津の宿軒に冬菜のうづたかく

## 望郷、米沢。

もがり笛貧しき者のもごさいと
*もごさい…あわれ、むごい、かわいそうを表す米沢方言
身を投げし者に長らく汽笛冴ゆ
衰へるストーブの音薪を足す
雪しまく寝台《ベッド》の母の幻視行
さびしさを重ね着にして母眠る
氷柱つらら身を溶かしつつ生くる生
凍《いて》星《ぼし》を握りしめたるポッケの手
傍らの声と手つなぎ雪渡り
オルガンに聞き耳立てし日蔭雪
馬跳びの馬の背色なき風の原

## 石田　恭介（いしだ　きょうすけ）
1947年、山形県生まれ。俳誌「花林花」。埼玉県和光市在住。

少年の逡巡濃霧《ガス》の西吾妻
トタン打つ雨音希望は東京へ
さみだるる石の記憶と土の史
晩夏光河原の石の一語二語
放逐の村の民にも月天心
オッペルをさがしあぐねて夜々の月

二〇一八年　四句

窓叩く北風の身を思いやり
しもやけの痒《かゆ》み遥けし冬うらら
冬日和狭まる先の青信号
啄木忌花びらの舞ひバスを追う

# 冷害地帯

真壁　仁（まかべ　じん）
1907〜1984年、山形県生まれ。詩集『青猪の歌』、蔵王詩集『氷の花』。
山形農民文学懇話会「地下水」創刊。山形県山形市に暮らした。

たうとうこんなわびしい雨の日に
こんな国のはづれまで来て
さてどうしたらいいだらう
いま耳にはいるものは
雨がやつぱり降つてゐて
ばさばさ豆の葉や唐黍の葉を敲く音
（少しも実いつた様子もない）
その豆や唐黍の立つてゐるのは
湿りに膨れた酸性壚土の畝である
西瓜も薯も悉皆くされてゐるらしい
草だつて木だつてみんなくすんだ色になり
あえかな息をついてゐる
空はくらく低いし
方角さへもわからない
ここが荻野開墾地である
昨日からかけて
山と山とのあひだなるこの瘠薄の土地を経めぐり
まだ穂を孕まない稲田も見たし
青立ちの作も見てきたのだ
稲熱《いもち》病の被害も軽くない
もともとわるい天候とは言へ
さらに未熟な管理のため
災禍をいつそう深くした
永い歴史の来しかたにも肥培の術は遅々として
凶饉の憂き目を繰りかへした
温暖の土地より北漸して
この雪線に稔る実を
われらはしかもまもらうとする
いかな与件の機に会しても
たしかな結実を持たうとする
切なる願ひを棄てはしない
……雲よりもふかくおもく
暗いおもひに胸をとざされ
私は遠くあるいて来た
いまかうしてゐるのは
もつと地形のわるい荒蕪の地帯
鋤あとも新しい原野の中の圃場である
種畜場の辺りをすぎて
急に古風な並木松を潜つた羽州街道に
何かひやりとつめたいものが落ちてきて

私はそのとき思つたのだ
この瘠薄を感じたのだ
むなしくつづく唐黍の畑越しに
第一年次の移民村はひっそりとして煙もあげず
ポプラの列と芒の穂波がしらじらと光り
無聊な佗しい風景である
　ハゲシキヒカリ地ニ充テ
　ハゲシキヒカリ地ニ充テ
　稲ノ花ノヒラクハ温キヒルノヒトトキゾ
　ヒカリ地ニ充テ
　ヒカリ地ニ充テ
童たちは南瓜を串に刺してゐる
――こまつた空であすな　このあめは
婦は唐箕《たうみ》をまはしてゐたが
ちよつと顔を崩して笑ひ
又そのまま燕麦を吹き分ける
燕麦は軽くどんどん先から飛び出すし
いろいろ小屋を見てゐるうち
ことしの収穫の様子はわかる
山羊や豚や鶏どもも厩舎のなかにうらぶれて乾いた土を
　欲してゐる
うづ高く草を挟んだ堆肥のむかふ
見るからにくるしく膿んだ腐植の土の畑つづきに
毛蓑をつけた男がひとり
牛車に南瓜を積んでゐたが
やがて泥ふかい轍の路をこちらの方へやつてくる
そのデリシャスやハッバードの一山が
一番大きな地のあがなひといふところだ
私はなにかに話してみたが
ふと居たたまらなくなつてしまひ
別れを告げて引きかへす
（このときふかい曇りのなかから
ひときれ浮かんだうす墨の雲が
さつとポプラの林を越える）
午後二時すぎの並木道はたそがれいろの影をおとし
つめたい雫と松葉のにほひしたたるゆゑ
脚もひとりで早まるのだ
（おれがおれをせめたとて此の際何が生まれよう）
私はいま
ただちひさな願望を天にかける
陽の目みえないおほぞらよ
はればれと明るい日射しにこの国はらを照らし出せ

# 毒虫飼育

アパートの四畳半で
おふくろが変なことを始めた
おまえもやっと職につけたし三十年ぶりに蚕を飼うよ
それから青菜を刻んで笊に入れた
桑がないからね
だけど卵はとっておいたのだよ
おまえが生まれた年の晩秋蚕だよ
行李の底から砂粒のようなものをとりだして笊に入れ
その前に坐りこんだ
おまえも職につけたし三十年ぶりに蚕を飼うよ
朝でかけるときみると
砂粒のようなものは微動もしなかったか
ほら　じき生まれるよ
夕方帰ってきてドアをおけると首をふりむけざま
ほら　生まれるところだよ
ぼくは努めてやさしく
明日きっとうまくゆく今日はもう寝なさい
だがひとところに目をすえたまま
夜あかしするつもりらしい
ぼくは夢をみたその夜
七月の強烈な光に灼かれる代赭色の道
道の両側に渋色に燃えあがる桑木群を
桑の木から微かに音をひきながら無数に死んだ蚕が降っ
　ている
朝でかけるときのぞくと
砂粒のようなものは
よわく匂って腐敗をていしてるらしいが
ほら今日誕生で忙しくなるよ
おまえ帰りに市場にまわって桑の葉を探してみておくれ
ぼくは歩いていて不意に脚がとまった
汚れた産業道路並木によりかかった
七十年生きて失くした一反歩の桑畑にまだ憑かれてるこ
　れは何だ
白髪に包まれた小さな頭蓋のなかに開かれている土地は
　本当に幻か
この幻の土地にぼくの幻のトラクタアは走っていないの
　か
だが今夜はどこかの国のコルホーズの話でもして静かに
　眠らせよう
幻の蚕は運河に捨てよう
黒田　喜夫（くろだ　きお）
1926～1984年、山形県生まれ。詩集『不安と遊撃』『黒田喜夫詩集』。東京都清瀬市などに暮らした。

それでもぼくはこまつ菜の束を買って帰ったのだが
ドアの前でぎくりと想った
じじつ蚕が生まれてはしないか
波のような咀嚼音をたてて
痩せたおふくろの躰をいま喰いつくしてるのではないか
ひととびにドアをあけたが
ふりむいたのは嬉しげに笑いかけてきた顔
ほら　やっと生まれたよ
笊を抱いてよってきた
すでにこぼれた一寸ばかりの虫がてんてん座敷を這って
　いる
尺取虫だ
いや土色の肌は似てるが脈動する背に生えている棘状の
　ものが異様だ
三十年秘められてきた妄執の突然変異か
刺されたら半時間で絶命するという近東沙漠の植物に湧
　くジヒギトリに酷似している
触れたときの恐怖を想ってこわばったが
もういうべきだ
えたいしれない嗚咽をかんじながら
おかあさん革命は遠く去りました
革命は遠い沙漠の国だけです
この虫は蚕じゃない
この虫は見たこともない

だが嬉しげに笑う鬢のあたりに虫が這っている
肩にまつわって蠢いている
そのまま迫ってきて
革命ってなんだえ
またおまえの夢が戻ってきたのかえ
それより早くその葉を刻んでおくれ
ぼくは無言で立ちつくし
それから足指に数匹の虫がとりつくのをかんじたが
脚は動かない
けいれんする両手で青菜をちぎり始めた

# 雪の日に

――誠実でありたい。
そんなねがいを
どこから手に入れた。

それは　すでに
欺くことでしかないのに。

それが突然わかってしまった雪の
かなしみの上に　新しい雪が　ひたひたと
かさなっている。

雪は　一度　世界を包んでしまうと
そのあと　限りなく降りつづけねばならない。
純白をあとからあとからかさねてゆかないと
雪のよごれをかくすことが出来ないのだ、

誠実が　誠実を
どうしたら欺かないでいることが出来るか
それが　もはや
誠実の手には負えなくなってしまったかの

ように
雪は今日も降っている。

雪の上に雪が
その上から雪が
たとえようのない重さで
ひたひたと　かさねられてゆく。
かさなってゆく。

吉野　弘（よしの　ひろし）
1926〜2014年、山形県生まれ。詩集『感傷旅行』『自然渋滞』。静岡県富士市などに暮らした。

# 縁という贈り物　吉野弘氏追悼

1984年3月17日午後、「現代詩講演と朗読の集い」において、あなたは「比喩について」という演題で山形市民会館小ホールの演壇に立ち、自らの詩作の拠って立つ磁場について語っていた。標準語で話しているものの、庄内弁のアクセントをところどころに感知することができ、親近感が湧いた。

懇親会では色紙を書いていただき、二次会以降では翌日になるまで大友俊と三人で某ホテルの最上階レストランで談笑することができたのは、拙詩集『海は埋もれた涙のまつり』が山形県詩賞を受賞し、その選考委員長としての務めの延長でもあったろうか。眠いところをつきあっていただいたという、こちらで差し出すべき便りを頂戴したのは恐縮の至り。吉野弘研究を思いたったのはそのときであった。

1990年に詩誌『阿吽』第22号から連載を開始し、あなたから激励の便りを頂戴した。が、第26号で終刊となったため中断し、そのあと態勢を整え2002年、『山形詩人』39号から連載を再開することになった。それ以降、たくさんの便りや自筆作品原稿などを頂戴する恩恵に与った。

2009年11月に詩篇約百篇を収録して『吉野弘その転回視座の詩学』を刊行する運びになった。「出版費用の半分を負担したいところだが……」などという心遣いを賜り、表紙に収める顔写真を送っていただいた。完成した本を数部お送りしたあと、職場に電話をいただいた。耳に残っているのは、庄内弁の語り口であり、同郷のよしみで多大な厚意に与ったことをあらためて心に深く念じた。

2014年1月15日、米寿を翌日に迎えながら、彼岸へと旅立たれた。晩年過ごした静岡県富士市の「ロゼシアター」にて「吉野弘遺作展」がその年の7月18日から20日まで開催された。入口正面に書斎を模したコーナーがあって、机に向かって電話をしている横向きの姿のモノクロの写真が掲示されていた。向き合って立ちつくしていると、あなたのあの声が聞こえてきた。

万里小路　譲（まりこうじ　じょう）
1951年、山形県生まれ。詩集『詩神たちへの恋文』、評論集『吉野弘その転回視座の詩学』。一枚誌「表象」、山形県詩人会。山形県鶴岡市在住。

# 出羽屋

――二〇一八年一月　山形県岩根沢

漆黒の板塀
山形県岩根沢の旅路にある
旅宿「出羽屋」
一月中頃に一泊する

二階の「月山」「葉山」と続く部屋の
「月山」の部屋に泊る
夜中に眼覚めると
カーテン越しに雪が降っている
この勢いでは
明朝は相当積もっているだろうな
降る雪の白さと
漆黒の出羽屋の板塀の
コントラストの妙がうれしい

翌日は朝十時から
子どもの詩「青い黒板賞」の表彰式
ことしの最優秀賞は「カマキリのきもち」
カマキリがとこやになって
世界一のとこやになる、なんて

カマキリの床屋が楽しい
帰りは山形新幹線「つばさ」137号にのり
車窓から外を眺めている
雪景色が米沢駅を過ぎると
とんがり帽子の屋根から
色とりどりの平らな屋根に変る

東京駅まで一路
山形新幹線「つばさ号」は
突っ走っている。

菊田　守（きくた　まもる）
1935年、東京都生まれ。詩集『かなかな』、『仰向け』。
詩誌「花」（発行人）、日本現代詩人会所属。東京都中野区在住。

# 米

高橋　英司（たかはし　えいじ）
1951年、山形県生まれ。詩集『出発』『詩のぐるり』。
詩誌「山形詩人」、日本現代詩人会会員。山形県西村山郡在住。

タイ米がまずいと家人は言う
口に合わなかったら食わなくてよい
タイの農夫はそう言うだろう

牛を牽き泥田を均《なら》して稲を育てた
日本でもそんな時代があった
つい五年ほど前のことだ
私も牛の鼻輪を綱で引っ張り
泥田を幾度となく往復した
空には白い雲が一筋流れ
畦畔からはひゅるひゅるると雲雀が飛び上がった
代《しろ》掻《か》きが済むと
縄を張った田圃《たんぼ》に目安をつけて
苗を植えていく
髪や背中がじわりと湿ってくる
姉が苗束を目前に抛ってくる
ぴちゃんと泥が撥ねて
顔面に斑点をつくった
不定形に歪んだ田圃を何枚も
そんなふうにして苗を植えたのだ
そんな時代があった
初夏には除草機を押して
めり込むゴム長を引き抜きながら
泥田を走った
蛙の鳴き声が夕餉《ゆうげ》の卓に聞こえてくる頃
雨季が訪れ出穂《しゅっすい》の時季を待ちわびた
日本にもそんな時代があった
牛が耕運機に替わり
やがてトラクターが出現したころ
わが家は農業から離れた

タイ米をまずいなどと言うな
米を作る農夫のこころを思え
私は小さな声で
家族にぶつぶつ文句を言うのである

# 春のさなぎ

碧ガラスの
日本海を吹きわたり
奥羽山脈に砕け
ぶ厚い　雲海に飛び込む
鋭い北風が
やわらかな雲を　切り裂き
ひっかき　散らして
六華に変え
地上へ　地上へと

深くもぐりこんでゆく
真綿の中が
ぼくの冬
ぼくのふるさと
シベリアの　白鳥に抱かれ
凍り付いて
北国は　いま　蚕の眠り

（心臓だけは
　夜の炭火のように鼓動し）

幼い　緑の羽と
薄紅色の花びらを
バネのように　織りたたみ
ふるさとは
雪と氷の　繭でくるんだ
春のさなぎです

近江　正人（おうみ　まさと）
1951年、山形県生まれ。詩集『北の種子群』『ある日　ぼくの魂が』。
日本現代詩人会、山形県詩人会会員。山形県新庄市在住。

# 寒河江《さがえ》川

寒河江という名の川を渡ろう
曇天のもと　雲間を零れる光の滴が
川面に跳ね返るのを見るのもいいだろう
むっと蒸し暑い盆のころには
孤独を嘆く心の隙間も
みんなふやけた皮膚に埋もれて
見えなくなって
しまっているにちがいない　から

天の川を渡る無数の鳥たちを
呼び止めてみようか
こんなとき
彼らがまだ一羽一羽の自分の名前を
覚えているあいだに
熱く踊る未来を追い求める瞳を
閉じてしまってはいないうちに

四か月の孤独な戦いの果て
やっと呼吸器が取り外されて
ぱっと口を開いて
開かれた口の周りだけ
どす黒くして
もう二度と閉まらなくなってしまった口から
放たれるべき言葉が行き場を失って
まだ漂っているあいだに
一緒に　寒河江という名の川を渡ろう

おにいちゃん！　大丈夫だからね！　と
迫りくる劫火を前にあなたの額をさすった
あのひとの指のぬくもりを
あなたがまだ覚えているうちに

志田　道子（しだ　みちこ）
1947年、山形県生まれ（一歳より東京在住）。詩集『わたしは軽くなった』『エラワン哀歌』。詩誌「阿由多」、日本現代詩人会所属。東京都杉並区在住。

# ラ・フランス

森田　美千代（もりた　みちよ）
１９４６年、山形県生まれ。詩集『寒風《かぜ》の中の合図《シグナル》』。
詩誌「時刻表」、日本現代詩人会会員。兵庫県神戸市在住。

今年も秋を届けます　食べごろは十三日頃です
一片の紙片と共に　ふるさとが届く

（ありがとう　今年は豪雪で大変だったでしょう
―うだな　豪雪でな　枝にゆぎが積もってな　まいにじ
まいにじ　はだげに行ってさ　空ばっかり眺めでだべ
眠っても　はだげ　歩いでだっけ
（心配で心配で眠れんかったんだね
―枝がえったいと思ってよ　いつおだれるが
わがんねべ
ゆぎを払いに通ったんだ　めんごい子供と同じだもの
（雪の中ずぶずぶ入りながら寒くて大変だったね
このラ・フランスへの愛情たっぷりだね

（その後　原発の影響はどうなの？
―うだね　隣の県だから　心配したよお　米の出荷のこ
ろは
検査するまで気が気で　ねがったんだよ
ひどいもんだねえ　一年かげで大っきくしたのに　実
のもんは　みんな検査待ちだよ　気になるよお
福島の農家の人は　ほんにね　まっすぐ歩いでいだの
に
気の毒でなんね
　一年苦労しで　作っているから
気もちは、よーくわがるよ
はるかな　むかしから
雪　降り
重さ　耐え
芽吹く気配　透明な緑
躍動始まり　まぶしさ増す

一枝一枝　風暖める
温もりの汗　重ね
ゆめを託す

季節から季節へ
こころ　はき出し
ふるさとの山河
いま
全てのものを集め
秋
着飾る

# 星の漁り火

深海《うみ》の底から沸き上がる
白い蛍のように
沖合い遙か
静かに灯る
洋灯　洋灯
星の漁《いさ》り火
凪いだ時間と空間
陽と星の
綱引きの終わりかけた
日本海を
観たことはありますか

雪降りの折りは灰色で
荒やいで
しかし
雲間に現れた
陽の光りを得ると
一点雪《それ》は
金色の雨となり
そこだけが

華やかな波間のステージになる
（憂鬱はその路筋から救われる）

荒やいだ海
華やかなステージ
波の雫にまで伝わる命
万代からの
星の漁り火
あなたは
そんな日本海を
観たいとは思いませんか

星　清彦（ほし　きよひこ）
1956年、山形県生まれ。詩集『煌めきの彼方まで』『幸せに一番近い場所』。
詩誌「覇気」、日本詩人クラブ会員。千葉県八千代市在住。

# いのちの渚に

香山　雅代（かやま　まさよ）
1933年、兵庫県生まれ。詩集『雁の使い』『粒子空間』。詩誌「Messier」、日本現代詩人会会員。兵庫県西宮市在住。

宇宙樹　「阿古屋松」*異聞
——昔は陸奥の松なれど今は出羽に有明の影高き阿古屋の松の月は面白や

泪もろい
陸前高田の　水辺である
ひょろ長い　一本松に
満月が　語りかける

（塩辛いが　大丈夫かい
（橋をつくれるほどの　大木ではないが
有明の　海と空
今宵の　地平に
慈愛に満ちた　月影が　宿る

ともすれば
こころ貧しく　萎れる　旅びとの歩みに
真珠《あこや》の　艶に
傘を　展げて
霧の　彼岸に　立っている

＊1　江戸時代の地誌
「奥羽観蹟聞老志十三」
伝承歌へみちのくはひろき国ぞときく物をあこやの松にさはる月影
2　世阿弥自筆本に「阿古屋松」あり

# 鶴岡

苗村　和正（なむら　かずまさ）
1933年、滋賀県生まれ。詩集『四季のひかり』『歳月という兎』。日本現代詩人会、関西詩人協会会員。京都府京都市在住。

平野のあちこちに
白い雪のかたまりのようなものが
ゆっくりと動いていた
刈りとられた田園にかっこうの餌場《えさば》を求めて
白鳥たちが舞いおりてきているのだった
あわあわとしたひかりは
野のはてまであるがままにみちていた
着ぶくれてよくわらうかわいげな老女たちのグループが
にぎやかに降りてしまうと
バスのなかは急にさみしくなった

まだ暮れるにははやい町は
はやばやとレモン色の灯《とも》を点し
家々の屋根をすっぽりつつむように
透明なかわいた雪が舞っていた
青く尖った教会の屋根やお堀の水明りの
あたりから雪はしだいに濃《こ》さをましていくようだった
あのお山　がっさん（月山）いうの

おばあさんの孫娘らしいちいさい女の子が
車窓から指さしておしえてくれた
白い秀麗なその山のかたちは
もう雪に阻《はば》まれてみえなかった

# 羽黒山

阿部　堅磐（あべ　かきわ）
1945年、新潟県生まれ。詩集『男巫女』『梓弓』。
詩誌「サロン・デ・ポエート」、日本詩人クラブ会員。愛知県刈谷市在住。

バスを降りると
雨の中
山伏さんの出迎えを受ける
清めの〝シメ〟を手渡される
私達はそれを
首に掛け　山径を歩む

杉木立の中
左手に見える
静謐な蜂子皇子の御陵
蘇我馬子の背下に
刺殺された崇峻天皇
その人の御子　蜂子皇子
この山の御開祖
彼は都を去り
この地でひたすら
治心の苦行を積んだという

壮大な茅葺きの
羽黒山三神合祭殿
その厳かさに
私達は圧倒される
その後
参集殿から神前に昇る

神官の朗々たる祝詞の上奏
鈴の付いた金属製の御幣で
頭《こうべ》を軽く打たれた時
粛然として
私は皇子の威徳に
触れたような気がした

# 会津・飯盛山

石段を上り切ると
ちょっとした広場

黄葉がハラリと落ちる
左手に並んでいる十九基
白虎隊隊士の墓
墓は鶴ヶ城の方を向いている

ガイドは語る
――戦場から水路を伝って逃れてきた隊士たちは城にて一戦しようと、この山から城を見ると、城が燃えており、今はこれまでと自刃し果てたのです。実は燃えていたのは城下であり城ではなかったのですが。

その自刃の場は
今は緑の草地になっている
先に見学して来た
鶴ヶ城内の絵のパネルの数々
隊長篠田儀三郎以下隊士の
面々をおぼろに私は思い浮かべる
齢十五歳から十七歳の若者たち

広場の右手に建つ
イタリアはローマ市民から
贈られた記念の碑
彼の国の人たちは
その忠烈ぶりに
感じ入ったのであろう

藩校日新館の若き烈士たちよ
あなた方は凄い人たちだ
徳川親藩に見る会津魂

少し下ったところに
十九士の霊神たちを
祀る古いお堂が建っている
堂内を飾っている
壮烈かつ紅顔の剣士たちの人形に
夕光《ゆうかげ》がほんのり映っている
前を勢い良く流れるその水路を
眺めながら私は
しばらく感懐に浸る

山下の土産物売場
その二階のステージ
白い面《おもて》の女剣士
剣舞〝白虎隊〟が披露される
私は盃を飲み干し
荘重なメロディーに唱和する
秋が終ろうとしている

# 出羽二題

## 湯殿山

独りしか行けない道の奥の
赤茶色の大きな磐座《いわくら》
湯気のたつ温水が絶え間なく
その岩肌をぬらぬらと流れ落ちる
山の狭間に降りそそぐ晩秋の午後の日射しに
巨大な岩の塊は
自ずから湧き出て流れ落ちる水に
ぬらぬらと光を放つ

みはるかす空の彼方は
端正に天指す常緑樹の稜線
谷あいに鎮坐するむきだしの赤褐色の巨岩――
道の奥の大地の地熱の固まり
内部から滲み出て自ら流れ落ちる熱水
あるかなしかの風のまにま
揺らめき昇る白い湯気
前に佇む現身にゆわゆわゆわと漂い寄る

時間を忘れて岩に真向かう
自分という存在を忘れ
北の大地の暗く熱いエネルギーの前に佇立する

岩塊のめぐりの空間に満ちる静寂
空には動く雲一つなく
嵌《は》め込まれたような稜線の木立のシルエット
自ずから湧き出て自ずから流れくだる無音の熱水
北の大地の暗く熱いエネルギーの前に佇む

## 汽水の夕光

ここが最上川の河口といわれ車を降りる
流れることを止めた黒い水
倉庫群の立ち並ぶ対岸にまでひろがっている汽水域《きすいいき》
波一つ立たずねっとりと油照る水面
斎藤茂吉が「逆白波《さかしらなみ》」を詠んだ最上川の死ぬところ
夕映えの下　ひたすら暗い汽水の水

＊最上川逆白波のたつまでにふぶくゆうふべとなりにけるかも

結城　文（ゆうき　あや）
1934年、東京都生まれ。詩集『花鎮め歌』『夢の鎌』。詩誌「竜骨」「漪」。東京都港区在住。

# 春秋米坂線

手ノ子
伊佐領
小国町
米坂線の小駅
吹雪の夜は
丈余《じょうよ》の雪に埋められる
雪靴を踏みしめて峠を越えて
師範を目ざした父の青春

手ノ子
伊佐領
小国町
風立つ季節に
身の丈ほどのコスモスが揺れる
喚呼《かんこ》の声に送られて
南の洋のセブ島から
未帰還兵となった若い父

手ノ子
伊佐領
小国町

矢野　俊彦（やの　としひこ）
1943年、東京都生まれ。詩集『北の都で』『本郷坂の町』。文芸同人「砂の会」、国鉄詩人連盟会員。神奈川県厚木市在住。

篠つく雨に長靴を履いて
文庫本を開いている女学生
忠魂碑の父しか知らない女学生

手ノ子
伊佐領
小国町
雪解けの陽射を受ける車窓に寄って
危うい手つきで赤子を抱く
母になったやさしさで
妻になった確かさで

手ノ子
伊佐領
小国町
朝日と飯豊の山懐
出羽と越後の国境
妻の育った山際の町
娘の生まれた川沿いの町
妻と　妻の父とが眠る町

（1989年12月「砂49号」小さな墓碑銘　改正改題）

# 橅の林に雨がふる

淡い黄葉をまとった橅《ぶな》の林の
木道をひたすら登っていくと
ひときわ大きな橅の樹がある

見上げれば梢は
遥かな蒼空を遊泳している
太い幹は幾つも枝分かれしていて
そばに寄ると
両手をひろげて抱きとめてくれる
幹にはいろいろな形の瘤《こぶ》や痕跡があり
生々しい熊の爪痕もあった

三百年も前から　そこにいたのね
鳥海山の深い山ふところ
あがりこ大王と名付けられた橅の古老
あたりに樹の精がたちこめ
濡れたズボンにまとわりつく
紫いろにけぶる
炭焼き窯《がま》のなごりがわずかに温い

橅の林に淋しい雨がふる
激しくふり続くので
樹のてっぺんから幹をつたって
水が滝のように迸《ほとばし》り落ちてくる
この水脈が山の木々を育て
生きものたちを育んでいるのだ

葉の落とす雫をあびていると
命の水が　わたしのなかを流れ
ふつふつと湧いてくるものがある

どこかで熊がひっそりと雨をしのいでいる
橅の小さな実を一つ握りしめ
心の奥に橅の黄葉を灯して
雨濡れの木道をくだる

村尾　イミ子（むらお　いみこ）
大分県生まれ。詩集『うさぎの食事』『花忍の花蔭から』。
詩誌「真白い花」「マロニエ」。東京都日野市在住。

# 赤い湯気

河西　和子（かさい　かずこ）
1966年、東京都生まれ。絵本『レイちゃんの自転車』。
詩の会「Yokohama.story」会員。神奈川県横浜市在住。

ふわふわと降りつづく雪はすべての音を消し人々の言葉
も封じ込め、宿の夜、旅人たちに抱かれる女が手足を縛
られて白魔と化すのを待っている。
女たちの口紅の色が、こんなところに生まれたことへの
不服を申し立てると、そこらじゅうの湯けむりが天に昇
りはじめた。

雪の降らない町に憧れ、身を隠すように出て行った女が、
子どもを連れて帰ってくる夏。
縁側のうちわで盆踊りをひとり扇ぎ、星々の男影が一晩
中女をもて遊ぶ。夜明けのうつつに不埒《ふらち》な思いを許し、
ひとり嫋々《じょうじょう》となる女。

偽りは、歳の数だけ重みを増し、
純粋さは、年を重ねるたびに透明度が高くなる。

青年たちに真心を託し続けた日々
身体中を舐めまわされて手にした金
自分を大切にしろと書かれた手紙
神を信じなさいと祈った牧師

アイラブユーといったアメリカ兵
あきれ顔で女を見つめたYokohama
欲しいものがわからないクセに、無い無いと探し回って
生きてきた、その振り向いた生き様を呪う女の妖艶さだ
が、占い師は女の薄命を宣告した。

遠いむかし
屋台の明かり、笛太鼓
白龍湖《はくりゅうこ》だけは女のこころの美しさを覚えている。
「あぁ故郷のあたたかさよ」
女の求めていたものは、ただそれであった。

（置賜《おきたま》地方　赤湯《あかゆ》温泉にて）

# 朝日岳　大鳥池へ

山口　修（やまぐち　おさむ）
1965年、東京都生まれ。詩集『地平線の星を見た少年』（共著）、『他愛のない孤独に』。東京都国立市在住。

秋の長雨あとの
朝日岳大鳥池へ続く林道でのこと。
濡れたカサを片手にカッパ上下も着たまま
泥濘《ぬかるみ》を辿る単調な足運びに飽き始めてきた頃、
いつの間に舞い降りたのか
数歩先の水溜りのヘリにカラスアゲハが三匹。
偶然出くわしたこの水場が殊の外
おいしいとでも言うようにノドを潤している。
蒸気をいっぱいに含んだ
雨上がりの空気をものともせず
時おり羽を大きく振りあう、
はずむ息を整えるように
仲良さげに伝播して。
三匹の羽ばたきが静寂の波紋を広げ
時を止め　コマ送りのようにまた時を進める。
青紫の羽ばたきは
鈍く光る遥か星雲を羽にのせ
その一振り一振りが天の夢を見るようだった。
三匹のカラスアゲハは飛ぶことを忘れまいと
楽しげに跳躍するように
飛び上がってはまた戻る。
その水際で憩っている姿があまりにも美しく
たった今まで
先を急いで歩いていたことも忘れ、
傍らで佇んだまま
天が夢から覚めるのを
ただいっしょに待っていた。

# 風下の町

風は万遍なく運び伝えた　時を　季節を
水草の根　赤ん坊の乳歯　蝉の抜け殻に

風はだから　色も薫りもない
濃密な毒を　透明な破壊を　また運ぶのか
母の労苦に　父の若い手に　黄色い傘に
ある時は平地よりも山の上に
ある時は近くの町よりも遠い谷筋へ

森と大地は
天と地の間で息を吸い息をはく
千年の昔と変わらずに
ありと凡ゆるを受け取って

その呼吸は
降り注いだ毒と破壊よりも
長く深く　広く大きい
積もり重なる命の残骸と未来の死を
遥かに越えて

しかし　ひとは
いつまでそこに待つことが許されるのか
そよぐ風と香る大地の千年の呼びかけに
素足のまま　裸になって
再び応える日々を

故郷はあるのか
ひと一人の命の　限りある時間の中に
故郷はあるのか
風下に　まだ故郷はあるのか

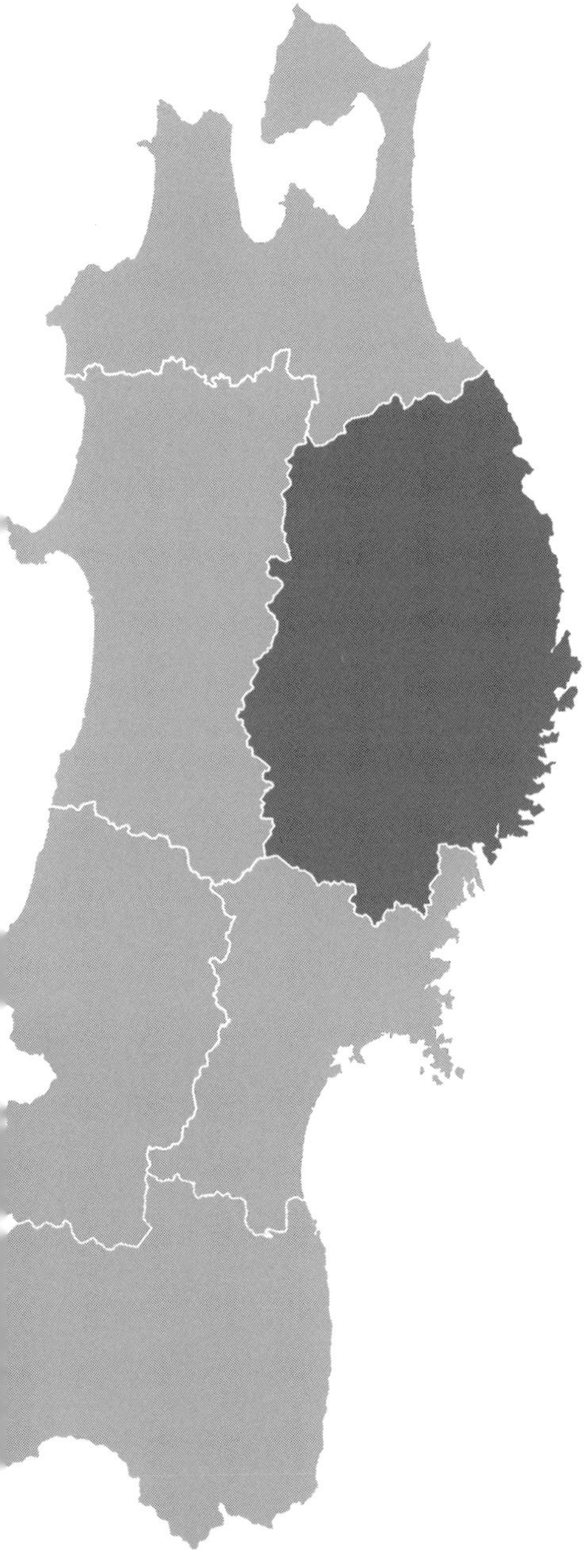

# 九章　岩手県　短歌・俳句・詩

## 北上《きたかみ》の岸辺《きしべ》

（表題・抄出はコールサック社編集部）

病《やまひ》のごと
思郷《しきやう》のこころ湧《わ》く日なり
日にあをぞらの煙かなしも

不来方《こずかた》のお城の草に寝ころびて
空《そら》に吸はれし
十五の心

盛岡の中学校の
露台《バルコン》の
欄干《てすり》に最一度《もいちど》我を倚《よ》らしめ

茨島《ばらじま》の松の並木の街道を
われと行《ゆ》きし少女《をとめ》
才をたのみき

ふるさとの訛《なまり》なつかし
停車場《ていしやば》の人ごみの中に
そを聴きにゆく

### 石川　啄木（いしかわ　たくぼく）

1886〜1912年。岩手県（旧南岩手郡日戸村）生まれ。歌集『一握の砂』『悲しき玩具』。文芸誌「明星」「スバル」。東京都文京区などに暮らした。

やまひある獣《けもの》のごとき
わがこころ
ふるさとのこと聞けばおとなし

二日前に山の絵見しが
今朝になりて
にはかに恋しふるさとの山

かにかくに渋民村《しぶたみむら》は恋しかり
おもひでの山
おもひでの川

田も畑《はた》も売りて酒のみ
ほろびゆくふるさと人《びと》に
心寄する日

あはれかの我の教へし
子等《ら》もまた
やがてふるさとを棄《す》てて出《い》づるらむ

石をもて追はるるごとく
ふるさとを出《い》でしかなしみ
消ゆる時なし

やはらかに柳あをめる
北上《きたかみ》の岸辺《きしべ》目に見ゆ
泣けとごとくに

霧ふかき好摩《かうま》の原の
停車場《ていしやば》の
朝の虫こそすずろなりけれ

汽車の窓
はるかに北にふるさとの山見え来《く》れば
襟《えり》を正すも

ふるさとの停車場路《ていしやばみち》の
川ばたの
胡桃《くるみ》の下に小石拾へり

ふるさとの山に向ひて
言ふことなし
ふるさとの山はありがたきかな

ふるさとの空遠みかも
高き屋《や》にひとりのぼりて
愁《うれ》ひて下《くだ》る

神無月《かみなづき》
岩手の山の
初雪の眉《まゆ》にせまりし朝を思ひぬ

岩手山《いはてやま》
秋はふもとの三方《さんぱう》の
野に満つる虫を何《なに》と聴くらむ

ふるさとの
麦のかをりを懐《なつ》かしむ
女の眉《まゆ》にこころひかれき

みすぼらしき郷里《くに》の新聞ひろげつつ、
誤植《ごしよく》ひろへり。
今朝のかなしみ。

ふるさとを出《い》でて五年《いつとせ》、
病《やまひ》をえて、
かの閑古鳥《かんこどり》を夢にきけるかな。

# 啄木の文机

伊藤　幸子（いとう　さちこ）
1946年、岩手県生まれ。歌集『桜桃花』、エッセイ集『口ずさむとき』。短歌誌「コスモス」、日本歌人クラブ会員。岩手県八幡平市在住。

堅雪《かたゆき》の原を吹きくる朝風に父は唄ひき「南部牛追」

歌壇良き「岩手日報」をとりくるる母は短き帰省のわれに

古きわが家の血匂ふ苗池のほとり埋めて血止め草這ふ

テレビ消すまぎは聞こえてわが郷の民謡一節耳にやきつく

西行も芭蕉も詠みし歌枕漂ひながら帰らむか北に

みづからの命遂げむと溯る魚を思ひぬ帰省の窓に

啄木の文机照らせしほの明りランプのほやの曇りやさしき

おしらさま金精《こんせい》さまに手を合せ遠野対馬牛《つきもうし》に人を訪ひゆく

三人子を生みたるのみに大凡の生も見え来つ岩手嶺仰ぐ

祭礼のさんさ太鼓が聞こえ来る日ぐせの雨のやみしゆふべを

# 青き記憶

砂埃り受けて進みぬ被災地に松一本は生きてる証
見渡せば昔の名残りひとつ無く地震津波は海まで呑みぬ
蔓の先どこまで伸びる朝顔よ震災の夏は深く哀しき
流されし松原の跡に一本の松はためらいて新しく立つ
くねくねと続く松原通り過ぎ抜ければ青き記憶の海見ゆ
逢う度に小さくなりし友の背に又来るからとくり返すだけ
「南無妙」と凍てつく夜を震わせて団扇《うちわ》太鼓は闇に吸われぬ
水害の今あるいのち世のためとこころに聞かせ体験語る
語りべと言われて話す水害の兄弟救えぬ後悔残る
その昔の水害体験語るわれ今穏やかに北上川見し

千葉　貞子（ちば　さだこ）
1940年岩手県生まれ。歌集『つむじ風過ぎ』、著作集『命の美容室～水害を生き延びて～』。短歌誌「游」。岩手県一関市在住。

# いさり火

松崎　みき子（まつざき　みきこ）
1957年、岩手県生まれ。詩集『ミモザサラダ』。短歌誌「冬雷」、岩手県詩人クラブ会員。

軒下に竹ざる吊りしかの夏をはこびくる風の青い店先
町などと呼べぬくらいに貧弱な外灯いくつかありて道あり
ブラウス着て幸せ語りありし日の母の日傘よその長き手よ
どうしても生きることだと七年間りんかくのない人たちといた
ひたひたと潮の香する浜辺に水仙を抱く老婆立ちおり
港には夕暮れにでる船がある沖にいくつかのいさり火の見ゆ
人里の公民館に膝崩す同級生は幼にもどる
蟬しぐれ夏木の緑うちわの風田舎の風情なりけり
潮騒の聞ゆる岬にほんのり赤き野アザミの花
高波の押し寄せてくる堤防の先までも赤く夕暮れの空

# アカシア揺れて

謝花　秀子（じゃはな　ひでこ）
1942年、沖縄県生まれ。歌集『うりずんの風』。
短歌誌「短歌人」、黄金花表現の会（「黄金花」）会員。沖縄県那覇市在住。

中尊寺の金色堂に眠りたる藤原氏三代栄華を秘めて

五月雨の降り残してと芭蕉訪いし金色堂は緑につつまれ

八甲田の雪の悲劇を車内に聴くみちのくの旅アカシア揺れて

記念館に宮沢賢治の詩を読みき古びし手帳に「雨ニモマケズ」

野良に立つ賢治の姿目に浮かぶ稲田広ごる花巻の里

光太郎の終《つい》に刻める智恵子像湖畔に立てりふくよかな裸婦

光太郎のポートレートに見る眼鏡展示の遺品の中に並べり

記念館の女《おみな》は東北訛して光太郎知ると語りくれたり

安否問うはがきにいわきの親族《うから》より無事と震災十五日目に

震災より七年経ちて女子《おみなご》の亡き母思う成人の決意

# 遠野の雪

（表題・抄出はコールサック社編集部）

石の上に綿虫を見し遠野道

枯るる中神の早《はや》池《ち》峰《ね》雲ごもる

鋤刺して堆肥湯気立つ雪ぐもり

寒林の切株四五は木《す》霊《だま》の座

馬なくて厩《うまや》の馬臭あたたかし

曲《まがり》家《や》の二戸をつなげる畦焼かれ

雪泥に老腰つよき根つ子掘り

こんな静かな夕べ座敷童子《わらし》が出たといふ

大き家の部屋ごとわたる冷と翳

炉ほとりに婆が宝珠の卵拭く

籠《こもり》居《ゐ》の冬にも倦みて馬叱る

## 能村　登四郎（のむら　としろう）

1911～2001年、東京都生まれ。句集『枯野の沖』『羽化』。俳誌「沖」創刊主宰。千葉県市川市に暮らした。

春待てる棚のくらきにオシラ神

土割つて雪割つて独活《うど》の芽の太き

婆と児がゐてどの畑も黄の雪菜

婆の声若し冬田に鶏呼んで

雪を来て寄るや余熱の竈《かまど》口《ぐち》

雪水に浸し蕨《わらび》の青もどす

女手の杉皮剝ぎに横吹雪

風かはる瞬時吹雪の昏みをり

雪に負ひて紺のあはれは行商荷

馬の髪なでて手ぬらす納め雪

句集『枯野の沖』より

## イーハトーブの臍《へそ》

（表題・抄出はコールサック社編集部）

初景色ここは日出づる国の北
こぞりゐて固き花の芽西行忌
猿梨の花胸中に山気満ち
三月や早池峰《はやちね》の白天に浮き
渋民の風をうなじにとどき摘む
洛中に阿弖流為《あてるゐ》と母礼《もれ》すみれの香
茂吉歌碑夏やまがらの鳴き渡り
跳躍の鬼《おに》剣《けん》舞《ばい》が汗飛ばす
河童淵つりふね草の実の弾け
気《け》仙《せん》川《がわ》のこる紅葉の朱を尽し

## 大畑　善昭（おおはた　ぜんしょう）

1937年、岩手県生まれ。句集『一樹』、評論集『俳句の轍』。
俳誌「沖」「草笛」。岩手県花巻市在住。

碁《ご》石《いし》岬小春小石が波に鳴り
南瓜ごろりと清原氏亡びの地
葦長けて義家が矢の飛びし沼
若武者の清衡思へば葛の花
濛々と烟りてあれは北上川
雪卸だんだん雲に乗るここち
雪の山越え法衣に菰《こも》とスコップと
雪国に住み食べもののみな薬
雪晴のイーハトーブの臍《へそ》に住む
賢治忌の森がざわざわしたるのみ

句集『一樹』より

# 陽気な国

霧巻きて牛百頭を神かくし

この山があり川があり白鳥来

橇遊び開拓の碑の吹きさらし

炉話のはじめとをはり低声に

かまくらに膝送りして甘酒《あまゆつこ》

狐火を見におでんせと遠野より

山国の星の刺さりし凍《しみ》大《だい》根《こ》

鬼房は蝦夷の長や花辛夷

桜咲ク地震ニモ津波ニモマケズ

水中花炉心の水の減つてゐる

太田　土男（おおた　つちお）

1937年、神奈川県生まれ。句集『草原』『花綵』。俳誌「草笛」「百鳥」。神奈川県川崎市在住。

郭公の陽気な国に入りけり

新緑やもつたいなくて帽子とる

さくらんぼ一粒大き夕日かな

代掻のさなか賢治のイーハトヴ

山猫の賢治に宛てし落し文

チヤグチヤグ馬コさつとひと雨力水

秀衡が跡は田野に麦の秋

朴の花正史に曰く悪路王

アテルイの首飛んでゐる青野かな

赤とんぼ夷《えびす》びいきの肩に来る

## 雄星銀次

高舘
判官の義臣白鳥ども百羽

熱燗や癌細胞め死滅せよ

菱川善夫氏
読み返す筆文字冴ゆる剣の忌

父母の手搗《つ》きの餅を鏡餅

長尾宇迦先生
冬深む孤高貫き逝きにけり

殉職や東日本大震災

藤澤美雄氏
春の雪艶笑譚の文士逝く

工藤節朗氏
秋高く古武士のごとく逝きたまふ

紅葉寺晴れて岳父の忌を修す

関口厚光氏
バリトンの愛の歌澄む星の秋

## 川村　杳平（かわむら　ようへい）

1949年、栃木県生まれ。句集『羽音』、俳人歌人論集『鬼古里の賦』。俳誌「古志」。岩手県盛岡市在住。

鶯の啼きやんでゐる大河かな

日本は義の民の国子どもの日

甲子園アルプススタンド
母校作新や日本一の夏

立ちしなふ雄星銀次夏来る

散り続く日の海棠《かいどう》や父の声

まろやかな癖文字三好京三忌

慶一郎鶴平の恩春霞

早池峯は独立峯ぞ夏の雲

斎藤彰吾氏
懐手化《け》外《がい》の詩人集ふ会

蟇の恋兜太のことはもうたくさん

# 寒昴

喪へばうしなふほどに降る雪よ
泥の底繭のごとくに嬰と母
双子なら同じ死顔桃の花
春の星こんなに人が死んだのか
春昼の冷蔵庫より黒き汁
三・一一神はゐないかとても小さい
卒業す泉下にはいと返事して
初螢やうやく逢ひに来てくれた
寒昴たれも誰かのただひとり
亡き娘らの真夜来て遊ぶ雛まつり

照井　翠（てるい　みどり）
1962年、岩手県生まれ。句集『雪浄土』『龍宮』。
俳誌「暖響」「草笛」。岩手県北上市在住。

寒念仏津波砂漠を越えゆけり
螢や握りしめゐて喪ふ手
はらわたの無き道ばかり初茜
降りつづくこのしら雪も泥なりき
三月の君は何処にもゐないがゐる
別々に流されて逢ふ天の川
寄するもの容るるが湾よ春の雪
三・一一みちのく今も穢土《えど》辺土
ほうたるの闇膨れきて呑まれけり
どこまでも人捜しをり天の川

# 冬のたんぽぽ

ほかほかと熊のうんこに昼の月
冬三日月そこだけぽっと暖かそう
霜焼けと活字中毒遺伝する
花の雨長い廊下に黒い鹿
牡鹿立つ見つめるほどに水澄んで
梟の眠り浅くてジャム匂う
炊きあがる飯にぶっかけ天の川
胃が痛む毛虫一心に葉を食べる
米を食う熊のせつなさ雲になる
棗《なつめ》熟す保身にはしつた日の痛み

## 夏谷　胡桃（なつや　くるみ）

1961年、千葉県生まれ。句集『山羊がいた』。元「海程」。岩手県遠野市在住。

きみにある戦場かくし牡蠣すする
松島や逃げ水のようなり国家
教科書の書き込みいっぱい雪景色
凍大根限界集落と言うな
不登校鹿の見つめる目の中に
ライスカレー大きな森の初ごおり
白鳥来て町は静かな箱になる
炊き出しの寒卵ひとつ光かな
ノアの船冬のたんぽぽ摘みましょう
月涼し森をくじらが泳ぐかな

# 鳶の舞う空の下で

村上　昭夫（むらかみ　あきお）
1927〜1968年、岩手県生まれ。詩集『動物哀歌』。
岩手県盛岡市に暮らした。

鳶が舞うと空が荒れてくると
野良着を着た土地の老人が言うのだ

僕の部落はとても寒くて低い原野のなかにあるのだから
それで無数の鳶が舞うのだ
僕の魂は低い原野の部落のように
こごえてさびしいから
鳶の舞うのがよく見えるのだ

僕がまだ幼ない子供だった時
鳶の舞う別の空の下で
北の国へ行く兵士を見送ったことがあった
今ではそれよりももっと寒冷な戦場へ行く兵士を
やはり鳶の舞う空の下で送るのだ
やはりあの時と同じように
行ったきり帰ってこない
ぼくの兵士を

鳶が舞うと空が荒れてくる
それは幾年たっても変らない
ぼくの毎日送り続けるかなしい兵士が
永遠に帰ってこない以上

# 鬼剣舞《おにけんばい》

斎藤　彰吾（さいとう　しょうご）
1932年、岩手県生まれ。詩集『榛の木と夜明け』『イーハトーボの太陽』。詩誌「新現代詩」「堅香子」。岩手県北上市在住。

茶と黒に色どられて　かげをもつ
つやな土産のからげ*から
ほがほがと酒コかまてくる
ひとはだのかまりこすてくる
月の夜　剣舞《けんべぇ》の笛も聴けできた

からげで　とろろいもを擂る
すりこぎ回し　名物のとろろいもを擂る
ねばりの白くしとやかなうねりに
卵や刻んだねぎをまぜ　御飯《まま》にかけ
食めば　みつみつと精がつくもんだ

朗らなる朝のお立ち　今日はお祭り
角《つの》のない鬼面の阿修羅が
刀差し　手には扇子
安倍貞任《あべのさだとう》合戦の　大口《おぐち》を腰にゆらめかせ
いちにちいちや　だんつく　だんつく
盛りあがる筋肉むき出しに
躍りあがっては踊り狂う　だんつく　だんつく
天の星と日を仰ぎ　地を踏んで開く
五穀豊穣　世の平らかさを祈る

だんつく　だんつく　花に旨酒　はげめやはげめ
通り雨降る松並木　さわぐ桶屋の角辺り
春なのか　秋なのか　だんつく　だんつく　だんつくだん
女狐も添うてまぎれて通るばい
すりこぎのかまりこすて通るばい
酔うては　闇明りの黄に更け行く夜半の
だんつく　だんつく　だんつくだん

時治馬《ときじま》っこの　お方《かだ》ァ
中野弥平工ぬ　やーられだぁ
オーン　オーン　オーン

月も傾く　松並木　女狐そよと消えて行く
だんつく　だんつく　だんつく　だんつくだんだん

＊擂り鉢のこと。

ワシオ・トシヒコ（わしお　としひこ）
1943年、岩手県生まれ。定稿詩集『われはうたへど』。
東京都小金井市在住。

# 釜石港

甲子《かっし》川近くに住んだ頃の愉しみ
それは
たまに祖父に連れられて行く
及新百貨店から眺望する巨きな港湾だった
ギリシャやノルウェーなどの国旗を翻し
入港する外国船の眩ゆい輝き！
少年はどんなに胸をときめかせたろう
セーラー服の水夫がそぞろ歩く市街
サルトルの「嘔吐」にその名を留める
鉄と魚の三陸沿岸都市かまいし

〈この山住みの丸三年は
　あたしに真の青春を教えてくれた〉
戦前の文壇を賑わせた長谷川時雨が
かつてこう回想し更に記す
〈県道からグッと下におりて
　大きな岩石にかこまれた瀬川の岸に
　岩を机とし床として
　朝から夕方まで水を眺めくらして
　ぼんやりと思索していた
　ある時は水の流れに書いても書いても
　書きつくされないような小説を心で書き流し〉

海はしかし
にわかに牙を剝いて荒れ狂うことがある
一九三三（昭和八）年三月三日深夜二時すぎ
地震後の大津波が全域を急襲
数千もの命と家屋を呑みつくし焼きつくした
屋敷を喪なってしまった祖父も
すでに今は亡い
小高い石応禅寺の木蔭にくつろぎ
海の表情をひねもす窺っている
不惑の年齢に達した少年の私はといえば
大海にまだ自分の旗を掲げきれずにいる

# 平泉

生暖かく濁った雨が降りそそぐ

四月のある土曜の宵
日々に虚しく連続する
非人間的仕事を放り棄て
冷たい借金し
誰に　内緒のひとに
鰹節と梅干入れたおむすびつくってもらい
煤け顔の鈍行列車に
おれは独り乗り込んだ

なつかしくも呪わしげに匂う
上野すていしょん発って
喘ぎ　喘ぎ
やっとの思いで運ばれ着いた古都・平泉

駅前をぶらり
ぶらぶらしていると
お客さん中尊寺へ行って来たが
乗合馬車の爺さんにひと声かけられ
いやいや積み込まれて駈ける
史《し》垢《あか》でぎしぎししたおんぼろ馬車よ

馬車が通る
馬車が通る
おれ様通る

豆腐屋のらっぱ鳴らし
かつて黄金の花咲き乱れた街道に
疲れて黄色い馬の
生産進行形の黄金をぽたぽた落しながら
老馭者
来る　通り過ぎて行く車に
いちいち敬礼しながら
馬にまた一鞭くれる

もちろん
旅人に過ぎないおれのことなんて
この際どうでもいいんだが
それにしても奴は
すっかり陶酔しきった調子で
そこらの風景を説明しすぎる
お経がかった古代語で
高館《たかだち》を　衣川の合戦場を

おれは何だかかなしいぞ
北上川
束稲山《たばしねやま》
金鶏山
あの白い雲の流れが
おれをおいてきぼりにするようで

# 北上川

北上川は熒気《けいき》をながしィ／山はまひるの思睡を翳す
（「北上川は熒気をながしィ」—『春と修羅』第二集）

千年むかしの光をうかべ北上川は流れる
この橋をわたり八キロ離れた高等学校へ通学したことが
　ある
桜木橋《さくらぎばし》に自転車をとめ川風をうける
岸の木だちが川風にそよぐ
風のように過ぎるものがある
あいつか
橋上に立つとここは全宇宙の中心のように思えるのだ
遠く小さく岩手山も早池峰山《はやちねさん》も見える
東に種山《たねやま》・姥石《うばいし》高原
西に焼石《やけいし》岳・駒ケ岳
やや上流の段丘上が胆沢《いさわ》城趾
やや下流が跡呂井《あとろい》
蝦夷《えみし》の酋長アテルイの根拠地と伝えられる
はるばるの贄《にえ》となったアテルイ
討たれた首は都の辻で夕焼け空を睥睨《へいげい》した
風のように過ぎるものがある

あいつか
あいつとは誰だ
橋上に立つといまは全時間の中心のように思えるのだ
千年むかしの光をうかべ北上川は流れる

若松　丈太郎（わかまつ　じょうたろう）
1935年、岩手県生まれ。詩集『十歳の夏まで戦争だった』、評論集『福島原発難民』。詩誌「いのちの籠」「腹の虫」。福島県南相馬市在住。

# ヤマセ

上斗米　隆夫（かみとまい　たかお）
1935年、岩手県生まれ。
詩誌「辛夷」、岩手県詩人クラブ会員。岩手県盛岡市在住。

海から吹き上げられ
岬を越えて流れる
霧に閉ざされて
日光は
タンポポまで届きません

サワサワと防風林は鳴り
遠くから
カッコーの声が聞こえてきます

霧の中で
時は止まり
道も林も深く沈んで
昼なのか
夕方なのか

それとも
遠い昔の
おぼろげな記憶の断片なのか
わからなくなり

校舎も教室の子どもたちも
母の胎内に在るもののように
密やかに息づきます

ひんやり濡れた沈黙のあと
また風が来て

ひと息に開けられた
カーテンの向こうから

六月の太陽
子どもたちの歌
カッコーの声

# 雪ひらのうさぎ

高原の牧草地には
光が吹き渡っています
牧草の海のはるか向こうには
船がうかんでいます
牧草は
海の波のように
つぎつぎと光をはこんでいます
私はトラクターに乗り
光りを刈りたおしていきます
音もなく光はたおれ
影をつくっていきます
そのなかに
からだを刈られたうさぎがいます
うさぎは
かすかにけいれんしたまま息絶えていきます
私の手のなかに
うさぎの濃い影がうつっています
夜になると
くらい海のなかに散る夜光虫のように
星がまたたいています
うさぎの魂です
うさぎのことだけを思っていると
星は雪ひらになって
私の海のなかにふってきます
ふかい海の底の方へ
雪ひらになったうさぎがふってきます

北畑　光男（きたばたけ　みつお）
１９４６年、岩手県生まれ。詩集『合歓の花』、評論集『村上昭夫の宇宙哀歌』。詩誌「歴程」「撃竹」。埼玉県児玉郡在住。

# 深夜の酒宴

朝倉　宏哉（あさくら　こうや）
1938年、岩手県生まれ。詩集『鬼首《おにこうべ》行き』『朝倉宏哉詩選集一四〇篇』。詩誌「幻竜」、日本現代詩人会会員。千葉県千葉市在住。

空《から》になったトラックの荷台で
養蜂業者の酒盛りがはじまった
灯りはちらちら揺れるカンテラひとつ
車座になった男は七人
北上山地の懐深い安家川《あっか》のほとり
全山の栃の花は真っ盛りだ

一升瓶から湯飲みに受けた酒でまずは乾杯
親方がきょうの労働をねぎらっている
トラック二台で　早朝　房総半島の突端を発ち
夕方　北上山地の渓谷に着いた
満載した蜜蜂の巣箱を
森の中や川の岸　林檎畑や草原に
置き終えたときはとっぷりと日が暮れて
アオバズクのするどい声がこだましていた

酒をのみ交わし談笑がはずむ
岩魚《いわな》や山女《やまめ》　タラの芽やワラビが肴
今年の蜜源はいいぞ！
房総半島の菜の花と海の匂い
北上山地の栃の花と山の匂い

そのくっきりとした違いに
七人の養蜂業者と百万匹の蜜蜂は
鼻をうごめかせている

天上からも地上からも漂ってくる蜜の匂いで
夜が濃密になっていく
この一帯に蜜蜂の巣箱が配置されたことを
月の輪熊はもう知っている　羚羊《かもしか》も狐も貂《てん》も知っている
やまかがしも青大将もまむしも知っている
イヌワシもアカゲラもフクロウも知っている
そうして　やがて日が昇り　蜜蜂の大群が
一斉に乳白色の蜜源に向かうことを知っている

唄う者あり　手拍子が起こる
アオバズクが鳴くのをやめる
艶のある男の唄声が
樹樹の若葉と花粉を震わせ
満天の星座と銀河に吸われていく
立ちあがり踊る者あり
北上山地の五月の夜気をすっぽり纏い
忍者のような身ごなしだ

# 平坦な地に降りていった人よ

柏木　勇一（かしわぎ　ゆういち）
1941年、岩手県生まれ。詩集『ことづて』『たとえば苦悶する牡蠣のように』。日本現代詩人会、日本詩人クラブ会員。千葉県柏市在住。

注がれた酒に口を運ぶ
その時も唇は震え
仕組まれた世界の不条理を
荒々しく　白髪をゆらせて告発していた
その眼に圧倒された
瞳は確実にわたしを記録していた
わたしは何度
おののき　うつむいたことだろう

あの瞳だ　時を超えて
なおわたしを突き刺すもの　わたしを凍らせるもの
いま　永遠と交換して注がれるあの眼光を
わたしは手のひらにそっと隠す
手のひらを合わせることで光がやさしくなる
そのために月日があることを
言葉の主を失って知る

過ぎていった月日を捧げよう
あらゆる臓器が傷み　破裂するさなかにも
戦い続けた人へ

惑星の被膜が破れはじめたことを
時代の暗がりから訴え続けた人へ
そう　いまでも青白い光が細く鋭く発せられている

あなたの沈黙の後で響いた
あなたが幼い時にたわむれた三陸の海の嗚咽《おえつ》
海底の段差の大きさはわからない
確かなことは
あなたの中ではいつまでも静かな海であること

いまはまだ暗闇になじんでいく時間
憤怒の段差を沈黙の中におさめ
海とも雲ともさだかではない
水がこぼれる裂け目から
平坦な地に降りていった人よ
幸せな八十歳の少年が　一枚の絵になった

＊今入惇氏に捧げる哀歌

# 鹿の祈りだじゃい

ダン
ダダダーン

ダンダン　スコスコダンスコ
ダンスコダンダン
スコスコダンスコ　ダダスコドンスコ
ダンダンダンスコ　ダダスコ　ダン
じょじょいーやら
ダンスコ
ダンダン
スコスコドンスコ
ダダスコ　ダン
あくまはらって　じょいーやら
ダダダーン
ダダダーン
ダンスコ　ダダスコダンダン
スコスコ
ダンスコダンダン

ダーン　ダーン　ダダダーン
あくまはらって　じょいーやら
じょじょいーやら
あくまはらって　じょいーやら
ダーン　ダーン　ダダダーン

スコスコ　ダダスコダンダン
ダンダン　ドンスコ　ダン
あくまはらつて　じょじょいーやら
スコスコ
ダンスコドンスコ
ダダスコドンスコ　ダン
じょじょいーやら
ダンダンドンスコ　ダダスコダンスコ
スコスコ　ドンスコドンスコ
ダダスコ　ドンスコドンスコ
ダンダンドンスコ

ダダダーン

ダン

照井　良平（てるい　りょうへい）
1946年、岩手県生まれ。詩集『ガレキのことばで語れ』。
詩人会議、日本現代詩人会会員。岩手県花巻市在住。

# 四人の神さま

渡邊　満子（わたなべ　みつこ）
1932年、岩手県生まれ。詩集『帰帆場―母の詩―』。詩誌「辛夷」、岩手県詩人クラブ会員。岩手県北上市在住。

ガタン　汽車が揺れる
網棚からコッペパンが落ちた
座っている四人の膝の上に
新聞紙に包んで載せて置いた
四個のコッペパン

戦後間もない
昭和二十六年　二十七年の二年間
盛岡の短期大学に通学していた
朝　六時発の汽車
母の握ったおにぎりが朝食
花巻から同級生が数人乗車
友だちとおしゃべりしながら
賑やかで楽しい汽車通学だった

黒沢尻から盛岡まで汽車で一時間
盛岡駅から大学まで歩いて四十分
授業をエスケープして映画を観に行ったり
休憩時間に弁当を食べたり
腹ペコの学生は帰りの車中で
いつもコッペパンを食べていた

コッペとは佛語で
切れ目が入った紡垂型のパン
今はバターやチーズがはさんであるが
当時は何も入っていなかった
駅前で買ったコッペパンを食べた四人
今は三人は亡くなり私ひとりになった
大槌で3・11の津波で行方不明のデラさん
七十才で癌で逝ったダルさん
小さくても一番張り切っていたヒナちゃんは
二年前に旅立った

網棚から降ってきたコッペパンは
四人の神さまだった
夢中で食べている私たちを
キリストのような顔をした
イケメンの岩大生が見ていた

# うねり　～坂田明とジャズ喫茶クィーン

東梅　洋子（とうばい　ようこ）
1951年、岩手県生まれ。詩集『うねり』。
岩手県詩人クラブ会員。岩手県北上市在住。

人気のない
動くものと言ったら
緑の迷彩服の若者
巨大な重機

一人の男が立つ
わずか数枚
の
赤いレンガの階段
足をかけた
思いの丈を
大きな息でふくらませ
アルトサックス
が
瓦礫の町
を
包んだ

一瞬の静寂と
乾いた想い
遠くで涙する人影がいた

ふたたびの初夏
海辺の町に
アンコール曲
ひわまり
が
広がった

# 金矢神社境内球場

永田　豊（ながた　ゆたか）
１９４１年、岩手県生まれ。詩集『背後のまなざし』『冬の歌』。
岩手県詩人クラブ会員。岩手県花巻市在住。

かつては野球場のように広く
木々に覆われていた金矢神社の境内
僕らのホームグラウンド　揺籃の地

小学三年生から中学生までの子供たちが
集まって三角ベースの野球
テニスボール　手製の擂粉木バット
一塁は杉の木
二塁はなく三塁は狛犬さんの台座
小三以下の僕らは神社の階段に並んで観戦
なんと大人っぽいヒーローの横顔
あのダイヤモンドに立てる日を夢見て
僕は球場に毎日走り続けた

県高校野球の有名なF投手のもち球の
ドロップという変化球に憧れ
柔らかいゴムボールの下を摘んで投げる
魔球は打者の目前でストンと落ちる
空を切るバットの振動がグラウンドを走る
僕らの憧れは立ち止まった魚のえら呼吸

杉の木立が巨大な守護神然として立っている
時折砂塵を巻いて走り去る進駐軍という占領軍のジープ
問いはいつも戻ってくる

夕暮れは一時間に一本通る温泉電車に乗り
カーブに車輪を軋ませ
窓の明かりを揺らめかせながらやってくる
僕らは走り出す無口な食卓へ向かって

木々は伐られ
カーブを真っ直ぐにした舗装道路に削られて
金矢神社の境内はかつての球場の面影を失い
何の物語も孕まずござっぱりと座っている
電車が今は記憶の中の時を軋ませて走り来るのみ

共にあった人々の名も顔も覚えていないが
共にあった日々は今も地脈を流れて止まない

# 流れゆく舟

## ――「舟っこ流し」に寄せて――

藤野　なほ子（ふじの　なおこ）
1930年、岩手県生まれ。詩集『岸辺の桜』『くるみの木』。
詩誌「辛夷」、岩手県詩人クラブ会員。岩手県盛岡市在住。

舟は赤々と燃えて川面を照らす
ぱちぱちと　はじける音
ひゅーっと景気よく幾つも舞い上がる花火
燃えながら舟は静かに流れに曳かれていく

一面に飾られた舟に乗っている沢山の面影
久しぶりに帰った家々の　人々の今の姿は
どのようにうつったのだろう
夕映えのみなれたまちの中を流れるまぼろし
両岸のぎっしり埋《うま》った人々の眼の中を
燃えながら音だけが響いて　彼岸へ向かう

あの時　川岸の三階の窓から流れる舟を見送った
父の初盆の年　舟の流れるのを待ちながら
その家の女主人とお話などをした
あれから既に六十七年
今年はその方の初盆だった
あの三階の窓は長いこと閉ざされ誰もいない
あの方も乗っている舟が今燃えていく　その窓の下を
私と妹と　遠く対岸から見送る

幾つのも舟が一そうずつ後から後から流れて
みんな遠のいていく

猛暑だった今年の夏
狂ったような炎暑のかげろうにゆられて
白骨化した人や消息不明の人
戸籍だけに生きていた人が
国中のあちこちで現れては人々の間をさまよっていた
盂蘭盆会《うらぼんえ》
今は送る人も知る人もなく　孤独のまま
それでも流れゆく川のみえない舟に乗って
燃えながら共に流れていく
両岸の沢山の人々の目の前を　あの世へと

川面は熱風も消えて　涼しく
秋の訪れを思わせる
電車がごおーっと鉄橋を渡っていった

# まむし仙人

佐藤　岳俊（さとう　がくしゅん）
1945年、岩手県生まれ。『現代川柳の宇宙』『川柳句集佐藤岳俊』。
「川柳人」主宰、「川柳展望」会員。岩手県奥州市在住。

横黒線《おうこくせん》
和賀仙人《わがせんにん》発　D60《デーロクマル》蒸気機関車
茶けた客車を引いて
喘ぎながら　のぼっていく
蛇走《じゃばし》りという石垣つづき
レールが大きく右に曲がる
と　その側を
一人の男がゆっくり歩いている
Y字の木を肩に掛け
その先に
二つの畚《ふご》が吊られている
ひとつの畚の中で
赤まむしがとぐろを巻いている
別の畚に
黒いまむしが眠っている
男は　まむし仙人と呼ばれ
ちらりと赤い眼が光っていた
晴れた日も　霧の日も　小雨の日も
赤まむしを追って
畚に閉じこめていた仙人

とある産直で
アルコール瓶の赤まむしを見た
かたい影は　まむし仙人の背に似て円く
今にも動きだしそうだった　が

まむし仙人は蝦夷《えみし》と呼ばれ
シマ蛇　アカカガシ等も
神と呼び　祭っていたのだ　しかし
蛇走りの向こうの仙人トンネルに入ったまま
今も　そこから出てこない
いつか　横黒線は北上線となり
蛇走りの石垣に積もっている朽ちた落ち葉

東北本線　水沢駅前の街に
まむし屋という店があった
その巨大なガラスケースに　音も無く
閉じこめられた神たちがうごめいていた　と
一匹の赤まむしが舌を出し　人を見て嗤った
赤まむしの赤い眼が突然仙人の眼と化して
今も　胸に刺さってくるのだ

# 高橋　トシ（たかはし　とし）

1943年、岩手県生まれ。手記共著『車椅子の青春　限りある日に生きて』。
岩手県詩人クラブ、北上詩の会会員。岩手県北上市在住。

母さんにあいたくなったとき
糸でんわを空に向けてのばしてみる
あったかい　手の温もりが伝わってくる
海に向けてのばしてみると
母さんの　うたう声がきこえてくる

母さんと話したくなったとき
糸でんわを　自分の胸にあててみる
もしもし
母さん

生きているわたしの声が
母さんの声のように　きこえてくる
母さん
わたしはだいじょうぶだからね

## 目をつぶると

手と手を合わせる
目　鼻　口　耳
ちゃんと
さわることができる
お日さまが
どこから　わたしを見ているのか
わかる
そこには母さんがいる

浜辺の木や花といっしょに
母さんは
つなみにのまれて
行ってしまった

わたしが学校から帰ってきても
いつものところに立ってはいない
目をつぶると
「おかえり」
そこに待っているのがちゃんとわかる

## モデル

北上に四本しかないエドヒガン
その一本が口内《くちない》の大越《おおごし》田《だ》にある
樹齢四〇〇年という

いつから宿ったのか
寄生木《やどりぎ》が十株もあった

写真を撮った
作業中のもの記録になると
だが終って気づいた
木の大きさを表わすものがない
木の下に立ってくれ
木の大きさを表わす
写真がほしいから
作業をすすめた
巨木の代表からだ

目の前にはエドヒガンがあった
一瞬枯れ木のようだ
寄生木のしわざ

よく我慢したね
私は背比べするために来たのよ
と語りかけながら
写真におさまった

佐藤　春子（さとう　はるこ）
1938年、岩手県生まれ。詩集『ケヤキと並んで』、詩文集『大河の岸の大木』。
日本詩人クラブ、岩手県詩人クラブ会員。岩手県北上市在住。

# 墓碑銘

金野　清人（こんの　きよと）
1935年、岩手県生まれ。詩集『冬の蝶』『青の時』。
岩手県詩人クラブ、北上詩の会会員。岩手県盛岡市在住。

故郷のお墓は
いつも穏やかな広田湾を向いて
磯の香りを漂わせ
静かに建っていた

三月一一日の朝も
鉢巻き姿の浜人は
墓地沿いの道を
六ヶ浦の波止場に駆け付け
沖合を目指して波を蹴立て
カモメがのんびりと後を追っていた

ところが青天の霹靂
凪いでいた三陸の海原に
突然、山のようなどす黒い大波が現れ
潮の匂いの満ちた陸前高田を
一気に呑み込んだのだ

猛り狂った巨大津波は
家も、浜人も、漁船も掻《か》っ攫《さら》い
こともあろうに
先祖代々のお墓まで
薙《な》ぎ倒し
根こそぎ抉り取ってしまったのだ

帰郷した私は広田湾に向かって
消えてしまった親しい浜人を
声を限りに呼んだ

叫びつかれた果てに
痛む心の奥深く
小さなお墓を建てて
短い手紙を刻んだ

三陸の海を愛し、海に生きた浜人よ
無くなった墓場には埋められません
いつまでも、生き残った私の心の底の
いちばん深いところで生きております

# 水辺にて

ことばなどいらないのだけれど
黙って
山河に佇めばいいのだけれど

滴るものがあって
苦しまぎれに
つい揶揄してみたくて
ずるずると

雲も浮いていて
草も木も生えていて
花も咲いていて
生れ出ずるもの
朽ちるもの

掬い上げられそうもない所
どこか崩れそうな所

ことばなど無いのだけれど
風景ばかりなのだけれど

水音がして
果ての声がして。

田村　博安（たむら　ひろやす）
1941年、岩手県生まれ。岩手県盛岡市在住。

# 釜淵の滝

吊り橋を渡り
滝への坂道を下ってゆく
左手の雑木林の向こうから
ザーザーと水の音が聞こえている

岩肌を白く幾筋にも分かれて
さらさらと
水の流れる静かな滝の筈だったけれど

覚束ない足どりで下る私を気遣って
先を行く娘が振り返る
いつの間に
そんな優しい眼差しをする人になったのか
眩しく見返し　また下る

子を育て　仕事をこなし　家を手に入れ
十年以上
彼女の時間を生きてきた
頼もしさや優しさはその証だ

坂を下り切れば滝見橋

伊藤　諒子（いとう　りょうこ）
1945年、満州生まれ。
岩手県詩人クラブ、花巻詩人クラブ会員。岩手県花巻市在住。

雪融け水が一気に流れこんでいるのだろう
水が滝のてっぺんで膨れ上がる
白い飛沫を飛ばしてなだれ落ちる

「力強いね」と娘は言う
この先の自分の道を見ているのだろう

私は　静けさのない滝に戸惑っている
いつもと同じであること
変わりのないことを安定として求めていたことに気付いた

すべては変転流転するのだ
ふいに力のみなぎりを感じた

水霧が頬から体の内に沁みこんでゆく

二人
言葉をしまい込み
並び立つ

# コンセイサマ*

ヒトの苦い物語の始まりを
おごそかに語り伝えるために
ヒトは祀った　森の社に
腰のぬけるほど大きな
石の男根《コンセイサマ》を

カミになれなかった不覚や
オトコやオンナになってしまった因果は
もう取り返しがつかないから
せめて牛や馬のようにおおらかになって
しめ縄を張り
灯明を灯し
まらまらと唱え
まらまらと燃え
かしこみかしこみ拝むか
この世の始まりを告げた男根を

オトコとオンナの
ああでもなくこうでもない世界が
ああでありこうであるように

星野　元一（ほしの　げんいち）
1937年、新潟県生まれ。詩集『草の声を聞いた夜』『ふろしき讃歌』。個人誌「蝸牛」主宰。新潟県現代詩人会、日本現代詩人会所属。新潟県十日町市在住。

ついに終りにならないように
（米や大根や菜っぱたちもしょげて萎んでしまわ
　ないように）
これでもか！　といって拝むか
これでもか！　これでもか！　と
撫でたり引っぱったり
叩いたりして

男根はつるつる様だぞ
縄文からのつるつる様だぞ
御利益はみんなにあるぞ
世界の果てまで続いているぞ
どうかどうかと頭を床にこすりつけ
柏手を打って
またどうかと頭を床にこすりつけ
まあーっ！　といったり
赤くなったりして

＊金精様《コンセイサマ》（遠野市、神社の御神体で石又は木製の男根）。

# 経清義清《つねきよのりきよ》＊　栗駒山残照

亘理大夫《わたりのたいふ》経清《つねきよ》どの、連枝義清《のりきよ》参上
蝦夷兵らの叫喚に似た氷雪の颪よ
生きて生きれず死して死ねぬ
なまぬるき出家遁世のうつし身を捨て
錆び刀で首を挽かれる煉獄を共にすれば
相まみえることが叶うであろうか
汝、百年の死者と

絹帛《けんぱく》一万匹をもって購《あがな》った位禄を捨て
墨染めの衣をまといしより
なにをさしおいても訪《おとな》うべき
吾が一点の明《あか》きともしびであった
剣を捨てることでしか成しえなかった
吾が念ずるところを
剣を取って成さんとした汝は

—得たり、義清《のりきよ》どの
されば花咲ける蝦夷の地を馳走いたさん
おうさ、吾もまた都ぶりのざれ歌などを
聞きもせず束稲山《たばしねやま》の桜花
　吉野のほかにかかるべしとは　　西行

百年を千年に重ねた時が
ゆるゆると北上川の上を流れ
陽はたおやかに栗駒山の稜線
半眼を開いた雲の間に燃え尽きようとする

—ゆっくりでしたね、四時間の超過ですよ
背高く肉逞《たくま》しき奥州駒は
たちまちに骨ばかりの駅前レンタサイクルに
都にのぼせられる俘囚《ふしゅう》を積む電車がきて
栗駒山を赤く染めた陽の照り返しが
最後の友のごとくに吾が背をなでる
宮崎　亨（みやざき　とおる）
1943年、長野県生まれ。詩集『火の花嫁』『空よりも高い空の鳥』。日本現代詩人会、町田詩話会同人。東京都町田市在住。
＊義清《のりきよ》は西行の出家前の名、佐藤義清。前九年の役で誅殺された、奥州藤原氏の祖藤原経清《つねきよ》とは同族。

# タンデム自転車

鈴木　春子（すずき　はるこ）
1936年、新潟県生まれ。詩集『古都の桜狩』、随筆集『心の透析機』。
静岡県、浜松市在住。

梅雨明けを待てずに
東北への旅に出かけた
八幡平《はちまんたい》らのホテルに荷を降ろし
そこにあったタンデム自転車を借り
初夏の高原を走り回り
近くにある別荘地のそばまで行った
別荘生活には特別な思いはあるが
人影はなく静まり返っていたので
中までは入らず引き返した

私は自転車に乗れない
子供の頃大人用の自転車で
三角のりをマスターしたけれど
田舎の石ころ道でころんでしまい
以来敬遠していた
初めて夫の後ろに乗り
自転車をこぐ爽快さを味わった

翌日の観光は大雨で
毛越寺《もうつうじ》も金色堂も雨の中だった

　五月雨を降りのこしてや光堂　芭蕉
まるで芭蕉の目で眺められた
たくましい夏草を想像していた
つわもの達の夢のあとは
若々しい草原が広がっていた

あれからふた昔も過ぎた
三陸海岸を回る旅の計画は
何度も立ててはみたが実現出来なかった
時間に追いかけられる欲張りな歩き方の
長い旅行はこれが最後になってしまった
今は地名もあやふやになり
地図に詳しいはずの同行者の返答も
頼りなくなってしまった

しかしながら
初めてのタンデム自転車でのサイクリングは
決して忘れることはないだろう。

# 縁日魍魎

阿部　正栄（あべ　まさえい）
1948年、福島県生まれ。詩集『がれきに書いたらくがき』『辺境』。日本現代詩人会、福島県現代詩人会会員。福島県西白河郡在住。

快晴の六月の朝、人差し指大の蛇が中庭から隠居を見ている。手を叩くと首を竦めるが、その場を去ろうとしない。蛇嫌いの母が見に来るが、目の前の蛇が見えないらしい。しつこく居場所を教えるがわからないらしく蛇は隠れてしまった。それから間もなくのことだ、母の兄の訃報が届いたのは。

今年に入って二人の兄を亡くして、更に猫背になった母と岩手県和賀郡湯田町へ墓参りに行く。二人とも長寿だったが、今度は私の番とくもる母の言葉を聞こえぬふりをして振り返ると、小雨の中で子供らが遊んでいる。よく見ると舌を出して蛇の真似をしている。いや蛇の舌で見送ったのを私は確かに見た。そのまま親戚の家へ行くが、婆さんが丹精にしている庭の苔を荒らすものがいると騒いでいる。私はいたち、野良犬と挨拶をしたら、嫁さんは狐のしわざと言って狐の目で笑った。

それに魅せられ、風の又三郎・ガラスのマント・の撮影が来ている場所へ、嫁さんの案内で行く。つられて花巻・宮沢賢治記念館まで雨をついて車をとばす。雨ニモマケズ　風ニモマケズ……の巻紙を買って帰ったが、翌年六月、巳年の父が私の厄をすべて背負い、左足からくずれて他界した。

# 道程　——二十歳の秋に

風のゆくえを追うような
そんな気持ちで飛び乗った
一番列車の一両目

群れをはぐれた小さな獣のように
途方に暮れて歩いてきたけれど
僕の前に道は無い　僕の後ろに道はできる

そうだよ　迷いながら　悩みながら
正直に親切に生きること
自分を信じて生きること

私が訪ねて行く人は　北国岩手花巻の
山口山に一人棲む　その名は高村光太郎

心はいつでもあたらしく　一足一足　踏みしめ歩む
望むのは美しいもの満ちる世界
願いは諍《いさか》いの無い平和な世界

雪降り積もる山小屋の


## 小山　修一（こやま　しゅういち）

1951年、静岡県生まれ。詩集『人間のいる風景』。
日本詩人クラブ、日本作詩家協会会員。静岡県伊東市在住。


けむる囲炉裏の前に座し
ひらく詩集は智恵子抄

小高い丘に足向く春の日和《ひより》は
原子となった智恵子と語り合う
光と風　草いきれ　涼しい木陰　蝉しぐれ

雲流れ　忽《たちま》ちのうち夏過ぎ行き
稔《みの》る秋　褐色の栗の実が
三畝《みうね》の畑に艶《いろ》うとき

私が訪ねて行く人は　北国岩手花巻の
山口山に一人棲む　その名は高村光太郎

毎日何かを発見す　天然自然の懐《ふところ》に居て
望むのは美しいもの満ちる世界
願いは諍いの無い平和な世界

# オランダ島

里崎　雪（さとざき　ゆき）
1966年、青森県生まれ。
詩人会議会員。長崎県平戸市在住。

姉の住む山田町へ遊びに行った
山田港から船に乗ってオランダ島へ
甥が夏休みのバイトをしていた
海水浴場で賑わっていた

長崎から行った私は
「えっ？　岩手でオランダ島？」
気付くと道の電柱に『長崎町』と書いてある
岩手で長崎の地名を聞くなんて驚いた

オランダ島には説明書きがあった

『1643年オランダ船「ブレスケンス号」が
　食料と水の補給に立ち寄ったことから名付けられ
　現在は姉妹都市を結んでいる』

震災前に2回遊びに渡ったオランダ島
海がサファイヤブルーに透き通り
文字通り外国のようだった
素敵な思い出のオランダ島

2011年、津波が呑み込んだ…
今も姉たちは山田町で暮らしている

# 盛岡一九九一

佐相　憲一（さそう　けんいち）
1968年、神奈川県生まれ。詩集『森の波音』『もり』。日本詩人クラブ、日本現代詩人会会員。東京都立川市在住。

不来方の
お城の草に寝ころびて
空に吸はれし十五の心
石川啄木

城跡の高台で八月の空を見上げて
二十三歳のぼくと十五歳の啄木
湾岸戦争の衝撃が充満していたが
はじめて旅した岩手の水は澄んでいて
世界の空には詩の心があった

フランスのノルマンディーやブルターニュ
一年前に貧乏旅行しながらぼくは
日本を捨て海外で生まれ変わろうとしていたが
くれない丘陵に涙があふれて
ベルリンの壁崩壊後の空に浮かんだのは
日本のノルマンディーがあるかもしれない
日本のブルターニュがあるかもしれない
啄木に聞いてみよう

仕事の夏休み前夜に上野ステーション
宿も予約せず当時走っていた夜行列車に乗った
どうして人類は戦争ばかりするのだろう
どうして人類は貧富の差があるのだろう
どうして自分はこんなにかなしいんだろう

ああ　ああ　ああ　ああ
意味のはっきりしない感嘆とため息と抒情の波が
啄木新婚の家や中津川、北上川、岩手山
夜の居酒屋でひとり酔夢のアウストラロピテクス
絶望や鬱屈が空に吸われていった

何かに憧れることで生きて行かれる
人生を彷徨する人びとがぼくの前を歩いていた
無数に、世界中で、いつの時代も、啄木みたいに
それぞれの詩の心を抱えながら

〈鬼が二度と来ないように〉の不来方は逆転し
鬼才たちがこの森で世界をひっくり返していた

# 十章　秋田県　短歌・俳句・詩

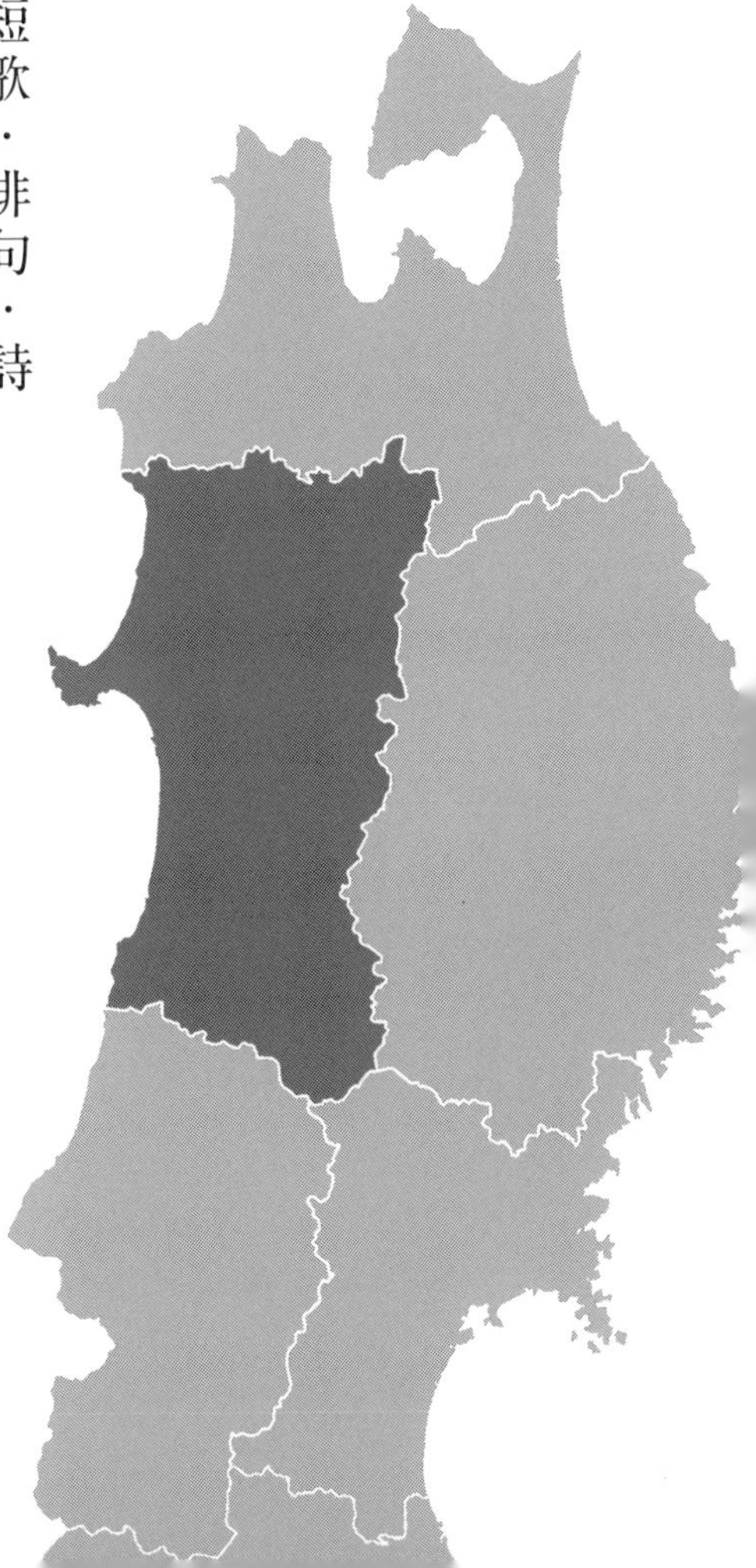

# たびころも

（表題・抄出・註はコールサック社編集部）

菅江　真澄（すがえ　ますみ）

1754〜1829年。三河国（現・愛知県）生まれ。国学者・紀行家。本名は白井秀雄。東北を遊歴後、秋田に永住。日記「真澄遊覧記」。

こまかへる春やまつらんとしたかきしらかみ山の雪のをもかけ

*米田村（藤里町）

山影に佃るよね田に風落ちて涼しく渡る川添ひの道

*峨瓏大滝（藤里町）

雫る雪か花かあらぬかやま風にさそわれてちる滝のしら泡

*小浜の浦（男鹿）

風あらき浦の小浜のなみまくらうちもねられす明む此夜は

*琵琶島（男鹿）

海士もさぞびわの島かげすずしくて寄る波の緒に舟つなぐらし

*琴の海＝八郎潟

松風の声かあらぬか琴の海の春をしらふる雪のしら鳥

たびころも身に寒風の山ちかくみゆるなぎさの氷る水海

*楢山の里（秋田市）

葛の葉のかかるためしをなら山のならの葉かしはうらや見すらん

*滝野原村・横坂（湯沢市）

照りそふる日も横坂の紅葉はを分てそくだる秋の楽しさ

*高松村（湯沢市）

日をつもる雪も梢も高松の千世ふる色も埋れにけり

## 奥州路

こま〴〵と垂《たる》氷《ひ》す春の暁に
吊《つる》したる雉子《きぎす》に遅き日《ひ》脚《あし》かな
鳥の巣や既に故郷の路にあり
芹《せり》採《と》るや短き芹は流れけり
杯《さかづき》を啣《ふく》みて蟇《ひき》と相見たる
水《みづ》馬《すまし》頻《しき》りに飛ぶも恋の事

秋田・高尾山

秋立つか雲の音聞け山の上

田沢湖

秋と云へば波打越しぬ御座の石
材木や米代川の秋の風
天《あま》さかる鄙《ひな》少女《おとめ》野菊たてまつ連《れ》

## 石井　露月（いしい　ろげつ）

1873〜1928年。秋田県生まれ。正岡子規に師事。
俳誌「俳星」、「女米鬼文庫（のちの露月文庫）」を創設。

末《うら》枯《が》れや暮雲平かに奥州路
稲摘むや啄《ついば》み足りて鶏《とり》歌ふ
落穂拾ふ子に北風の雲低《た》れつ
凩《こがらし》に昼行く鬼を見たりけり
乾《から》鮭《ざけ》や焚く枯菊の薄《うす》烟《げむり》
雪《ゆき》下《おろ》し終へよ狸《たぬき》が煮えるたるに
沈思より起《た》てば冬木の怖ろしき
風邪の目にはや下《した》萌《もえ》の浅みどり
雪山はうしろに聳《そび》ゆ花《はな》御《み》堂《だう》
花野ゆく耳にきのふの峡の聲

# 雪解川

（表題・抄出はコールサック社編集部）

胸中を抜けゆるやかな雪解川《ゆきげがわ》
母の日の母の手握るばかりなり
鮎の骨抜いて訛《なまり》に親しめり
母にだけ父逢ひに来る盆の路
方言の荒ぶることもましら酒
地吹雪を踏みつぶし行く五能線
北上の花前線の尾を踏めり
同胞のみな遠くありほうたる来い
鳳仙花弾き故郷に遠くゐる
牡丹焚火みな武骨なる枝を持ち


## 森岡　正作（もりおか　しょうさく）

1949年、秋田県生まれ。句集『風騒』『出航』。
俳誌「出航」主宰、「沖」副主宰。神奈川県茅ヶ崎市在住。


故郷捨つ背骨を駆くる雪解川
青梅雨の底けぶりゆく最上川
父を待つ母居るやうな大夕立
だしぬけに故郷が映る今朝の秋
父母《ふぼ》の肩労るやうに墓洗ふ
烏瓜乾びる音の過疎すすむ
流木の時に逆立つ雪解川
ウォッカ燃ゆ最北端の青銀河
故郷に似たる異郷の鵙《もず》日和
白神の風騒風狂雪来るか

句集『風騒』より

## 貰ひ風呂

籠に摘む土筆と夕日戯れり
畳なはる群山なべて花盛
売り方もみちのく生まれ春告魚《めばる》焼く
母校の名消えて桜木立ち尽くす
げんげ田やタウンマップの畳み皺
春雨や土間に蓑《みの》あり竈《かまど》あり
行商のあの町この町春連れて
地上絵のやうに代《しろ》掻《か》くトラクター
水音は父の生家や星涼し
苦瓜の裂けて激しく物申す

## 石田　静（いしだ　しずか）

1949年、秋田県生まれ。俳誌「出航」「沖」。神奈川県横浜市在住。

ゆるやかに雲ほどけゆく代《しろ》田《た》かな
草虱《くさじらみ》この子ひとりに付いて来る
サハリンの平たき魚を煮る無月
恋の実の落ちてゐまいか秋の山
貰ひ風呂軒の氷柱は星ふやす
雪囲ひしてより想ふ事多し
雪嶺のそのまた果ての故郷かな
寒月を傾け森のがらんどう
万灯は生きる詫び状冬の川
東京は訛脱ぐ街襟立てて

## 深雪より

深雪よりはじまる無明長夜かな
雪降りをり心音いつもぬくかりし
寒波急靉《あい》靆《たい》としてみちのくは
雪沓《ゆきぐつ》のはや錆び初むる阿修羅かな
冬の雷心中の楽遠鳴りす
雪晴や白緑として岩手山
凍《い》つる夜の鐘は聞こえず角館
笹鳴や百穂《ひゃくすい》の世のたまゆらも
軒下に氷柱三尺青柳家
もう置いてゆく藜《あかざ》の杖と水仙花

## 栗坪　和子（くりつぼ　なぎこ）

1945年、千葉県生まれ。俳誌「沖」。千葉県市川市在住。

陸奥《おく》寂びて「康楽館」は雪の中
雪女郎《ゆきじょろう》むかしめきたる芝居小屋
遠野郷柳田國男のしみこほる
邑落《ゆうらく》の悲話を綴りて垂氷かな
柳田の朱筆に威あり冬銀河
またぎ師は黒き羆《ひぐま》の毛皮着て
雪の夜に鈴のさざなみきこえをり
森吉の八十瀬の先に雪野かな
もの言へばさむしと芭蕉楸邨に
はろばろと流れ雪脱ぐ最上川

# 雪母郷

## 藤原　喜久子（ふじわら　きくこ）

1929年、秋田県生まれ。俳句・随筆集『鳩笛』。
俳誌「合歓」。秋田県秋田市在住。

万灯火一村の墓肩寄せて

雪つぶて民話の鬼は壺に住み

みそさざい新雪こぼす緋の羽音

かまくらをくの字に出でて月仰ぐ

塩出しの水へ寡黙な雪降り出す

地吹雪の野面鮫らがさかのぼる

雪竿を立てし葱穴地震《ない》ひそむ

角館《かくのだて》寂しめば花寄りて花

依代《よりしろ》の出羽につめたき山桜

かたかごの山姥捨ての入り口

羽後爽涼沖鳴りの戸の半開き

眉月をこけしへもらう萩明り

唖々子《ああし》忌は五日でしたよ柿をむく

盆地霧這っても這っても羽後の国

料峭《りょうしょう》の次の間こけし総立ちに

白神へ湾曲の橋実はまなす

川は語りべ筏舟唄とうに消え

雪母郷山河ひたすらなる容《かた》ち

雪渉り芋・薯・藷は喰いつくす

波の花海裏返る羽越線

俳句・随筆集『鳩笛』より

# なまはげ

鈴木 光影（すずき みつかげ）
1986年、秋田県生まれ。俳誌「沖」「花林花」。東京都台東区在住。

雪を来てみちのくの人美しき

宮城・南三陸町二句

三陸の春盛《もり》土《つち》に根付きけり

春の空かなし盛《もり》土《ど》の直線美

憎むべき故郷も欲し修司の忌

修司の忌落ち残りたる白化粧

福島・須賀川

牡丹焚火旨さうな榾《ほだ》積まれをり

ぱりぱりと炎の育ちゆく牡丹焚火

牡丹供養炎柱の上の虚空かな

牡丹焚火仕舞ひは内に向け燃ゆる

秋田・上小阿仁村三句

廃校の芸術祭や夏帽子

コブ杉の鬱《うつ》鬱《うつ》太る涼しさよ

銀漢の孤島「限界集落地」

男鹿半島

竿《かん》灯《とう》や掌《てのひら》にある稲の揺れ

門口に決壊の音なまはげ来

なまはげや我らの神の訛りをる

抱き付く心なまはげが引き剝がす

なまはげの怒りの故を聞いてやる

なまはげの働き者の手でありし

なまはげの少し優しく去りにけり

常人《つねひと》に棲むなまはげの如きもの

## 陸繫島《りくけいとう》

春泥に桃のはなびら落ちるとき優しくあれと母は言いたり

夏わらい冬は嗚咽《おえつ》のふるさとの寒風山はいまも撫で肩

麻と絹　縦横無尽に飛白《とびしろ》のかすりの野良着《のらぎ》は母には遠かり

まっすぐな父の縦糸やわらかな母の横糸　もめんの野良着

うつし世と幽玄の狭間歩くとき赤鬼・青鬼なまはげ通る

かじかんで指を吹きたる童いて記憶の時間に寒さはなくて

たましいの在処はどこか想いつつ胸骨ひろう　白い亡骸《なきがら》

死にし子に乳をふふます親猿を人として見るわれも生きもの

肉厚の西洋形の貌《かお》のごとなだりに映えるその名鬼百合

褐藻類《かっそうるい》ぬくとくすれば一瞬にみどりいろなす夏はすぐそこ

伊勢谷　伍朗（いせや　ごろう）
1946年、秋田県生まれ。歌集『VIENTO＝風』『PANAMBI＝蝶』。短歌誌「塔」。東京都足立区在住。

# 此処《こご》サ生《え》ぎで

福司　満（ふくし　まん）
1935～2018年、秋田県生まれ。詩集『泣ぐなぁ夕陽コぁ』『友《やつ》ぁ何処《ど》サ行《え》った』。詩誌「密造者」、秋田県現代詩人協会会員。秋田県山本郡に暮らした。

オラの生まれだ集落《むらこ》だば
オド＊1ぁ　朝草ぁ刈って
どさっと　厩《まや》サ置《お》けば
牛《べこ》ぁ　餌箱《きっち》ぃ　でっくり反転《かっちゃ》ねして
鼻っコ鳴らしてしゃぁ
オドまだ
朝飯《あさみし》ぃ三膳《さんべえ》も食ってぇ
そンでも空腹《はら》っ《へ》たテしゃ
「あぇ仕方《しかだ》ね」っテ
アバ＊2ぁ　もちゃもちゃド＊3
隣《となん》サ飯《まんま》ぁ借《か》れんネ行《え》ってしゃぁ
んだども家中《えのなが》ぁ軋轢《さだぐ》も無《ね》ぇ
オドぁ　無言《むすらっと》まだ田圃《たもで》サ行《え》ったおン＊4

昨夜《ゆべな》も
この町の住吉町辺《あだ》りで
酔っ払った若者等《わぎゃもら》ぁ
喧嘩コでもしたんでらぁ
大ぎた声してらきゃぁ
石《えしこ》サ座《ね》たまま　寝ふかぎしてしまったおン

翌朝《あさま》なっテぇ
あちこちサ煙《けぶこ》あがって
汽笛ぁ
ボー　ボーって鳴ったば
一番車がら　どやどやド人々《ふとど》おりで来てしゃぁ
あれがら二十年経って
五十年経ってぇ

筋向げぇの婆さまも一人《ふとり》暮なテ
トタン屋根サ「ペンキこ塗ったらええべぎゃ」っテ
空コばり見でるども
あれだば
東京の方《ほ》向ばり見でらたべぇぁ
ん、息子等《わげもど》ぁ帰郷《もど》るが分《わ》がらねどぉ

鷹巣の町だっテ
駅前《えぎめ》ぇ　ずうと歩《あ》ってみれ
シャッターばりおりで
その隙間《われめこ》がら
厳《きつ》ぃ目玉《まなぐたま》で見でればええども

溜息も何も
聞けでくるもんでねぇ

誰《だ》ぁこんた集落《むらこ》ねして
誰《だ》ぁこんた町コねしたんでら
これも時世《よのなが》だって喋《さべ》るども

何千年もして
未来人等《おがしけだもんど》だぁ
伊勢堂岱《いせどうだい》遺跡みね[*5]ね
夢中《もじょ》なテ　土こ掘返《ほっきゃ》げる訳ぇでも無《ね》べぇ

んだども
オラ等《ど》ぁ　現在《えま》　此処《こご》サ生《え》ぎでらたどぉ
どひば　どひばっテ　溜息ばり出でくっとも
あの森吉山見でみれ
何も変わらねで、ホレッ。

＊1　父
＊2　母
＊3　もたもたと
＊4　〜のだ
＊5　〜ように

# 無を吐く

伊勢堂岱《いせどうたい》縄文遺跡に
首無し土偶がある
首を切り落とされたのではない
始めから　胴体と手足だけに
つくられた

見ることも
聴くことも
食べることも
ましてや　ことばなど
なしだ
両腕がすこし　くっつく
古今の風に吹かれるが
たじろかぬ

縄文人は
頭など　よけいだと
樹木みたいに
根をはり　葉をつけ
肩ぐちに　ちいさな花でも
咲かせたかったのか

発掘されるまで
土中深くよこたわり
一万年のじかんにゆだね
やすらかだった

いま　土器展示館に
首無し土偶は
ふかい大地との
へその緒を切られても
夕陽を背に
つったつ

胴体の切り口から
あっけらかんと
無を吐き

亀谷　健樹（かめや　けんじゅ）
1929年、秋田県生まれ。詩集『亀谷健樹詩禅集』『水を聴く』。
詩誌「密造者」、日本現代詩人会会員。秋田県北秋田市在住。

## 南から北へ　――羽後の野と山

根開きに
春はおとずれ
紫に木々は芽吹く
　丁岳《ひのとだけ》
　　山々は川に分けられ

笹森丘陵
　山々は盆地に断たれる

萌黄はやがて
濃緑に

　太平山地
　　羽州久保田にカミ宿り

金一色に
やがて銀へ

　白神山地

### 佐々木　久春（ささき　ひさはる）
１９３４年、宮城県生まれ。詩集『土になり水になり』『無窮動』。詩誌「北五星―Ｋａｓｓｉｏｐｅｉａ」、秋田県現代詩人協会会員。秋田県秋田市在住。

　田代岳を下りて素波里《すばり》の湖

幾夜か明けて
すべては
白一色に還る

## カイツブリ

カイツブリが　やってきた
赤から黄に　替わった羽

越冬の　小友沼《おともぬま》　と
八郎湖　と

　キリリリと鳴くのは　明日への警告か

ささやかな　いろどり　点在し
ゆっくり波紋は　広がっていく

# 笹舟

笹舟が流れてゆく
笹舟のつくり方は
母が教えてくれた
笹舟が
シェゲの澄んだ流れに乗って
流れてゆく

後ろから
「どこへ」
と声をかけても
なにも答えてくれず
流れてゆく　南の海へか冥土へか

母は
田仕事を終えて
ツヅミで体を洗い
すこしばかりのじゅんさいを摘み
ブッポウソウとマオドリは啼き方が違う
マオドリの啼き声を聴いてはいけない
そう言ったきりすっと消えた

どこへ消えたか分からない
それっきり戻ってこない

ブッポーソー　ブッポーソー
黄昏《たそがれ》た沢田にその声を聴く
母の泣き声のように
南の海の藻屑となった息子を呼ぶように

笹舟が
シェゲの流れに揺れながら
流れてゆく
「どこへ」と問うても答えず
やがて少年も消えてしまって
周りは薄暗い闇
―マオドリの啼き声は聴かなかったが

＊シェゲ　堰　小川
＊マオドリ　魔王鳥
＊ツヅミ　堤　沼や池


## あゆかわ　のぼる

1938年、秋田県生まれ。詩集『荒野にて』、エッセイ集『黄昏て道険し』。
詩誌「日本海詩人」。秋田県秋田市在住。

寺田　和子（てらだ　かずこ）
１９４４年、秋田県生まれ。詩集『七時雨』『青の花』。詩誌「歴程」「密造者」。秋田県秋田市在住。

# 渡り

――白夜を求めて旅する鳥――
新聞の片隅に見つけた言葉
鳥の名は　極アジサシ
アジサシに似ているが　嘴と脚は短い

彼らは　夏　北極圏で繁殖する
嘴と脚は　幼いときは黒く
成長すると
夏は赤く　冬には黒くなるそうだ

繁殖期のほかは
夏の南極周辺海域で過ごすために
北極から　太平洋東部か大西洋東部
二つのルートに別れて　渡る

南極の夏が終われば　再び北極へ
往復　三万二千キロメートルの旅だ
体内に　どんな羅針盤をもっていて
ルートを選ぶのだろう

アジサシよりも小さい　極アジサシ
稀に　日本に飛来することがあるとか
それは　渡りの途中　何かの理由で
羅針盤が壊れてしまった　はぐれ鳥

# 花輪沿線

## 前田　勉（まえだ　つとむ）

1951年、秋田県生まれ。詩集『橋上譚』『静態』。
詩誌「密造者」、秋田県現代詩人協会会員。秋田県秋田市在住。

待つ
待っている
十九時四十八分着
花輪線の
とある駅の改札口で列車を待っている

　吹雪やまず
　渦巻き舞い上がり躍る雪の粉
　街灯の輪を浮きあがらせて
　なお狂う
　狂う
　その輪の端から端へ
　背中を丸めた酔い人が
　すり抜けて行った
　車のライトも影をつくりながら
　　闇へ後追いして行った

不意に待合室の扉が開いて
待っている人の目がその方向に揃うと
入ってきた老婆が
申し訳なさそうに目礼をしながら
静かに扉を閉める
一昨年
この地で亡くなった叔母の
きりりとした横顔と品の良い物腰に
似ていた

　吹雪やまず

待つ
待っている
乗ってゆく人　列車を
列車を待つ人　人を
住みはじめたばかりの花輪線の沿線で
いつの間にか私も
列車の時刻表に組み込まれて
そう在る
そう居る

# 伊勢堂岱異聞

成田　豊人（なりた　とよんど）
1951年、秋田県生まれ。詩集『北の旋律』『消息』。詩誌「ｋｏｍａｙｕｍｉ」、秋田県現代詩人協会会員。秋田県北秋田市在住。

北面に田代岳、十ノ瀬山、烏帽子岳、駒ケ岳
吹きくる風は　時おりシベリアの末裔も含み
河岸段丘上の環状列石遺構群をめざし
跳ね返されて周囲に下る
風も光も何ひとつ変わりはないが
石たちは疎まれ　忘れられ
あの頃の祈りも封印されたまま
ただの石くれとして土に埋もれていた

川の近くに生活が巡らされ
時はことさら無に向かって流れ
感情が拡散したり凝縮されすぎたり
情け容赦もなく削除された時もある
顧みられることもなく　こぼれ落ちたものは
地面に一瞬影を刻んだにすぎない

いつの間にか生活の色彩が薄れ
村と町との境目が消え去り
祈りは淋しい通りの向こうに捨てられ
過ぎ去って行く者の数は夥しく
あざけりの挨拶を晒すだけだ
残るしかない者は
記憶を辿ることにも倦み
いつか流行った歌を　薄暗がりに埋めてしまう

夜が心を波立たせる刹那
時の過ぎ去る重さに耐えきれず
まだ残っている意味を　確かめたくなる時
遠い昔に誘うような
胸の奥を哀しみで塗り込めるような
何かのかすかな気配に気づき
眠れないまま朝を迎えてしまう

昼近く　やっと深い霧が晴れ
丘の上は眩しい静寂の中にある
幾重にも層をなす　生活の喧噪に惑わされず
喪われた年月が　煙ほどに顧みられなくても
石たちは夜ごと星々との交信に艶めき
太陽の下《もと》　新たな神話を身籠り
これから封印を解き放そうとしている

# 東雲《しののめ》ヶ原

須合　隆夫（すごう　たかお）
1953年、秋田県生まれ。詩集『風が行く』。
詩誌「komayumi」。秋田県能代市在住。

丑首頭《うしくびとう》からの低い峠を
分校へと通ずる道＝〈丑越〉の向こうは
雑草と灌木とススキが生い茂っている。

米代５区

開拓地の人々は黙々と
その土地に挑み
夜、濁酒を飲みながら
辛く・・・笑う。

少年Aは「掩体壕《えんたいごう》」を知っていて
弾薬を拾ったこともあるという

広域農道から外れて

上り坂の寺の脇には
掃き清められた〈共同墓地〉が
見えてきて

もう少し行くと

信号機が点滅している
十字路＝〈東京都〉に出る。

牛飼いの牛舎と
干し草を貯蔵するサイロ
が高台の家だったたか

茫漠たる風たちは
ふるびれた路次の間を
それでも
さまよいながら・・・

帆立の貝殻の
貝焼きを頬張った

農学校の果樹園の片隅に
「弾薬庫」はひっそりと
今でもそこに在る。

# 山河残照
## ―奥羽山脈の麓の村より―

### ふるさと

人は　いつでもふるさとを思う
どこにいてもふるさとを思う

人は　ふるさとを忘れたいと思う
ふるさとに帰りたいとも思う

人は誰でも
こころにふるさとを持っている

### 雪解け

雪解けのころ　ぬかるんだ道が歩きにくかった
ふと足元を見ると　深く積もった雪の割れ目から
ばっけがちょこんと顔を出した

チョロリチョロリと水の音
ピイラピイラと鳥の声
いつもは雪の舞う鉛色の空も
すっかり青い空が広がっていた
もう春は近いぞ

＊ばっけ　フキノトウの方言

### 蛍の夢

お盆を迎えるころ　畦道には蛍が無数に飛んでいた
夢中になって両手ですくった
蚊帳《かや》の天井に虫かごを吊るし床に入った
青白い光がじっと自分を見つめていた
光の向こうに銀河の神秘が広がっていた
その日はなぜかぐっすり眠れた

朝起きると蛍のほとんどは死んでいた
わずかに動くなかに命の無常を見た
少年の心の奥がキュンと痛んだ

そっと草むらに返しに行った
涙だろうか　囁《ささや》きだろうか
葉っぱから夜露がぽとりと落ちた

曽我　貢誠（そが　こうせい）
１９５３年、秋田県生まれ。詩集『学校は飯を喰うところ』『都会の時代』。
日本詩人クラブ、日本ペンクラブ会員。東京都文京区在住。

# 冬の物語

北の大地で　ナマハゲが歩きだすころ
奈良では　冬枯れの山を焼く

ひとは遠い星からこぼれ落ちた種
心のどこかで
湧きあがる炎を見詰めてしまう

不思議な星の浮皮で
絡まってしまって行き場をなくした頭骨は
神々の宿した残り香を　嗅ぎ分けていた

黒いピアノで
ぬくい夜空に　一音を叩くと
誰に渡すでもなく　涙が落ち　頬に結晶を残そうとした
が
突然　次の波がきてさらっていった

遠い過去から　落ちてきた響きに
この日の夜は更に　暖かく
忍び寄る　鬼神の春たちがやってきた

秋野　かよ子（あきの　かよこ）
１９４６年、和歌山県生まれ。詩集『夜が響く』『細胞のつぶやき』。
詩人会議、日本現代詩人会会員。和歌山県和歌山市在住。

# 生剝げ

こまつ　かん

1952年、長野県生まれ。詩集『見上げない人々』『刹那から連関する未来へ』。日本詩人クラブ、日本現代詩人会会員。山梨県南アルプス市在住。

（一）
鉄瓶から泡になった湯気が
今では古民家と呼ばれている住居の
囲炉裏端を駆け巡るときに

若者が
伝統の鬼の面を被ろうとする
静寂なときに

鬼の面が
若者のからだの匂いを感知して
刹那
自ら若者の顔に吸いついたそのときに

角から藁の蓑へと順に始まる
神の血と人間の血との融合

そして　生剝げになっていく

（二）
出刃庖丁を握り　桶を携えると
藁沓はひとつになったいのちの素足を包み
天地は
生剝げとつながり
吐き出される息は
いま　庶民の世界に飛び込もうとしている

（三）
子どもをおどし
初嫁や初聟に
無精者はいないかと問い
怠け者がいれば懲らしめ

飲食のもてなしを受け
祝の言葉を述べ

シンシン……雪の夜
若者は生剝げを生きた

# 惜別の季節
## ――花嫁ご寮は　なぜ泣くのだろう

幼少からなれ親しんだ
ひな祭りのメロディを耳にすると
春まぢか…
セーターを脱ぎすて　軽装でお花見したり
色とりどりの草花になれ親しむ絶好の季節
喜びもひとしお
華やいだ女児の節句　三月三日は
なつかしいメロディで幕開けです
しかし「花嫁ご寮は　なぜ泣くのだろう…」に
私の胸は　おしつぶされそうです

平成二十一年三月三日朝方
わたしの母は病院のベッドで　ひとり静かに息をひき
　とった
五年間の長い闘病の末
母ノエ　九十三歳は五年前の年末　実家の自室で倒れ
家族が気付いて救急車で病院へ搬送
母は小脳からの出血で　一命はとりとめたが
右手のマヒと言葉を失った

岡　三沙子（おか　みさこ）
1933年、秋田県生まれ。詩集『屍』『廃屋の記憶』。
日本詩人クラブ、日本現代詩人会会員。東京都町田市在住。

母を見舞う東京秋田間を往復する
私の不測の日課が始まった

二十代初め　私は小学校教師を二年間務めたが
長い間　胸につかえていた願望
「小説を学びたい」との無理を押し通して上京
以来　母の仕送りをうけての挑戦

三十代の初めから病身の母は
優しさの中にも強靭な　何かを持っていた
夫に従順な明治女は
いざという時にはいつも　娘の防波堤になっていた
父と娘の葛藤に　傍観のポーズをとりながらも
最終的には娘を擁護し　強い母の胸像で踏ん張った

それを明かすエピソードがある
私の記憶から消えることがない　懺悔の一話でもある
昭和二十年代半ば　戦後の後発した時代だった
娯楽のない高校生活を　送っていた私

唯一　心を解きほぐせる聖書の勉強会があった
学校帰りに　近くの教会でクラスの有志と
司祭を囲んで聖書を読み　聖歌をうたう…
楽しい別世界ですごす幸せなひととき
県立高校の厳しさは　映画入館禁止　食べ物屋入店バツ
…
閉鎖的な校則のなかで　週一の道草は
ゆいいつ気分転換　癒やしの場だった
ある日　私は教会の売店で十字架の壁掛けを買った
家に帰って　壁に掛けようとしたら
父「日本に仏教がある　なぜそんな宗教にこるのか…」
とおかんむり　母は父の忠告を無視して
憤然と十字架を抱えたまま　掛ける場所を探してくれた
「どこにかけようかな…」とつぶやきながら
その真剣な姿は　今も私の瞼にやきついて離れない
そのとき　私は母にすまない気持を持ったのだが
「母さんいいよ　掛けなくても…」と言うべきであった
そのひと言いいそびれた悔いが
何十年たっても消失も薄れもせずに　今でも私を苦しめる

新幹線　という時間短縮の乗り物のお陰で
郷里が近くなり　月に何度も母を見舞うことができた
発車待ちのホームや　混む車内でも
ほとばしる心象風景を紡げる短歌に　心がそよいだ
母が倒れてから　落ち着いて机に向かう時間が減ったが
旅の途中　心のつぶやきをメモることは可能だった

母の容体は一進一退のじれったさ
病院のベッドで　九十八歳の誕生日を迎える母
母は死なないかもしれない
願望と不安の中　私に疲労感がたまっていたのだろうか
十二月の見舞い後
次は春になったら訪ねる心積もりだったのに
春暖を待たず　母はひとり父の元に旅立った

# 穴

## 水上　澤（みずかみ　さわ）

1957年、秋田県生まれ。本名 福井明子。エッセイ集『ほうこさんと木地山こけし』。ずいひつ「遍路宿」。香川県高松市在住。

私の名前はみゆき。今は、四国の地に真冬だというのに温かい日差しを浴びて暮らしているが、ホントはそんな身分じゃない。天気図で、すごい寒波が日本列島にやってくることを知ると、頭の左半分が痛くなる。

日本海側、とりわけタツノオトシゴのとんがった嘴《くちばし》に見える男鹿半島のあたりには、今頃すごい風と雪が容赦なく吹きつけている。そうしてそこからずうっと内陸にはいった山ん中の生まれ故郷には、日の光が射すこともなく、雪が降りつのり、墨絵のような雪山に囲まれ、血縁たちがそっと息をこらし暮らしている。

正月の二日。これが私の誕生日だ。父親と母親は「ああ、きょうだば、みゆきの生まれだ日だ」「こどしでなんぼになるんだ」と言いながら、米をつぶしただまっこ鍋で祝ってくれた。

しかしその日が来ると暗い顔になる両親を見逃せない。夜になると決まって和尚さんが下りてくる。家は寺の石段の真下にあった。和尚さんは仏壇の中の祖母の弟だった。つるつるに磨いたような頭が、夜の寒気に光った。

座敷の奥の仏間に灯明《とうみょう》がともされた。和尚さんの読《ど》経《きょう》は、お盆の棚経《たなぎょう》の時は謡曲のようにろうろうとしているのに、その夜は低くうなるようなくぐもった声だった。

村の産婆をしているツナさんは、よぼよぼの年寄りだったが、角巻でからだをおおい、まがった腰で吹雪の夜でも村はずれから蟹のように足を引きずって家の戸を叩いた。ツナさんは、私が生まれるとき取り上げてくれた人だった。ふところから長い数珠《じゅず》を出し、仏壇の前で父や母の後ろに座り、私と並んで手を合わせる。

しばらくして私が「おばあちゃん、なんでしんだんだ?」と聞くと、突然数珠を止める。父も母も黙ってしまう。

そうして「みゆきちゃんだば、はやぐねろじゃ、はやぐねろじゃ」とかばうように背中を押した。

じゅるじゅる数珠のこすれ合う音が耳奥でいつまでも響いていた。

「なぁ、とおさん。なんでワッチはみゆきなんだ」

口がまわらなかった。ワッチとは私と言ったつもりだ。

「あの夜は、うんぎゃーど生まれだあど、しんずしんずど雪っこ降ってきた。んだがら深い雪と書いて深雪《みゆき》だ」

心というものが胸の辺りにあると感じたのは、しばれる雪の夜、風邪を引いて村の醫院にかかった時だった。

熱でふらふらだった。母親に抱かれるように丹前にくるまれ、畳敷きの火鉢の前に座った。そうして黒縁《くろぶち》のまるめがねをかけた老医師に口を開いて喉の奥を見せた。

「ああ、扁桃腺がひどぐ腫《は》れでる。しんだおがはんも、喉の弱いひとだった。ああそうが……この子が生まれるどぎ、急に倒れで、あれがらもう四年になるが……」

熱でぼおっとしていたが（コノコガ、ウマレルドギ、シンダ、オガハン、オガハン）胸の中で言葉が反響した。

（ワッチがうまれで、おばあちゃんがシンダ）

　座敷の高いところの額縁《がくぶち》に入っていつも見下ろしている、あのおばあちゃんが、私が生まれるとき死んだのだ。写真は不思議だった。どこから見ても私を見つめるのだ。


　寒さがぴんと張りつめる夜、母から電話をもらった。

「あんまり、いいはなしで、ねんだども……」

　雪降りの静けさのように、話し出す。

「桑田の誠ちゃんの子どもが死んだんだよ。結衣ちゃんって言って、まだ六年生だったど」

　誠ちゃんは、またいとこにあたる。誠ちゃんと気やすく言っているが、本当は一度きりしか会ったことがない。

　死んだ祖母の妹が桑田のおばあちゃんで、寺からあのタツノオトシゴの海が近いあたりの材木の町に嫁ぎ、商売をしていた。誠はその孫だった。

　田植えの済んだ五月初めごろだったろうか。イワシ花が満開だった。桑田のおばあちゃんは、死んだ祖母とは似ている所がなく、よく太ったからだでバナナの大きな房を風呂敷で背負ってあらわれた。仏壇に供え手を合わせる。その後ろで、誠はちいさくなっていた。

「誠ちゃんと遊んでけれや」

　誠は小学六年生。私は三年だった。遊んでくれと言っても、三つも年上の男の子と遊んだことがなかった。

　そういえば、古いアルバムの誠の写真は、蝶ネクタイをして揃いの上着と半ズボン姿だった。誠はまるで貴公子だった。その娘の結衣ちゃんが、死んだというのだ。

「うまれるどぎがら、病、負って来たんだべがね」

　母はその夜、言葉をつなぎながら最後にそう言った。手元の明りを消した。その夜すぐに眠ったが、夜中目が覚めた。外は強い風だ。風の音が耳にまとわりつく。

　雪、いまごろ積もっているだろうな。雪合戦、橇、竹すべり。うずまき……。雪遊びはひと通りしたが、あの落とし穴だけはいやだった。シャベルや十能《じゅうのう》を持ち、穴は深く掘る。細い木の枝を穴の幅に四方に渡し、杉の葉をかぶせ、誰も踏みつけていないように雪でおおう。

　この遊びはガキ大将たちの遊びだった。のろまなチビの私はよく穴にはまった。歩いていて突然、落ちるのだ。そこまで来て、ああ、そうだ、そうだったのだと、胸に手をあて寝返った。

　あの日桑田のおばあちゃんと誠は、何代か前の大和尚の法要に来ていたのだ。私も父について、寺に行った。

　本堂には朱色や緑、紫の袈裟《けさ》をまとった近在の和尚が立ち並び、お経が唱和され、木魚も鉦《かね》も賑やかだった。

神妙に手を合わせていたが、やがて大座敷に膳が並び大人たちが談笑しだしたころ、誠が私の手を引っ張った。

「どごがさ、つれでげ」

もうあきあきしていたのだ。「あ、あそこがいい」

誠が指さしたのは位牌堂だった。本堂から細長い廊下でつながっている位牌堂はこの寺二百戸あまりの檀家ごとに、それぞれ区切られた箱が連なっていて、死んだ家族の位牌と遺影が祀られてある。

苗字はほとんど蟹沢姓で、戸主の名でしか家の識別ができない。寺の背後は山また山、湿った沢が広がり、沢蟹はそこらでいつも這っていた。水上沢はこの土地の名だが、寺と私の家だけが水上沢姓を名乗っていた。この「みずかみざわ」を、村の人は、ミズガジャ、と押しつぶしたように発音した。

両脇に位牌箱が二段ずつあり、その真ん中の通路は畳一枚分が連ねてあって、案内人のように先へ先へ歩く。

「この子死んだんだ。あかちゃんだった、こないだ」

写真立ての産着《うぶぎ》姿の赤ん坊を指さす。

「このじっちゃ、大工のじんたん。橇つくってくれだ」

誠はふーんと言って腕を組んだ。私はまた指をさす。

「こっちさ、こい」

水上沢姓の寺の位牌箱までたどりつく。奥まったところで畳敷きの廊下が終わっている。そこにずっと若いとき撮ったらしい祖母の写真があり、そのとなりに木見子さんの写真が、ぼんやりとした映り方でこっちを見ている。大学生だった。何年か前、振り袖姿を見せてくれた。

「木見子さん、和尚さんの娘。きょねん死んで帰った、東京さいってだのに」

誠はまた、ふーんとうなずき今度は腕を組まなかった。

「このひとはおらがだど、ちいがつながってるんだな」

ちい、というのは、血、と言ったのだが、私には血がつながっているという意味がわからなかった。

しかし私もうなずいた。

「んだ……ちいがつながっているんだべさ」

と、その時、畳敷の床がずずずっと、しずんだ。

足がとられる……。まるで雪の落とし穴のように、突然なにかにはまってゆくような感覚だった。

しかし落ちたところは雪の空洞ではなく、かたい闇だった。落ちた瞬間、上から遮断された。何も見えない。

あああぁ……声を出したのは誠の方だった。誠は体を這わせ懸命に手探りしてきた。「ごごは、どごだべ」

声が出なかった。スカートの裾がざわざわと寒かった。

誠の手をきつく握った。「なんもみえねえ、どうすべえ」

頭がとどくかとどかないか、かたいと思っていた闇が少しだけひろがりを持ち、どこかにつながる予感がした。うすぼんやりと、闇でない色を、向こうに感じた。

誠は左手で壁を押さえ探りながら、右手は私の手をしっかり握った。壁にからだ半分をこするように密着させ、誠の背中についてゆく。壁は土塀のようにつめたい。足は沢にぬかったようだ。ここは、沢そのものに違いない。

「みれ、ひかりが……」

やっと見つけた色の感覚が、誠の声に張りを持たせた。

「あれ、ろうそぐでねが」

ひかりは、招くようにゆれている。壁の湾曲がからだはんぶんいっぱいに感じられた時、ぽっかりとした空洞があり、ちょうど真ん中に燭台の炎が揺れている。

あたたかいふくらみのいろだった。その横に、振り袖姿の木見子さんがいた。振り袖はすっかり色あせていた。

(あっ……) 声にはならなかった。木見子さんは、つめたい肌のいろで、口もとだけすこし、うごかした。

「チイガ　ツナガッタ　ヒトガキタ」

木見子さんはそういったようだった。誠がさっき言った、ちいい、という言葉とおんなじ響きだった。感覚というのは言葉のはいりこまないところに存在するらしい。

「ワタシハ　アカンボウモ　ウマズニ　アナンナカニハイッタノダ」

誠が、木見子さんを見つめながら、こわばった視線でうなずいている。誠も木見子さんを感じるらしい。

「オメエハ　ミユキダナ　オメエノ　オバアチャン　アナンナカ　ハイッテ　ソノカワリ　オメエガウマレダ」

(そうなのか……) 操られるようにうなずいた。

「マコト　カ　オメエハ　トシ　ナンボダ」

「十二だ」

「ジュウニ　カ　ワガッタ」木見子さんの膝に置かれていた手が瀬戸物のような冷たさで動き、指がいっぽんいっぽん折られてゆく。いち、に、さん、し……。ゆっくりじゅうにを、かぞえているようだった。

「ミズガジャデ　ウマレダニンゲンハ　ミインナ　イノチハンブンヨ　ハンブンハ　コノアナノ　ナガサ　オイデクルノヨ　イキテルモ　アナノナガモ　オンナジ　シンダ　イノチヲ　アナンナガサ　ミチビク　テラカラデダニンゲンハ　ミインナ　イノチ　ハンブンサ」

呪文のような木見子さんの言葉は際限もなく続いた。縛られた感覚がふっつり解けた。誠と私はどこをどう走ったか這ったのか、無我夢中で光のありかを探った。冷たい石のすきまから、わずかに漏れるひかり。やっと掻き分け這い上り地上に出た。墓だった。何代も続いた寺の和尚たちの墓石の群れ。その隅に低く苔むした墓石。女、童子……。刻まれた文字が磨滅している。

誠と私はふらふら歩いた。法要の終わった親族たちが歩いてゆく。あの時、ダレニモ　イッタラ　ダメダと、背中から押されるように木見子さんの言葉を感じた。

夜中、目が覚める。誠の娘、結衣ちゃんは、じゅうに、で死んだのだ。まるめた体で、ちいい、を抱きしめる。風の音が、吹雪のように闇の中でぐるぐるうずまいてゆく。

# 乳頭温泉


赤木　比佐江（あかぎ　ひさえ）

1943年、埼玉県生まれ。詩集『手を洗う』『一枚の葉』。日本詩人クラブ、詩人会議会員。福井県吉田郡在住。


乳頭温泉鶴の湯
本陣第十五の間
全日空のパソコン人気投票で
東北地方第一位の部屋
三方から景色が見える
ブナの森からしぶきをあげて
駆け下りてくる谷川の水
川に突き出した茂みには
食べごろのゼンマイの株が五株見える
正面にブナの大木

今でなければ見えない
知っている人でなければ感激しない
自然な景色

五月半ばというのに
雪渓があちこちに残り
寒さのせいか小ぶりな水芭蕉の白い花の群れ

ブナの林の清冽さ
白い神様が森の奥におられるような
お湯に浸っていると
白蛇でも現れるような気がしてきた

最初入った湯は飛び上がるほど熱かった
白湯、黒湯、女湯、男湯、自然の混浴湯
すべてが乳のような白い湯
五つの風呂に入ったら疲れてしまった

晩方には真っ赤に熾した
炭囲炉裏に入り
名物の芋団子汁
食べきれないほどの御馳走で
体がずっしりと重い

ブナが豊穣な水を作り
海に流れ込み魚を育てる
連綿と続く太古からの営み
二度と来られないだろう景色を
目の中に焼き付ける
霧に見え隠れする白い森
ここでは何もかも白と緑

谷川のせせらぎの音に
日頃の汚れた身を清めていただきながら
いつか眠ってしまった

# 十一章　青森県　短歌・俳句・詩

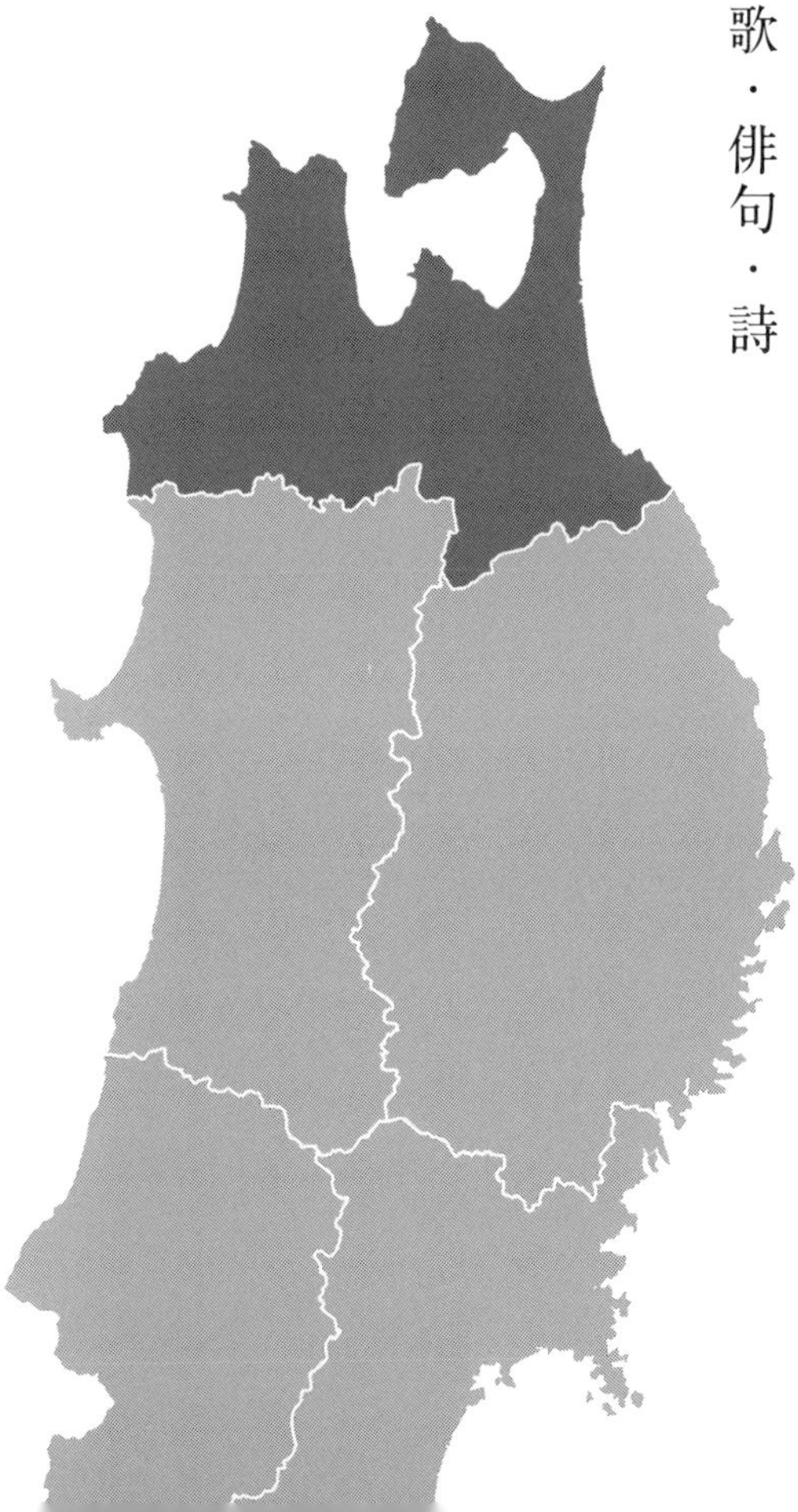

# 曇る汐路

（表題・抄出はコールサック社編集部）

釈　迢空（しゃく　ちょうくう）

1887〜1953年、大阪府生まれ。本名・折口信夫。歌集『海やまのあひだ』『倭をぐな』等。大阪府木津村（現・大阪市）などに暮らした。

下北

青山と　高断《キ》り岸の　彼方《ヲチ》は波――。村あればかならず　汽車とまるなり

恐山

をみな子を　行くそらなしと言ふなかれ。宇曾利の山は、迎ふとぞ聞く

荒山に　寺あるところ――昏れぬれば、音ぞともなく　硫《リウ》気《キ》噴くなり

曇る汐路

日に五《イツ》たびの汽車　のぼりきりて、鰺ヶ沢　家ひた〱と並ぶ――海側《ウミヅラ》

海側《ウミヅラ》に　汽車よりおりて、乗り継がむ車待つほどに　曇り濃くなれり

みちのくの十三湊《ジフサンミナト》。渡り来る人絶えにけむ　昼波の　ひゞき

昼さめて　障子にうごく波の照り　うつ〱見れば、風邪ごゝちなる

北国《グニ》の　ほどろに曇る夕やけ空。歩み出にけり。湊はづれまで

西津軽　能代道

磯原に　つぶさに　並びうつる見ゆ。青年訓練の人そろへなり

とび〲に　村は薄の岡のなか――。ゆくりなく見ゆ――。雪よけの垣

歌集『水の上』より

## 灼磧

（表題・抄出はコールサック社編集部）

奥入瀬・十和田湖

日当たらぬ蝦夷紫陽花の虫食《むしくひ》葉
日盛の激《げき》湍《たん》阿修羅ともならず
衰への夏姫鱒の焼くを食ふ

青森

海の駅郷愁のみな背を見せて
下北の首のあたりの炎暑かな

恐山

むらぎものおもひのかげる灼磧
死者を吹きよせ炎熱の湖《うみ》の風
蓮華八峰その近山《ちかやま》の灼け鴉
幽明の界隔てなく饐《す》えくさし
溶岩の妖気を横切《よぎ》りみやまあかね

## 佐藤　鬼房（さとう　おにふさ）

1919～2002年、岩手県生まれ。句集『瀬頭』『幻夢』。俳誌「小熊座」創刊主宰。宮城県に暮らした。

劫《こう》濁《じょく》のごと炎天の硫気孔
血の池や衆愚のわれら汗し過ぐ
羅《ら》刹《せつ》女《にょ》の昼寝の刻ぞ白磧
灼磧足の重くて輪廻見ゆ
水遊びして幼霊よひた睡れ
生きもののわが影を置く蟻地獄
地獄より熱風陽石《リンガ》隆隆と
硫黄臭塔婆塚汗とめどなし
見かへれば衣《え》領《りょう》樹《じゅ》として夏柳
死者ら来て蕎麦菜《そばな》が下の水飲むや

句集『何処へ』より

# きよみき（清御酒）しりいず

「眼前一杯ノ酒、何ゾ恐レン身後ノ名」とやら各地の酒だより〔東北編〕

「田酒」（青森市　西田酒造店株式会社）

## 田の精気

黎明の厳たる色を犬に沁ませ森森《しんしん》と立つ田の精気はも

土用雲至快の時を構ずるか朝日手前の緑緑《りょくりょく》の力《りき》

一対の鴨水溝《すいこう》に没しゆき恰も蝶と牡丹の成り行きのごとし

立ちておる「今ここ我」を支えつつ　巨蛙《きょあ》ぶぶぶぶ醜《しこ》の推参

いかにも　さびしき次第益荒男と呼ばれて立ちて絶たれたる意図

矢も盾もたまりかねたるなりゆきにつとつん抜くを「傾《かぶ》く」とぞ申す

生まれたることのついでの大遊びひた転ぶべし外道《げどう》通天

依田　仁美（よだ　よしはる）

1946年、茨城県生まれ。歌集『異端陣』『現代歌人ライブラリー1　依田仁美の本』。「短歌人」同人、「現代短歌舟の会」代表。茨城県守谷市在住。

「浦霞　禅」（塩釜市　株式会社佐浦）

## 擬似禅驟雨

空蟬《うつせみ》の空《うつ》なる前とて鳴く音の擬似擬似として夏たけわたる

うらみの「う」つらみの「つ」など捲き上げて禅堂の上雲は眠るも

論点が逸れるはずみの勢いに袂別《べいべつ》したるT氏の墓前

捻れより二年を隔て近づきて蟬の驟雨に杯《はい》を交わせり

擬似禅にひととき停まる予の脳のその間隙に思惟は疼くも

左側《さそく》のみ蟬のしぐれてある位置に座を占めたれば左のみ夏

おおここはこともあろうに円覚寺控えおろうぞ朱のくちなわは

## 林檎捥《も》ぐ

立春やいま海底《うなぞこ》の開く音
剪定の音に津軽の幕上る
売られゆく父の杉山花はこべ
安々と越ゆる海峡鳥雲
ひと跨ぎほどの磯畑豆の花
岩木嶺の太き胸筋五月来る
手の内は未だ明かさず夏蕨
地平線の行き止まりまで青田かな
やませ来る岬の鼻の定食屋
背負籠の夕顔どつと下ろさるる

## 木村　あさ子（きむら　あさこ）
1952年、青森県生まれ。俳誌「薫風」「沖」。青森県弘前市在住。

鯊《はぜ》釣りや十三《とさ》の砂巻く風の中
山萩や行き止まりなる村十戸
脱ぎしもの森の湿りと茸《きのこ》の香
稲《は》架《さ》組むや未だに父は師でありぬ
林檎捥ぐみ空に傷のつかぬやう
海荒るる爺のほまちのにごり酒
涙目の鰰《はたはた》なれば捌《さば》かれず
湯豆腐や横座《よこざ》は今も父の席
踏んばらねば雪の破片《かけら》となる津軽
雪掻きて掻きてこの地の者となる

## 寒立馬《かんだちめ》

初凪や静かに暮るる船溜
海鳴りに力ゆるめぬ寒立馬
無住寺の木々のこぞりて芽吹きたり
岩木嶺の雲動かざる日の永し
初蝶と共にスタート陸上部
蝌蚪の棲む国となりたる休耕田
一大事起きたかのやう蟻走る
白神の語り部のごと滴れり
桐の花雲の中なる津軽富士
雲の峰畑にゐる母うばはれさう

## 千葉　禮子（ちば　れいこ）

1939年、満州生まれ。俳誌「薫風」「沖」。青森県青森市在住。

武者佞《ね》武《ぶ》多《た》闇をむんずと摑みをり
細やかさ女性ねぶた師ならではと
湾上の豪華船よりねぶた観る
無花果《いちぢく》の熟れてみちのく晴れわたる
秋冷や岩木十方襞深し
宿坊の夜具のしめりや雪催《ゆきもよひ》
榾《ほだ》をつぐそれからまたの山談義
冬雲や蝦夷《えぞ》を向きたる遭難碑
鱈漁の仲間がしやぶるじやつぱ汁
子ら去りて闇の深まる雪達磨

# 津軽富士

須賀　ゆかり（すが　ゆかり）
1960年、北海道生まれ。俳誌「薫風」「沖」。埼玉県川口市在住。

縄文の土器のつなぎ目東風吹けり
下萌えやいよよ艶良き岬馬
震災の村に土筆の命吹く
白神の母なる大樹風薫る
山寺のてっぺんの風夏近し
みちのくや跳人の群れは熱の群れ
酒樽を積み大賞の大佞《ね》武《ぶ》多《た》
干し竿に祭衣のなほ躍る
夏霧や橅の木肌の白白と
岬より岬へ奔る夕立かな
白南風を満身に浴び岬馬
賑はひの去りし陸奥湾秋の暮
甲板に蝦夷見ゆるかと鰯雲
甲田嶺の風よここまで蕎麦の花
消えさうな小舟の灯り暮早し
陽にさらす樽の数多や冬支度
初雪や北へと飛べる羽はどれ
雪道を津軽ことばに譲らるる
津軽には津軽富士あり雪景色
初日さす一本松に願ふこと

# 冬の月

嬶《かが》ごと殴《ぶたら》いで戸外《おもで》サ出はれば
まんどろだお月様だ
吹《ふ》雪いだ後《あど》の吹溜《やぶ》こいで
何処《ど》サ行《え》ぐどもなぐ俺《わ》ぁ出はて来たンだ
——どしてあたらネ憎《にぐ》くなるのだベナ
　憎《にぐ》がるのぁ愛《めご》がるより本気ネなるもんだネ
そして今まだ愛《めご》いど思ふのぁ　どしたごどだバ

ああ　みんな吹雪《ふぎ》と同《おんな》しせぇ
過ぎでしまれば
まんどろだお月様だネ

＊まんどろだ＝まん丸の

高木　恭造（たかぎ　きょうぞう）
1903〜1987年、青森県生まれ。方言詩集『まるめろ』『わが鎮魂歌』。詩誌「くうたふむ」同人。

## 山河ありき

歌を忘れて
ひとり死にに帰る
ふるさとの青い
山河は今も変ることなし

あの日
嫁《とつ》いで行くと決めたひとが
ひとりのままで死んで
ふるさとの谷の
みどりもあせた

死んで鳥になって
あなたのお墓の空を
とびたい
せめてものあの日のお詫《わ》びに

もしも想い出したら
伝えておくれ
浮気女が帰ってきて
今日もふるさとの空を
さびしくとんでると

寺山　修司（てらやま　しゅうじ）
1953〜1983年、青森県生まれ。作品集『われに五月を』、随筆集『書を捨てよ、町へ出よう』。劇団「天井桟敷」主宰。東京都港区などに暮らした。

## 懐かしのわが家（遺稿）

昭和十年十二月十日に
ぼくは不完全な死体として生まれ
何十年かかゝって
完全な死体となるのである
そのときが来たら
ぼくは思いあたるだろう
青森市浦町字橋本の
小さな陽《ひ》あたりのいゝ家の庭で
外に向って育ちすぎた桜の木が
内部から成長をはじめるときが来たことを

子供の頃、ぼくは
汽車の口真似《くちまね》が上手《うま》かった
ぼくは
世界の涯《は》てが
自分自身の夢のなかにしかないことを
知っていたのだ

# 波

波の音にひかれ、旅人は海辺にでた。うす暗い十三村の海は、人を拒むように波をうち風を舞った。旅人は茫然と佇み、荒れる海、日本海をみつめた。
——ああ、これが本州北端の海。津軽の、海。津軽発祥の地の海。……

生きる此の世を〈徒労〉と思い、独り歩いて来た旅人には、この津軽の風土は肉親であり血であった。旅人は海をみつづけた。顔に砂風をうけみつづけた。
——父は死した。妹も死した。老いた母も、やがては死すであろう。だがしかし、風土は死なない。厳しい風土は死なない。

嗚咽の如く叫ぶ暗い海の音は、肉親より重く冷たい。波はただその永劫をくり返す。〈徒労〉を知らずに。

旅人は生《お》い育った風土を呪いながらも、時を越え人を越えくり返す永劫の波に、頭を垂れすべてをゆるし感応していた。

人間のエゴでは捕える事の出来ない、自然《じねん》の遊戯《ゆうげ》に。強い心の確心と、安堵に。

波に呼ばれ波に佇む汝《な》が相の

うねるまにまに滅びの人みむ

（一九七五年春　北津軽十三村にて）

石村　柳三（いしむら　りゅうぞう）
1944〜2018年、青森県生まれ。詩集『夢幻空華』、詩論集『雨新者の詩想』。文芸誌「コールサック（石炭袋）」、日本現代詩人会会員。千葉県千葉市に暮らした。

田澤　ちよこ（たざわ　ちよこ）
1935年、青森県生まれ。詩集『ロシア向日葵の咲いている家』『四月のよろこび』。詩誌「舟」、自作朗読「麗日の会」会員。青森県弘前市に暮らす。

# 朔山《ついたちやま》

長く白い雲が
淡い青空を
ゆっくり
静かに
流れていく

東の方を眺めたら
雲の形そっくりの
本物の
八甲田の山々が
峰を
連ねていた

初秋の八甲田山は
濃緑に美しい
数年前のドライブを
思い出させる

軽やかな音で
リフトは
頂上を
目指していた

眼下には
頑丈な
西洋コスモスが
咲き乱れ

一段下の畑では
姫向日葵が
開きかけている
中心の焦げ茶の
花軸から
放射形に黄色に
広がる花びらのそばに
しゃがみこんで
可憐な
細長い葉を撫でた

人の影は

まばら
公園の草むらで
夕方の八甲田を
また眺める
峰々の緑は
一層　朝より
濃くなっている

麓の村から
烏の群れが
飛んでくる

昼間の
がに股風に羽を
のんびり　ひしゃげた
飛び方とは
まったく違う
一直線状に
こちらをめがけて
まっしぐら

頭を突かれそうな錯覚に
思わずしゃがみ込む

頭上すれすれに
群烏は
また上向きになり
はるか夢の運動場の
周りに並ぶ
広葉樹の
枝葉の中に
飛びこんでいった

この一瞬の
鋭いスピード
烏の目付きは
わたしの場合にも
あったかも知れない

嘗ては
棒切れで
このような烏を
叩き落とした……

朔山《ついたちやま》の登山の日
津軽では
ほんとうの
秋が始まる

# 盆が唄

安部　壽子（あべ　ひさこ）
1943年、青森県生まれ。詩集『葉脈の中の家』『春のいちにん』。日本現代詩人会会員、日本現代詩歌文学館評議員。東京都江戸川区在住。

北へ落ちのびた一族のオサは　代代『赤左衛門』を名乗った
旗揚げに敗れた一方の雄は反逆の徒となる　流離の心がまえも身につき　むかし語りに想いをはらう　名をかえ修正を施し生きたので　一族の誰も死ねなかった
――北サ落チテ来タダト　ドコノ馬ノ骨ダベ――

平氏ではないので隠れ住まない　ニワトリは声高く鳴き煙は上がる　ひとかたまりの広い土地を持ち　一本の雑草も生えない地で生きつづける一族を　村びとは「鬼神の館」とおそれる

貴種流離を押し上げる　惑わされては細い系図をぼろぼろにする「孤島に流されないだけましぞ」どの『赤左衛門』も遠い地で果てた　主君を想い　深い吐息と生きた
――馬ノ骨ニカワリネドモ　ヤタラ馬ノ目効キダナア――

村の成り立ちに関心はない　村びとから離れて暮らす

ただ旧盆がやって来ると『赤左衛門』は屋敷に豪勢な櫓を築いた　夜になると一帯にふしぎな旋律の盆唄が流れる　その節は遠く流れついた者の　影を引き　語りより惻惻と胸を突く

『ヒトリ死ンデハヒトノタメ　ナナドヤラ　ナナドナサレノ　ナニカトヤ』南のどこの言葉とも知れず　不詳不明の盆唄は風によって運ばれない『赤左衛門』によって運ばれるのだ

村びとはご詠歌のような盆唄に酔う　両の手をゆらりとかざし黒黒と死者の列となり踊り唄いつづける『フタリ死ンデハ　ヒトノタメ』
『ナナドヤラ　ナナドナサレノ　ウタト知レ』

――オレダチハ南部駒ダ　馬ノ骨サ　負ケルデネ――
「鬼神の館」は　ある年は飢餓を呑みこみ　ある年は一揆を吐き出し　ふくらんだりしぼんだりしながら　天災や人災には鬼の眼でいどみ　長い辛苦の末一抹の煙を上げ消えて行った　その跡地には文化アパートが建ち並ぶ

　雑草を刈ったさっぱりした空地にいまも　むかしの盆
唄が流れる

『ナナドヤラ　世ニ生キテヒトノタメ　ナナドナサレノ
ウタト知ル』＊
ひとつの輪は夜更けても広がりをみせ　盆踊りを仕切る
のは　ゴム草履甚兵衛の若い『赤左衛門』だ　かたわら
に朝顔の浴衣の少女が立ち　つぎの『赤左衛門』を名乗
るという

夢の手招き　夢のにない手『赤左衛門』のピンクの手の
ひらが舞う
裾をはだけ赤い鼻緒のおぼつかない足元に　北の音律は
ゆるゆるとすべり込む
『ナナドヤラ　世ヲ知リテ人ニハ添エヤ　ナナドヤラ』

＊青森県南部地方に伝わる「ナニャドヤラ」の盆唄を参照

# 浮き球

新井　豊吉（あらい　とよきち）
1955年、青森県生まれ。詩集『横丁のマリア』『摑みそこねた魂』。
詩誌「潮流詩派」、日本現代詩人会会員。福井県福井市在住。

重厚なガラスの中に屈折したわたしがいる
縄で縛られたおまえを故郷の湖砂から
飛行機に乗せて連れてきた
しがみついた藻は
北へと浮遊を促す

学校にはプールがなかった
水泳はボンネットバスに揺られて小川原湖《おがわらこ》へ行く
最徐行で急斜面を落ちてゆくと湖面がひろがる
遠浅が続き
足指にシジミが挟まる
湖岸からは土器の破片
口を開けた貝塚
古代人と同じ水を飲み
シジミを持ち帰る

隣接する姉沼
下級生に語り継がれる伝説
飛鳥の時代　橘中納言道忠は世を儚み旅にでる
彼は北の果てで死にたえる
父を捜し旅にでた二人の娘は
父の死を知り
姉妹は沼に身を投げる
姉が身を投じた沼を姉沼
妹が身を投じた沼は
のちに小川原湖と呼ばれる
姉沼では魚を釣るな
引きずりこまれるぞ
小川原湖にはみんなで行け

三十年に渡る　むつ小川原開発
石油精製　原子燃料サイクル

浮き球はプラスチックが主流となり
何も映さなくなった

＊小川原湖　青森県東部に位置する県内最大の湖
＊浮き球（びん玉）　定置網の設置や漁船などの係留に使うガラスの浮き

# 恐山哀歌

根本　昌幸（ねもと　まさゆき）
１９４６年、福島県生まれ。詩集『昆虫の家』『荒野に立ちて』。
日本ペンクラブ、日本詩人クラブ会員。福島県浪江町より相馬市に避難。

みちのくの北のはずれ
ここには死んだ人が帰ってくるといわれる
山がある。
宇曽利湖《うそりこ》という湖もある。
日本では三大霊場の一つでもある。
娘は一歳にもならない
女の子を亡くしている。
娘は恐山をたずねたという
その時、私は恐山哀歌を聴かなかったか
と　ただした。
娘は聴かなかった　という
残念なことをした。
その代り
いたこの口寄せを聴いたという。
宇曽利湖のほとりには
子供のために
風車が何本も立てられて
くるくる回っていた　ともいった。
ただ　むなしかっただけだ　ともいった。
その娘も　もう今は亡い。

私はこの二人に何をしてやればいいのだろう。
生きていたなら娘は四十歳になり
孫娘は十七歳になっているはずだ。
恐山哀歌は、その後恐山へ行ってきたという
おばあさんからダビングして貰い
歌詞カードはコピーをして貰った。
物悲しい歌だった。
そのカセットテープを探しても
今はもう見つからない。

みちのくの北のはずれに山ありと
その山の上に湖《うみ》ありと
小さな風車が音立てて回っているという。

# おいっぺ川と旅人

おいっぺ川に沿う農道を
旅人が一人歩いている
いつもなら雪の多い一月のこと
踏み込めるのは奇跡的だ

川の様子がいつもと違う
木が一本も生えていない
旅人は何度かこの村を訪れ
長い農道を好んでいたのだ

根こそぎ削り取ったのか
護岸ブロックが崩れている
中州も倒木も消えてしまって
せせらぎの音も聞こえない

ずっと上の方まで行けば
木が残っているだろう
友達に会いに行く心持ちで
旅人は汗だくになって進む

武藤　ゆかり（むとう　ゆかり）
１９６５年、茨城県生まれ。詩集『夢の庭』『三本の木』。
詩を語る会会員。茨城県那珂郡在住。

柳
はんの木
こぶし
鬼ぐるみ

みんなみんな切られている
切り株が雪から見えている
おいっぺ川の水は真っ黒だ
旅人は血が凍ったように感じる

お金を使って工事しようと
六ヶ所村は決めたのだろう
豊かな自然と豊かな財政
誰も悪くはないのだけれど

旅人は曇った空を見上げる
この前来たのはいつだろう
鳥がたくさん鳴いていたっけ
鮭もたくさん上ってきたっけ

旅人は今にも泣きそうになって
雪の上に視線を落とす
大きな足跡は日本かもしか
小さな足跡は野うさぎか

遥かな祖先の縄文人が
ここで獣を追ったのだろう
おいっぺ川の潤す原野に
ショベルカーが置かれている

川の名前の音の響きは
アイヌの言葉を伝えている
地層の中の土器のように
残るものもきっとある

一歩ごとに長靴が埋まり
雪の上に涙が落ちる
旅人は枯れ木のように
川岸に立ち止まる

# 種差海岸

歳月のハサミが切り取った
磯や浜のシルエットを
ゆらりゆらりと
ウミネコが巻いてゆく

時代にそびえ立ってきた
頑固一徹の蕪島《かぶしま》
鳥糞《グアノ》に白く染められ
白銀の翁のよう

この波頭の粗さでは
明日も時化るだろう
もんどり変えった海に
捧げられた生け贄

海霧がうそぶく浜辺で
ウミネコは鳴き続ける
未来を打ち破る
明日の海彦は誰だ

—八戸にて—

若宮　明彦（わかみや　あきひこ）
1959年、岐阜県生まれ。詩集『貝殻幻想』『海のエスキス』。
詩誌「極光」「かおす」。北海道札幌市在住。

# 十二章　東日本大震災　俳句・短歌・詩

# 山河慟哭

（表題・抄出はコールサック社編集部）

燎《りょう》原《げん》の野火かとみれば気仙沼
幾万の雛《ひな》わだつみを漂へる
大津波死ぬも生くるも朧《おぼろ》かな
水《み》漬《づ》く屍《かばね》草生《む》す屍春山河
早《さ》蕨《わらび》やここまで津波襲ひしと
焼け焦げの原発ならぶ彼岸かな
放射能浴びつつ薔薇の芽は動く
汚染水春の愁ひの八千噸《トン》
みちのくの山河慟《どう》哭《こく》初桜
何もかも奪はれてゐる桜かな

『震災歌集　震災句集』より

## 長谷川　櫂（はせがわ　かい）

1954年、熊本県生まれ。句集『九月』『震災歌集　震災句集』。俳句結社「古志」前主宰、「朝日俳壇」選者。神奈川県藤沢市在住。

立石寺
山寺を呑み尽くさんと茂りけり
山寺の空より瀧を落さばや
一塊の黴の栖《すみか》の木《み》乃《い》伊《ら》かな
木乃伊らも虫干にせよ山の寺
涼しさや水でもてなす山のそば

象潟《きさかた》
合《ね》歓《む》の夢さめたれば花落ちにけり
眠りゐてどれが合歓やら冬木立
鳥海の水湧くごとく花すすき

須賀川、松明《たいまつ》あかし
来てもみよ焦がれてもみよ松《まつ》明《あ》し

花巻の人へ
銀どろの枯葉の国に詩や眠る

句集『九月』より

# 昼だけの町

（表題・抄出はコールサック社編集部）

吉川　宏志（よしかわ　ひろし）
1969年、宮崎県生まれ。歌集『鳥の見しもの』『燕麦』等。短歌誌「塔」主宰。京都府京都市在住。

古き映画の焼け跡をゆく人のごとく倒れし壁をひゅっとまたぎぬ

海水の高さは壁に黒ずむを見上げてゆけり春の陽のなか

青きタイル散らばり春の陽を浴びぬ七百人ここに死にしと聞けり

よく見てほしいと言う人がそばにいて泥の覆える家跡を見る

二キロ逃げる　走りて逃げるほかになく後ろから順に呑まれてゆきし

透明な死が横たわるいくつもいくつも春のひかりと同じになりて

目に見えぬ汚染のなかに白菜のむらがり立てり黄色き縮れ

被害者としてばかり見るなという声の胸に残りて荒れ道をゆく

昼間のみ人の入れる町という　影ゆらしつつ人あるきだす

旅として過ぐる被災地　魚など食ぶるといえど一日のこと

歌集『鳥の見しもの』より

# いのり

わたしは海の水に触わりたかった
水辺でひざまずきたかった
海はごつごつした岩に隔てられ
地面は雪の下で冷えていたけれど
殺戮のあとの邪気は　あたりに
立ちこめていなかった

〝海を憎まない〟という
漁民の声が聞こえた　それは
〝大地を恨まない〟という声に聞こえた
わたしは死者たちのために祈った
大地に　海に
霊たちを安らかに眠らせてほしいと

花は咲いていなかったけれど
消えた松林に吹く風は冷たかったけれど
わたしは霊に祈った
いつか　よりよい世のために
新たないのちとなって
生まれ変わってきてほしいと

高良　留美子（こうら　るみこ）
1932年、東京生まれ。詩集『その声はいまも』『続・高良留美子詩集』。
千年紀文学の会、新・フェミニズム批評の会会員。東京都目黒区在住。

# 予感

高橋　憲三（たかはし　けんぞう）
１９４９年、青森県生まれ。詩集『深層風景』『地球よりも青く』。
詩誌「飾画」。青森県黒石市在住。

いにしえの鬼門の方
北東
蛮民すめども
人でなし
都人《みやこびと》の占術《せんじゅつ》たくみに
すべての廃棄負債は白河を越え
塞き止めて　累々

　陽が陰に転ずる急所
　抑えきれずに
　幾多の災い
　押し黙る鬼人の祈り
　今
　また
　エルニーニョが風水を狂わせた！

三陸　仙台沖　深海底
つらみつもった堆積の相
先の世の血の滴りをマグマと集め
（かつてのテロリストと断じるのか？）
蝦夷《えみし》は吼える

火炎地獄の底の果て
（この冤罪、はらさずには死にきれぬ！）
そのよじれとねじれに
プレートはきしみ
うねりを集めて
波は走る
いわれなき負の物件を押し流さんと

人の知る世界は膨らみ
南も西も
住む地を移せばみな北の東《ひんがし》
自らが切り墾《ひら》き　踏みしめた
ひとのみちの苦
ささやかに信じよう
この地の　末の松山
いつか大波が襲うとも
たとえ津波が襲うとも

わたしの予感
それは、めまい
夏祭りのあとの風

## 金子　以左生（かねこ　いさお）

1937年、栃木県生まれ。詩集『鳥の形』『らん形』。
日本現代詩人会、日本詩人クラブ会員。栃木県宇都宮市在住。

# 津波

鳥
かごの内部に位置し震動し／あ／と叫んだ

誰もが一斉に鳥を見た（近くから少し遠くから）
誰もの目の中かごと共に落下する鳥
より遠くで森しなり傾いて行く屋根がある
冷たい怒りのようなものおしよせる
みるみる全域となり青ざめる構造呑み込み
海膨らむ
砕け去るもろもろ津波押し来る
横へ斜めへ騒動する
飛ぶ者飛ばぬ者
地上で傾いだまま揺れ続けるかご
鳥さわぎ
飛びまわり

波へかくれるわれらの側《がわ》見つめる
失なった言葉

瓦礫の切れ切れ
死体となって横たわる船　部屋の死体　椅子の死体　絵の死体　車の死体　線路の死体　樹木の死体　電気の死体　原子炉の死体　町の死体

立つ影なく全て
地表との関係破壊し空かたむく

あ／「私」一瞬にして芥となる
あ／「私」慣例で立っているだけの地上の染《し》み
あ／山川草木・人決して和解することなく

その時魚どうしたろう
津波の中で激しい会話交わしていると思ったが一匹も見つけ出せぬ
聞えて来ぬか魚の大声
怒涛の上
砕け散るいのちの音
野の鳥・虫達の叫び空の上に届いたか
急激に木屑と化す日常
意味さえ瓦解したわれらの側《がわ》
蒼穹の奥優しい御手の見えぬ今

だからと言って全てが許されるのか

（安寧が落ち流れている　世界とわれらとの間にある無根拠な関係　かつてそこを飛んでいた鳥　啼いていたことなど何の意味なく　理解拒絶する崩れた全部　この球体の内側にはいきものがいるのだ　分ろうとする神経と対立し　あらゆる者口開け母音だけ発している　そのような状態でしか対峙しえぬ昼　直視できぬ　想像はるかに越え　わき上がり翻弄する津波　防波堤も意味失ない下を向いて死んでいる　あることへの偶然が大きく現前する　どのような行為も　どのような表現も　無意味さだけが鋭角だ　ベケット　ジュネ　イヨネスコ　舞台よりも舞台的に不条理が突起する　如実に　確固としてこの世において「私」とは何だろう　はじめに問われるべき周囲との関係　世界は不毛さだけを欲している）

全ての破壊
全ての否定
もともとがあらわになる悪い夢
もう一度広くなった空と海
われらはその広さの中
形づくられぬ者と同じになる

ゆっくり関係が暴力的に崩壊しまばたき忘れた
目の全体
かたちがかたちを排斥している
あ
叫び
アウシュビッツの後で詩を書くことは野蛮か*

*アドルノ『文化批判と社会』

## 芳賀　章内（はが　しょうない）

1933年、福島県生まれ。詩集『宙吊りの都市』、詩論集『詩的言語の現在』。日本現代詩人会会員。埼玉県さいたま市在住。

# 海底

海の底から
妊婦が立ち上がる
死児を抱いて
ことばの口先を
旗のように掲げる
あるいは　死児の夢を
かぎりなく放射する
温いのは　名もない時代から
落としつづけた　種子の唄だ
丸い深海の底で
死児は発語する
潮流の狂想曲に乗って
あてどない行先が　見え隠れする
神々の議論はつづき
胸の毛布につつまれる
一滴の教えを追って
海の表面に躍りでたり
深海の岩山の間を泳ぎ
揺れつづける
祈りの陰で
飽きもせず迷妄の死児を育て

神は涙　する気配
あてどない死児の行方を追って
妊婦は　準備する
笑いの河

いつも　底は流れている
岩は滑りつづける
岩は涙する祈りとの　薄明の対話を
満月の珊瑚のバンドルのようにばら撒き
死児の眼差の底に
永遠の祝祭を　準備する
妊婦の底で
祈りの唄　舞い
死児は　何度も再生し
街路を走り出す

街路を覆って
産声が津波のように
開かれ
永遠のように
死児は隠される

# 悪食

北條　裕子（ほうじょう　ひろこ）
福井県生まれ。詩集『補陀落《ふだらく》まで』『花眼』。
詩誌「木立ち」、日本現代詩人会会員。福井県坂井市在住。

眠ろうとすると
滝の音が聞こえてくる
世界が端のほうから
折れて
崩れ落ちていく
音だ

夜はさびしさから
いつも決まって
悪食する
脳の襞
皮膚　などに
刻印された骨の目を
食べる
舌で味わうものの確かさは
あくまで不確かに溶ける

光る眼の
見知らぬ若者とすれ違う朝
ただつながりを持つためにだけ
刺し違えても
いいと強く思う

震災
焼けただれた靴の中の
白い花
甦った民草の僧侶が
水の端に消えていった人たちを
弔う

死者にかわって
遺族の看取りを行うのか
自分の胸を縦に切り裂きながら

どうしようもない鳥が
空の中　溺れるように
右羽を扇形に掲げる
露呈した人の内臓を
絶え間なく
啄ばもうと

# 三・一一狂詩曲《ラプソディー》

崔　龍源（さい　りゅうげん）
1952年、長崎県生まれ。詩集『遠い日の夢のかたちは』『人間の種族』。
家族誌「サラン橋」。東京都青梅市在住。

わずかに残った桜の花が散り交い
葉ざくらの葉のかげから見える曇り空の下で
ガレキはどこまでも広がっていた
あやうく残ったビルの上には破船が
ありえない形で載っていて
津波は堤防を越え　町をなめまわす
海獣の舌のように　家々を壊し　車を呑み
人々を　命あるものを　海へさらっていった
縁なき水に　海はなろうとしたのだろうか
今は重々しい沈黙のなかに身を横たえ
おとなしく潮騒の竪琴を奏でている
だが見よ　浜辺と陸地の境目に
カラスノエンドウのむらさきの小さな花は
いっしゅんに命を奪われた人たちの
たましい　そうとしたら摘んではいけない
あのガレキに覆われた土に咲く
いくまんの野の花は　踏んではいけない
手折ってはいけない　そう思うのは
その地に日常を過ごすわけではないから　と
あなたは言う　空漠としているぼくの胸を
満たそうとするあなたの声は
未だに三・一一の震災の
水面に揺れる藻のような　あるいは放射能におびえる
水たまりの水のような感覚から目覚めないぼくを
日常に　つなぎとめてくれているのだけれど
夜　眼をつぶると　荒寥《こうりょう》とした浜辺が
まぶたの裏に浮かんで　聞こえてくるのだ
慟哭《どうこく》している魚や貝たちの声が
それは生き残った人たちの悲嘆
そうとしか思えず　絆がほどけないように
わたしはつぶやく　寝入っているあなたの耳元へ
北斗はうたうな
宙宇をさまよう死者たちへの挽歌を
オリオンは弾くな
生き残った者たちの悼みやすすり泣きを
それぞれの死と生に
ふさわしい内部からの声が育つまで
二十世紀から二十一世紀へと続く物質文明の神話を
くつがえす精神が　外部へと
にじみ出すまで　廃墟と化したのは

わたしの心も同じ　そしてあなたの魂も
いつ　どこへ歩み出せばいいかを知るためにも
前へ進むためにも
この絶望を掘り下げよ　あなたもまた
あの痛ましい海の底に届くまで　掘り下げよ
そうして生命が初めて生まれた海の底に届いたら
くみ上げよ　わたしは私自身に見合う恥なきことばを
あなたは　希望を

藤谷　恵一郎（ふじたに　けいいちろう）
１９４７年、愛媛県生まれ。詩集『明日への小鳥』『風を孕まず　風となり』。
詩誌「ＰＯ」「軸」。大阪府豊中市に暮らす。

## 白い道　――震災

もし　あの時へ戻れるなら
昼のパン屑に気づかぬまま
突然婦人は語り始めた

もし　あの時へ戻れるなら
駅へ向かう私に手を振る息子を
いっぱいに抱きしめ

私の背後に
どこまでも　どこまでも
白い道が延び
空へと繋がるまで
そうしているだろうに

## 美しい音符

湾を一望する高台にある廃校
校庭の
裏山への片隅
仮設住宅の前に
子どもが数人
遊んでいる

声が聞こえない　静かだ

黒い波から
護った命が
護られた命が
過酷な現実のただ中で
悲しみの翳の重さの中で
夏の日差しに
光っている

美しい命の音符が
おのずから何かを奏でているかのように

# 大震災の痕

片桐　歩（かたぎり　あゆむ）
1947年、長野県生まれ。詩集『美ヶ原台地』。長野県詩人協会会員。
長野県松本市在住。

東日本大震災から六年を迎え　各地で追悼式がしめやかに営まれ　鎮魂の祈りを捧げた　忌まわしい大災害を蒙った　瓦礫の山も片付き　海岸線を隔てる堤防工事の先に　穏やかな海原がきらきら波打つ　あの高台から湾を望むと　轟音を引き連れた津波が　水煙を巻き上げ松林をなぎ倒し　陸地をなめ尽くす速度に恐怖の叫び声を上げた　真っ黒い海水が防波堤を越え　滝となって街に雪崩れ込む　渦潮が道路を荒れ狂い遡り　自動車や漁船が木の葉ように暴れ　流れる家は意志を失い　破壊しながら並走する水力の勢いを　収める者がいない　荒野で繰り広げられる驚異が悪夢であって欲しいと願い　天地を宥めるほかになかった　人間は巨大な力の前では足がすくみ逃げることも忘れ　呆然と現状を眺めるだけで　救助の行動に結び付かない　街が呑み込まれ　建物が壊されるたびに　悲痛な唸りを発した　助かった者は波に連れ去った人々の死を悼み　虚しい空の悲しみに暮れる　まさにノアの大洪水を描いた壁画に捉われる　濁流に打ちのめされ　逃げ惑う脅威に溺れた　民の嘆きと悲惨に拉がれた　青ざめた絶望の顔を引き付ける　啓示の書である　列島の天変地異は古事記に書かれ　被害にあった地域は石碑に刻みつけ　現代に受け継がれたが過去の教訓を活かす者がいない　人間は科学の万能を信じ　張り巡らされた防護壁に守られ　安全を勝ち取った錯覚に陥り　安易な生活を送る者たちへの警告である復興に立ち向かった六年間の歩みは　さまざまな矛盾と不和を生み　被災者は計り知れない労苦の涙を流し　消えた街を建て直すには　長い苦難の道程を踏む

＊東日本大震災から六年を経た追悼式に記す

# 賢者　―清水玄太作「賢者」に寄せて―

向井　千代子（むかい　ちよこ）
1943年、栃木県生まれ。詩集『白い虹』『ワイルド・クレマチス』。
詩誌「猗《い》」、日本現代詩人会会員。埼玉県南埼玉郡在住。

庭の芝生の一隅に
「賢者」と題する石の彫刻が置かれている
高さ四〇センチほどの四角い石
刻まれて
膝を抱えて座る少年のようだ
少し伸びた雑草混りの枯芝の中に
埋もれるように座っている

何故にこの石は
「賢者」と名付けられたのか

石が安山岩と聞かされたので買った
私の故郷は安山岩の産地
家業は石屋
石垣や石段、建築用の切石を作っていたが
途中から機械化して砕石屋になった
たくさんのダンプが行き来する
慌ただしい石屋になった
東北自動車道にも我が家の石が入っている

「賢者」は今
冬の日差しを浴びて
物思いに沈んでいる
何を考えているのか
何か素晴らしいアイディアでも浮かんだのだろうか
地震や津波、原発事故以来
元気の無くなった私たちに
何か元気の出る贈り物をしてくれるといいのだが

少年の姿をした「賢者」は
芝生にゆったりと腰を下ろして
日の沈むのを見送っている

＊清水玄太氏は彫刻家。
宮城県白石市に住み、白石の安山岩を使った作品を作っている。

齊藤　駿一郎（さいとう　しゅんいちろう）
1932年、岩手県生まれ。詩集『命のみまもり』、随筆集『遠い雪の日の記憶』。岩手県詩人クラブ、北上詩人の会会員。岩手県北上市在住。

# 3・11後　枕夢《ちんむ》

眠っている、木々も
街も、草原も
一三夜の闇に

ゴットンゴッタンと過ぎて行く
光の箱のつながり
僕は夢の中で不思議にみている
「まるで夢みてるようだなや」と

地をいくごと
海をもぐるごと
空を飛ぶごと

気がつくと
僕も汽車に乗っていて
教え子たちが傍の座席に腰掛けている
まるで修学旅行のように楽しそうだ
でもなんと青い顔

次の2号車には漁業組合の人たちだ
酒をのんでいる
皆んな髭面　大きな口で笑っている
でもみんな　海の顔色で

ああ
みんな3・11の津波で亡くなった顔だ
でも昨日手紙をくれた人もいて
生者・死者みんな光の箱にいる

どこにいくのか　僕は　ふとつぶやく
「自分の信じる神様の、その上の神様の、いやもっと上の神様のところ」と
でも　光の箱の終着駅はどこなのか、僕はまだ分からない

宇宙の彼方にぽつんと灯が見えて…

# あれから二十四年過ぎたのですね

狭間　孝（はざま　たかし）
1954年、兵庫県生まれ。詩集『朝焼けの詩』『福祉の思いをつなぐ』。詩人会議、文芸日女道会員。兵庫県西宮市在住。

山茶花の花弁が
更地になったところで咲いていた
一片ひとひら散り始め
自然の営みは　たんたんと
それに比べて僕たちの心は未だに揺れ動いて

僕の娘も看護師　三十五歳になり
同級生だった祥子ちゃんの家を訪ねると
リビングの奥　仏壇の前には
これまでと同じように
小学校五年生の祥子ちゃんの写真と
祥子ちゃんが着ていた衣服があり
真新しい下着を添えていた
かれこれ　二十四年
涙も枯れはててしまったけれど

父ちゃんの口から出てきたことは
川の字で寝ていたはずなのに
気がつけば梁の下敷きで
すぐ手の届く所やで
小学校でただ一人　震災で亡くなった
崩れたアパートの前で
まだ　ここにいるんや！　と叫ぶ声が
今でも僕の脳裏から消えることはない

上弦の月がくっきりと明るく
山茶花の花弁が散り積もり
あれから更地に咲き続けてきた花を
ほんのりと淡く月の光が照らし出していた
復興したとは言え
未だに住宅の間に更地が残っている
この更地の主はどうなったのだろう

千年に一度の大津波で家を壊され
消防隊員の長男は波にのまれた
頑固親父の佐藤直志さんは仮設住宅に住まず
家が流されたらまた建てればいい
昔からそうやって先祖はみんな生きてきた
木を伐り元の場所に家を建てようと動き始めた
自分はきこりだ！

今年も桜は同じように咲く

元町映画館で
ドキュメンタリー塾が開かれた
陸前高田市で
森で木を切り元の場所に家を建てた
佐藤直志さんが主演のドキュメンタリー
池谷薫監督の『先祖になる』を見た中北富代さんは
阪神大震災で長女を亡くした悲しみを乗り越え
図面を引き新たな家を建てた自分の夫を
佐藤さんに会わせたい
そんな思いを込めてビデオカメラを持ち
レンズの向こう側に見える東北大震災と向き合ってきた

娘を亡くし自分の半分は死んだ
あとは付け足しの人生だという中北さん
あれから二十四年が過ぎても
悲しみは変わらない
空を見上げると上弦の月
薄暗い公園のベンチを照らしている
それぞれの震災の思いが
青竹灯籠の中で揺れている

人間は忘れないと誓っても
だんだんと記憶は忘れてしまう
あの日　あの揺れ　あの火災の勢い
あの津波の凄まじさ
絶対に忘れないと誓っても
人間は忘れるようにできている
それでいいと思う
そのために映像があり記録があるから
詩や小説があるから
忘れるからこそ　忘れても思い起こす
そして僕も
西宮から東北の地へと心は向かう

※池谷薫監督『先祖になる』より
※池谷薫ドキュメンタリー塾で中北富代さんのドキュメンタリーと熱い話に触れて

# フェアリーテイル堂

日野　笙子（ひの　しょうこ）
1959年、北海道生まれ。
文芸・シナリオ同人誌「開かれた部屋」「雪国」。北海道札幌市在住。

その東北の
冬のお堂には
陽の光にはぐれてしまった小鳥たちが
厚い雪の影に
すっぽりと隠れるように
人びとが時折訪れていた
かつてそこで私は
あっという話を聞いた
前のめりになって聞いた
決して恵まれた生とは映らない老女の話を

フェアリーテイル堂
喪失の痛みと共に
波に消えたお堂の思い出
彼女たちはすでにこの世にいない
物語は澄明な水
そして悲愴な雪
もうじき早春だ

父親の棺桶を蹴った女
母親の柩を見おろした女
　いったい何故にわたしをそうさせたのか
　お迎えが来るのにわからない
そう聞いたのだが…
祈るわけでも悲しいわけでもなかった
けれども私は冬の陽射しほどに
やさしくなれたらいいのにと思った

フェアリーテイル堂
しばしば空想好きな子どもの遊び場だった
物語の旅の途中
私もそこで言葉を綴った
その日もやっぱりその子は来ていて
柩のような宝の箱を転がして遊んだ
間近にのぞき込む
その子の顔を見るだけで
はっと一瞬柔らかな気持ちになった
　なにをかいているの？
　言葉よ
なぜかくの？

うまく言えないからよ
そう応えたのだが…

女の子のコートから
雪の雫がぽとりと溶け出して
いたいけな匂いがした
雫が冬の終わりを告げ
その子は
一回り確かに大きくなっていた

夕映えのさざ波が打ち寄せ
ふたりの姿は
雪の影と共に失せ
気がつくと
静かに波が引くように
宝の箱はなくなった
そのようにして幾度めかの春が来た

老女はあの災厄で
生を終えたのだと後に聞いたが
きっと女の子は
行方知らずの箱を探しに行ったのだろう

# 言うな

がんばって　と言うな
がんばっているのだから

ふりむかないで　と言うな
ふりむくしかないのだから

わらって　と言うな
わらいたくないのだから

なかないで　と言うな
なきたいのだから

みんなで　と言うな
ひとりでいたいのだから

たちあがって　と言うな
たちあがれないのだから

ひなんして　と言うな
ここにいたいのだから

ここがいいのだから

死んでしまったものには
なにもできないし
とりのこされたものに
生きかたを　しいるな

地震も　津波も
原発の事故も
みんなかってにやってきて
すべてを　うばってしまったのだから

のこされたものを　さがしてあるく
きぼうのかけら
かなしみのかけら
ひろいあつめて
生きていく


悠木　一政（ゆうき　かずまさ）
1942年、秋田県生まれ。詩集『凍土のじいじ』『吉祥寺から』。
詩誌「日本海詩人」、日本詩人クラブ会員。東京都武蔵野市在住。

# 静かに

「がんばれ」だなんて、もう言わないでくれ
「ありがとう」だなんて、もう言わせないでくれ
言葉なんか　もうたくさんだ

「シエン」「ジゼン」と謳いながら
あんたの名前を売り広めるのは
もう　やめてはくれないか
僕の大事なふるさとに　靴の跡をつけるのは
もう　やめてはくれないか

お悔みのアイサツだなんて言い広めて突っ立ってないで
黙って　瓦礫を起こしてくれよ
ここの下に
あの人が　眠っているかもしれないんだ
きっと見つけてくれるはず、と
待っているかもしれないんだ
目を閉じて　耳を澄まして
僕の呼ぶ声を　探しているかもしれないんだから

もう、静かにしてくれよ

平成24年1月29日（日）

鈴木　小すみれ（すずき　こすみれ）
1979年、沖縄県生まれ。詩集『恋はクスリ』。
詩誌「EKE」。沖縄県那覇市在住。

# いつか

いつか　握りしめた拳を解いて澄んだ空へ放つ日が来る
いつか　凍てついた胸の奥があたたかい涙となって
すべてを洗いつくす時が来る
いつか　きっと

怒りは虚空をさまよい　悲しみの帳に覆われ
羽ばたきの朝は　まだ来ないけれど
べったりした同情なんて、要らない
本当は　自分の足で立ち　自分の力で歩きたい
これまでのように

「がんばれ」「がんばろう」
励ましの言葉　支援の品々
その一方で、「放射能こわい」という囁き
離れていく人たち　遠巻きに見ている人たち
頭を下げて　お礼を言うしかなかった日々も
疲れ果てて　キレイゴトさえ言えなくなった夜も
いつか……

平成24年1月2日（月）

# ピアノ線の林の中で

渡辺　理恵（わたなべ　りえ）
1951年、宮城県生まれ。詩集『カオスの空に浮かんでいます。』。
詩誌「熱気球」。福島県郡山市在住。

ピアノ線の林の中で地震に遭った
かつてないほどの大きな地震で
ピアノ線にしがみついて　揺れが止むのを待った
地震はなかなか止まない
だんだん強くなるばかり
ピアノ線も私にしがみついて　震えながら耐えた

地震が止んだ
ああ　生き残った私達
ピアノ線と抱きあったまま
今まで味わったことのない感情が湧き上がって
ピアノ線の林の中で　私達は泣いた
ふと気づいて　他のピアノ線に声をかけた
「大丈夫？」「大丈夫！」
ピアノ線達は声をそろえて答えた
ピアノ線はさすがに強い
一本も折れずに　曲らずに
天に向かって真っすぐに立っている
それからみんなで笑った
ピアノの中が不思議な音でいっぱいになった

ピアノ線の林をぬけて
一本道に入るところで余震に遭った
今度はつかまるところがないから
自分の足でふんばった
ピアノの深いところから地響きがして
空の浅いところから四分音符が舞い降りてくる
もう少しで倒れる寸前に余震が止んだ

一本道を私は行く　傍らの黒い塀と白い壁が
ところどころ崩れてはいるか
ピアノ線に励まされて立ち直ろうとしている

ピアノの外に出ると　流れ星が遠くの山をかすめて
落ちていくのが見えた
ああそうか　さっきの地震はあの星の
あまりにも切ない求婚に
地球が誠実に応えようとした
身もだえのようなもの

その時　ピアノが歌いだした
これまで聞いたことのない深い音色が　あたりを包んだ

## 壊れる——震災に寄せる——

忍び寄る音も
胸のざわめきも
気配は何もなかった

破る
取り落とす
作為も失念もなかった

ましてや一日も経つと
忘れてしまう小さな嘘や失敗
善良な人たちに
罪も罰もあろうはずはない

山は山であり
川は川であり
海は海であったもの
常識をくつがえし
負うべき課せられたものを放棄した
大きな喪失

けれど

せきぐち　さちえ
１９４２年、山梨県生まれ。『水田《みずた》の空』『ころ柿の時間』。
都留詩友会、日本詩人クラブ会員。山梨県都留市在住。

波は干満の呼吸を整え
瓦礫の上に花は咲き鳥は鳴き
自然は自らの欠落を埋めていく

朝の食卓の一膳のご飯
きりっとした漬物の香り
読みかけの本
脱ぎ捨てたＴシャツ
まつわりついた犬や猫
父や母　子や孫
一つ屋根の下の笑い声

壊れた記憶はいつまでも生々しい
何度も血を吹き出しながら
それでもかさぶたとなっていく
いかなくてはならない

愛しい記憶の傷口を塞ぐのも
思い出という愛しいもの

明日も陽は昇る

# 岡野くん

3・11の大津波のあと
根こそぎ流された海辺の街に
大阪から移り住んだ
青年がいた

大工仕事が得意な彼は
仮設住宅に棚など作って
喜ばれたという

学童保育の指導員になっていた彼を
翌年、小学校の校庭に訪ねた

この夏
五年目の被災地を訪れて
再び青年に出会った
―二〇キロも肥えました
と笑っていたが

あの頃、眼を合わせて
話もできなかった青年が
テーブルを囲んで
にこやかに笑っている

被災地が彼を育てたのだ
困難を抱えた人たちに
受け入れられる中で
彼の中に暖かいものを育んだ

東北訪問の旅の
一番のおみやげは
一人の青年の成長した姿だ

彼が東北に住み着いたわけを
私は知らない
今度会った時に聞いてみたい

三浦　千賀子（みうら　ちかこ）
1945年、大阪府生まれ。詩集『今日の奇跡』『友よ、明日のために』。
大阪詩人会議「軸」、詩を朗読する詩人の会「風」。大阪府堺市在住。

# 射る

山野　なつみ（やまの　なつみ）
長野県生まれ。詩集『時間のレシピ』。
詩誌「まひる」「いのちの籠」、東京都美術会員。神奈川県相模原市在住。

閑散とした三陸大船渡線
腰を下ろしすぐに　少年は本を広げた
　「仕事とエネルギー」
表題が読み取れた
寝癖のままの頭を下げ
何やら書き込んでいる
題の下　小さく「新物理」

私の視線に気が付いて
恥じらいだ　彼
物理ですか
はい　これ
手渡された本
「力　熱　移動　エネルギー計算」
二両の小さな鉄道　小さな村を行く
就職へのワークブックと間違えた私
本の中には　公式と計算がいっぱい
現代の宮沢賢治の　彼
雪景色もまぶしい
壊れた線路　振りかえバスで越前高田へ
町は消えている

村を見下ろす斜面　菅原さんの家
私財で建てた「みんなの家」

大学生と老夫婦の私たち
ストーブを囲み　菅原さんは
避難所の苦難を話し続けた
　質問は
　はい
この春から教壇に立ちます
震災後の経験で
子どもたちに伝えたいことは
静かな沈黙が流れた
あなた方が考えて　ここを見たのだから
広大な荒地
復興の整地のトラックが
砂埃をあげている

みなさんの支援を感謝　福島
新幹線の線路に向けた看板から
いくつもの矢が放たれた
的は私の胸にもある

# 大自然の触発

## 青木　善保（あおき　よしやす）

1931年、長野県生まれ。詩集『風が運ぶ古茜色の世界』『青木善保詩選集一四〇篇』。日本現代詩人会、日本詩人クラブ会員。長野県長野市在住。

北極の空に
緑のカーテンがゆらぐ
地球の内部は
保護愛に燃えたぎっている

蒼い宝の海原
潮焼けした漁師が
居場所を追われる

ヒマラヤの
大河川の水源の氷河が
急速に融けている

信州名産の
真っ赤なリンゴが
消えるかも

福島の子どもは
大好きな故郷で
外遊びができない

釈迦　最期の言葉
　全てのものは　過ぎ去っていく
　放逸を戒め　怠ることなく精進せよ　と
いま　ここに立つ
足元をみつめ　深く見えない
もう一つの実在界を予感する

予測を超える
不安を呼ぶ地震が続く
地底深く　マグマは蠕動《ぜんどう》し
地殻の大きな窪みに
向かって動いている

# 解説

# まつろわぬ精神、東北六県の多様な魅力。
## 『東北《みちのく》詩歌集――西行・芭蕉・賢治から現在まで』に寄せて

鈴木比佐雄

1

東北の山々に入り春の山菜や秋の茸の恵みを収穫しようと熊と遭遇し、運悪く命を落とす記事が毎年報じられる。危ないと分かっていても狩猟採集の血が騒ぐのか、自分の秘密の収穫場所に行ってしまうのだろうか。そのような悲劇の後でも熊や山を恨んで熊を絶滅させるとか入山禁止を厳格にしたという話は聞かない。また東日本大震災以後にも、東北の人びとは甚大な津波被害に遭遇したにも関わらず、海を呪うことなく、海と共に生き続けようと願い、海に感謝の念を抱いているという話も聞いている。十八、十九世紀に青森・秋田の暮らしを紀行文と図絵で詳細に表した菅江真澄の世界や、それに影響を受けたとも言われ『遠野物語』でオシラサマ、ザシキワラシ、山人、天女たちを傍らに出現させる柳田国男が聴き取った民話の世界は、「東北」の原郷の精神性を明らかにしている。そんな「東北」の人びとの山河や海を慈しむ思いや「東北」に関わろうとする人びとの重層的な思いは、きっと多くの短歌・俳句・詩の中にも宿っているのではないかと思われる。

昨年の二〇一八年に刊行した『沖縄詩歌集～琉球・奄美の風～』を企画・製作している段階から、なぜか「東北《みちのく》」のことが気になりだして、南方の沖縄の民と北方の東北の民の精神性が類似しているのではないか。どこか基層においてつながっているのではないかと感じるようになった。そして「東北」に関わる多様な作品を集めた『東北詩歌集』を構想しようと心密かに思い始めていた。「東北」と沖縄には、農耕牧畜生活を中心とした弥生文化・王朝文化と異なる基層を持った文化、歴史があるはずだ。それは狩猟採集生活が中心であった一万年を超える縄文文化が、いまも東北に暮らす人びとの中に息づいているからだろう。また東北・陸奥は狩猟採集の縄文時代においては日本の中心的な場所だったとも言われている。縄文のブナの森が大きな恵みを与えていて平和を愛し戦争をしない時代が続いていたようだ。けれども大和政権以降には、東北は侵略をされて従属を強いられてきた過酷な歴史が残っている。最大の抵抗をした阿弖流為《アテルイ》と言われる古代蝦夷の象徴的な人物たちに対して大和政権がどんな殺し方をしたかは、今も心痛む思いがする。そんな阿弖流為たちのまつろわぬ精神もまた東北の民の根底に今も刻まれているに違いない。さらに明治維新の戊辰戦争・会津戦争によって東北・北陸の藩が結集した奥羽越列藩同盟に対する新政府が行った賊軍としての過酷な処分もまた、東北の悲劇的な歴史として刻まれている。さらに二〇一一年三月一一日の東日本大震災・東電福島第一原発事故は九年目を迎えようとしているが、原発事故の放射能物質の爆風が降り注いだ福島の産土は、一〇万年も放射性物質は残るともいわれている。この原発事故を引き起こした責任の在り方はまだ明らかにならず、被曝した人びとやそこに生息する生物や山河や海などの影響は想像以上のダメージを与えていて現在も進行中である。それらのことを含めると「東北」には数多の文学的・思想哲学的なテーマが残っていて、多くの短詩系の文学者たちもまた書き継いできたのだと思われる。

『東北《みちのく》詩歌集――西行・芭蕉・賢治から現在まで』は、二六〇名の歌人・俳人・詩人などの表現者の作品が十二章に分けられて収録されている。

一章「東北へ　短歌・俳句」は、西行、源実朝、松尾芭蕉から始まり、十七名が収録されている。日本の詩歌において「歌枕」という名所の地名を探し、現地に行って詠み込むことに、歌人たちは情熱を掻き立てられた。

西行の冒頭の短歌「白川の関屋を月のもる影は人の心を留むるなりけり」を読むと、西行から百年以上も前に陸奥の歌枕の旅をした能因《のういん》法師の足跡を辿ることが動機だったことが分かる。「人の心を留むる」とは能因法師を始め、この場所にきてこの白川の関を詠んだ歌人たちの心の全てに思いを馳せている。「歌枕」とは、その場所を詠んだ「人の心」の感動を追体験して自らも歌を詠ってしまう感動の源泉を指しているのだろう。その「東北」の歌枕の入口が「白川の関」だった。次の源実朝の「東路《あづまぢ》やみちのおくなる白川《しらかは》のせきあへぬ袖をもる涙《なみだ》かな」を読む限りでは、やや過剰な表現でリアリティに欠けていることもあり、たぶん実朝は現地に行くことなく詠んだかも知れない。けれども仮に実朝が能因や西行に憧れて、想像で白川の関に行き、二人と同じように白川の関を詠みたいと願ったが、将軍の身であり思いがかなわないので、泣きたい気持ちになったと解釈することもできる。実朝のような自由の利かぬ身にとって歌枕は、時空を超えて心の自由を羽ばたかせ想像力を発揮させる言葉の装置であったのだろう。その意味では「歌枕」の伝統は精神的なリアリティを促し、新しい創作の歴史を創造する働きを果たしてきたのだろう。三人目の芭蕉は、「おくのほそ道」の「須賀川」の中で白川の関を越えていく際に阿武隈川を渡り「左に会津根《あいづね》高く、右に岩城《いはき》・相馬《さうま》・三春《みはる》の庄」を一望し、須賀川に向かって歩んで行く。芭蕉は現在の福島県を構成している会津・中通り・浜通りの三つの領域を認識したに違いない。そして「長途《ちやうど》のくるしみ、身心《しんじん》つかれ、且《かつ》は風景に魂うばゝれ、懐旧《くわいきう》に腸《はらわた》を断《たち》て、はか〴〵しう思ひめぐらさず。」と語り、白川の関の句を詠まないで、その代わり須賀川での「風流の初《はじめ》やおくの田植《たうゑ》うた」を詠った。私は芭蕉が能因法師や西行などの「懐旧」の歌枕の場所をあえて詠わなかったことに、芭蕉の新しさや独自性を感じる。白川の関は関東の山々と接し、東北の玄関口である広大な東北を予感できる場所であり、その思いを詠むことの困難さを抱いたのだろう。そして自らが見聞きした「おくの田植うた」の響きに感銘を受けて、「歌枕」に隣接する場所で懸命に生きる民の声を優先させたのではないかと思われた。芭蕉の精神の中では「歌枕」に引き寄せられていったが、もっと自由に感性の赴くままに表現していく「漂泊の思ひ」、「そゞろ神」、「道祖神の招き」などがあったに違いない。

2

芭蕉に続く歌人・俳人の東北の山河、地名、民衆などを記した作品群を紹介する。若山牧水の「酒戦《さかいくさ》たれか負けむとみちのくの大男どもい群れどよもす」では地酒を酌み交わす喜びが伝わる。金子兜太の「人体冷えて東北白い花盛り」では林檎の花と言われているが、雪の美を感受しているとも読める。宮坂静夫の「生剝《なまはげ》はユーラシアから歳徳神《としのかみ》」では来訪神の世界性を示す。齋藤愼爾の「北国を氷柱の国とも月の国とも」には北国の透徹した視線がある。黒田杏子の「氷紋蹴つて月山駈くる雪をんな」では「雪をんな」と共生する雪国を感ずる。渡辺誠一郎の「阿弖流為《あてるい》の鼻梁を擦りぬ青山背」では「阿弖流為」が東北の山背に宿っている。能村研三の「小かまくら千の祈りを灯しをり」では「小かまくら」の祈りの深さを輝かしている。柏原眠雨の「花茣蓙《はなござ》やいたこに渡す皺《しわ》の札《さつ》」では死者の霊を呼び起こすいたこには皺の紙幣が似合う。夏石番矢の「ぶなの雫がうま酒となるみちのおく」では東北のブナの森の豊かさを物語る。井口時男の「口寄せを盗み聴くときすすき揺れ」では死者の魂が芒の蔭から聞き耳を立てているかのようだ。鎌倉佐弓の「冬海にわずかに屈む人間か」では北国の厳しさを繊細に描写する。つつみ眞乃の「寒月や円谷幸吉の墓の艶」では東京五輪の銅メダリスト円谷幸吉の死を悼みその存在を讃美している。福田淑子の「プレハブの仮設のスナック水割りとママの話が臓器に沁みる」では被災地で人を励ます存在の尊さを告げている。座馬寛彦の「笑う子の歯並みたいに白波がきらめく朝の庄内の海」では山形の日本海の白波の美しさが輝いてくる。

二章「東北《みちのく》へ　詩」には東北全体を表現しようとする十五名の詩篇が収録されている。尾花仙朔の詩は芭蕉の「おくのほそ道」の句「閑《しづか》さや岩にしみ入る蟬の声」などをタイトルにして芭蕉の内面を根源的に解釈していく。新川和江は青森、岩手、宮城、福島に暮らす人びとに成り代わってその季節感や暮らしぶりを記している。三谷晃一は〈ただ単に／方角を指すに過ぎない言葉で／土地の名が表示される地方は／「東北」のみである。〉と言い、東北の矜持を語る。前田新「わが産土《うぶすな》の地よ」では冒頭「東北、わが産土の地は／まつろわぬがゆえに／鬼の棲む方位とされる」と始まる。小田切敬子の詩「こどものころ」では「東北に生きる私の祖先たち　父や母或いは宮沢賢治」などを物語る。渡邊眞吾の詩「同行の人」では「奥羽山脈は宝の山／私の命の源だった」と明かす。二階堂晃子の詩「熱い底流」では「東北が東北である所以／見えない　熱い底流」を掘り下げる。橘まゆの「明日のなみだのおくりもの」、貝塚津音魚の「黒羽東山道から屋島へ　そして蝦夷陸奥へ」、植木信子の「道祖神」、岡山晴彦の「奥州八十島」、堀江雄三郎の「西行もどりの松」、萩尾滋の「飢餓《せがち》地の風」、岸本嘉名男の「わが暗誦の陸奥《みちのく》詩人達への讃歌」、高柴三聞の「今日もがりがりと音がする」などもまた、様々な観点から東北全体の根底に流れる思想・哲学を語っている。

3

三章「賢治・縄文　詩篇」は、東北の縄文に関わる詩篇と宮沢賢治の詩的精神に共感する詩篇であり、西行以前の縄文文化の深層に迫っていく。また賢治の詩的精神が今も多くの詩人たちに影響を与えて、詩作の源泉になっていることが理解できる。

　縄文文化に関わる詩十篇は、宮沢賢治の「原体剣舞《はらたいけんばい》連《れん》」から始まり、宗左近の「日日《ひび》」、草野心平の「ぼんやり街道」、畠山義郎の「赫い日輪」、相沢史郎の「ノブドウ（野葡萄）」、原子修の「光の矢」、宮本勝夫の『「縄文」の声』、今井文世の「花粉の言葉」、関中子の「〈ここで〉」、冨永覚梁の「庭に立つ枯れ蟷螂」など縄文の深層を掘り起こすような詩篇だ。宮沢賢治に寄せる詩十二篇は、大村孝子の「ブドリ」、橋爪さち子の「雨」、神原良の「星の駅・2」、ひおきとしこの「哀しみにも生かされて」、見上司の「夜明けの歌」、絹川早苗の「冬の山道で」、徳沢愛子の「金沢方言　亜流・雨ニモ負ケント」、佐々木淑子の「風と稜線」、淺山泰美の「イーハトーヴォの賢者へ」、小丸の「紙魚《しみ》」、風守の「わたしの銀河鉄道」、柏木咲哉の「星になった風の人」などは宮沢賢治の詩だけではなく、その生き方や異次元的な宇宙観からも多くを学んでいて、それが詩に結晶している。

　四章の「福島県　俳句・短歌」は福島県を詠った短歌十二名、俳句は九名が収録された。「Ｉ　短歌」は与謝野晶子の十首「会津詠草（抄）」、馬場あき子の十首「火を噴くやうなもみぢば」などから始まっている。馬場あき子の「脊椎なき蝶はつよきかされどああ被曝の地《つち》の食草に寄る」は産土が「被曝の地《つち》」に代わり可憐な蝶が被曝した食草を食べ続けることに対する罪深さを人間の罪深さとして記している。それに続く遠藤たか子の十首「水際《みぎわ》」、本田一弘の十首「春景」、関琴枝の十首「歌集『手荷物ふたつ』より」、福井孝の十首「肉を削ぐ」、服部えい子の十首「死の雨」、影山美智子の十首「風生れず」、栗原澪子の十首「タンバリン」、望月孝一の十首「白昼夢」、奥山恵の十首「滂沱《ぼうだ》の牛」、反田たか子の十首「迎え酒」から成っている。「Ⅱ　俳句」は永瀬十悟の二十句「牛の骨」、片山由美子の二十句「松明あかし」、黛まどかの二十句「ふくしま讃歌」、大河原真青の二十句「流砂の音」、山崎祐子の二十句「蜩の門」、齊藤洋子の二十句「あれから八年」、片山壹晴の二十句「色紙」、宗像眞知子の二十句「鳥雲に」、鈴木ミレイの二十句「また来るさぁ」から成って福島の文化を始め、原発事故後の避難の際の生々しい場面なども記されている。

　五章「福島県・詩篇」十五名は高村光太郎の「樹下の二人、あどけない話」から始まり、草野心平の「噛む」、安部一美の「夕暮れ時になると」、太田隆夫の「遠景の片隅」、室井大和の「おとめ桜」、松棠ららの「みゆる匂い」、うおずみ千尋の「火」、星野博の「五歳の夏休み」、新延拳の円谷幸吉に触れた「五十年前のあなたへ」、宮せつ湖の「雪手紙」、酒木裕次郎の「百日紅悲歌」、山口敦子の「児桜《ちござくら》」、坂田トヨ子の「福島の高校生」、長谷川破笑の「福島県の戦い未《いま》だ了《おわ》らず」、鈴木比佐雄の「薄磯の木片」などの福島の歴史文化を様々な視点から描いた詩篇から成っている。

　六章「原発事故　詩篇」は三つにわかれ、「Ⅰ　福島の詩人」では今も福島に暮らす詩人の若松丈太郎の「不条理な死が絶えない」から始まる。その中で九十三歳の女性が「さようなら　私はお墓にひなんします」と言って自死したことなどを紹介している。それに続く齋藤貢の「あの日」、高橋静江の「見えるもの見えないもの」、木村孝夫の「黒い袋」、みうらひろこの「陸奥《みちのく》の未知」が収められている。「Ⅱ　被曝と鎮魂」では全国の詩人たちの詩で小松弘愛の「笠女郎《かさのいらつめ》さんへ」、青木みつおの「浪江」、金田久璋の「野良牛」、日高のぼるの「棄民」、岡田忠昭の「見つめる」、石川逸子の「しばられた郵便ポスト」、神田さよの「手紙」、青山晴江の「望まぬこと」、「飛べないセミ」、鈴木文子の「夏を送る夜に」、大倉元の「吉田昌郎氏のこと」、こやまきおの「きみが逝った日に」、森田和美の「たんぽぽ」、堀田京子の「種まもる人」、植田文隆の「なくなった」から成っている。「Ⅲ　福島の居場所」では曽我部昭美の「居場所」、柴田三吉の「ズーム」、原かずみの「赤光」、高嶋英夫の「あの町から」、松本高直の「空の青」、田中眞由美の「かくれんぼ」、勝嶋啓太の「半魚人」、林嗣夫の「Junction」、くにさだきみの「青い夕焼け」、埋田昇二の「浜岡が危ない」、斎藤紘二の「東京ラプソディー」、天瀬裕康の「フクシマ年代記《クロニクル》」、末松努の「あの日から」、梓澤和幸の「ふるさとを忘れない　福島を忘れない」、青柳晶子の「悩む水」秋山泰則の「意図」などの東電福島第一原発事故以後の福島をどう考えて、その産土やそこで生きていた者たちの痛みをどう支援できるか、どう新しい地平

ている詩篇群だ。

を切り拓いていったらいいかを自らの問題として模索し

4

七章「宮城県　俳句・短歌・詩」は二つに分かれ、「Ⅰ　俳句・短歌」では高野ムツオの二十句「舌」から始まっている。その中の「汚染土と云えど産土初蕨」は産土を汚染させてしまった罪を内面に問い続けている覚悟を語っている。それに続いて屋代ひろ子の二十句「亡者踊り」、篠沢亜月の二十句「寒風沢島」、佐々木潤子の二十句「仙台駄菓子」、古城いつもの三十首「被災地三十八日」などの俳句・短歌から成っている。また「Ⅱ　詩」では近代詩を切り拓いた一人の土井晩翠の「希望」を始めとし、矢口以文の「桃子おばさんの話」、前原正治の「異なるもの」、秋亜綺羅の「原子力」、原田勇男の「風の遺言」、佐々木洋一の「未来ササヤンカの村」、相野優子の「天使の声はかろやかに」、清水マサの「Kよ」、あたるしましょうご中島省吾の「自分の宝石の街」、酒井力の「海　鎮魂」などは、東日本大震災や原発事故をいかに内面化していくかという課題を背負った宮城県に寄せる作品が収録されている。

八章「山形県　短歌・俳句・詩」は二つに分かれ、「Ⅰ　短歌・俳句」では日本の短歌を牽引した斎藤茂吉の十首「金瓶村小吟（抄）」を始めとして、荒川源吾の十首「桜桃の故郷《さと》」、赤井橋正明の十首「雪上」、秋野沙夜子の十首「蔵王の地蔵」、佐々木昭の二十句「出羽冬季」、杉本光祥の二十句「蔵王恋し」、笹原茂の二十句「鳶の笛」、石田恭介の二十句「望郷、米沢。」などが収められている。「Ⅱ　詩」については賢治の研究者であり農民詩人であった真壁仁の「冷害地帯」、戦後詩を切り拓いた黒田喜夫の「毒虫詩歌」、吉野弘の「雪の日に」などを始めとして、万里小路譲の「縁という贈り物　吉野弘氏追悼」、菊田守の「出羽屋――二〇一八年一月　山形県岩根沢」、高橋英司の「米」、近江正人の「春のさなぎ」、志田道子の「寒河江川《さがえ》」、森田美千代の「ラ・フランス」、星清彦の「星の漁り火」、香山雅代の「いのちの渚に」、苗村和正の「鶴岡」、阿部堅磐の「羽黒山」、「会津・飯盛山」の結城文の「出羽二題」、矢野俊彦の「春秋米坂線」、村尾イミ子の「橅の林に雨がふる」、河西和子の「赤い湯気」、山口修の「朝日岳　大鳥池へ」など山形県の魅力を浮き彫りにしている。

九章「岩手県　短歌・俳句・詩」は三つに分かれる。「Ⅰ　短歌・俳句」では今や世界で研究者を輩出させている石川啄木の二十二首「北上《きたかみ》の岸辺《きしべ》」を始めとして、伊藤幸子の十首「啄木の文机」、千葉貞子の十首「青き記憶」、松﨑みき子の十首「いさり火」、謝花秀子の十首「アカシア揺れて」と、俳句結社「沖」創刊者の能村登四郎で東北にも数多くの縁もある二十句「遠野の雪」、大畑善昭の二十句「イーハトーブの臍《へそ》」、太田土男の二十句「陽気な国」、川村杳平の二十句「雄星銀次」、照井翠の二十句「寒昴」、夏谷胡桃の二十句「冬のたんぽぽ」から成っている。「Ⅱ　詩」の「Ⅰ　岩手出身の詩人」では村上昭夫の「鳶の舞う空の下で」を始めとして、斎藤彰吾の「鬼剣舞《おにけんばい》」、ワシオ・トシヒコの「釜石港」「平泉」、若松丈太郎の「北上川」、上斗米隆夫の「ヤマセ」、北畑光男の「雪ひらのうさぎ」、朝倉宏哉の「深夜の酒宴」、柏木勇一の「平坦な地に降りていった人よ」、照井良平の「鹿の祈りだじゃい」、渡邊満子の「四人の神さま」、東梅洋子の「うねり」、永田豊の「金矢神社境内球場」、藤野なほ子の「流れゆく舟」、佐藤岳俊の「まむし仙人」、高橋トシの「目をつぶると」、佐藤春子の「モデル」、金野清人の「墓碑銘」、田村博安の「水辺にて」、伊藤諒子の「釜淵の滝」から成っている。「Ⅱ　岩手に寄せる」では県外だが岩手に心寄せる詩人たち、星野元一の「コンセイサマ」、宮崎亭の「経清義清《つねきよのりきよ》　栗駒山残照」、鈴木春子の「タンデム自転車」、阿部正栄の「縁日魍魎」、小山修一の「道程」、里崎雪の「オランダ島」、佐相憲一の「盛岡一九九一」などが数多く収録されて、岩手の詩的世界の豊饒さが分かるだろう。

　十章「秋田県　俳句・短歌・詩」は「Ⅰ　短歌・俳句」では国学者・紀行家で秋田に永住し『遠野物語』の柳田国男に影響を与えた菅江真澄の十首「たびころも」、正岡子規が高く評価した石井露月の二十句「奥州路」などから始まる。森岡正作の二十句「雪解川」、石田静の二十句「貰ひ風呂」、栗坪和子の二十句「深雪より」、藤原喜久子の二十句「雪母郷」、鈴木光影の二十句「なまはげ」、伊勢谷伍朗の十首「陸繋島《りくけいとう》」から成り、「Ⅱ　詩」では秋田白神方言詩の福司満の「此処《こご》サ生《え》ぎで」から始まり、亀谷健樹「無を吐く」、佐々木久春の「南から北へ」、あゆかわのぼるの「笹舟」、寺田和子の「渡り」、前田勉の「花輪沿線」、成田豊人の「伊勢堂岱異聞」、須合隆夫の「東雲《しののめ》ヶ原」、曽我貢誠の「山河残照」、秋野かよ子の「冬の物語」、こまつかんの「生剝げ」、岡三沙子の「惜別の季節」、水上澤の「穴」、赤木比佐江の「乳頭温泉」などが収録されていて、菅江真澄が二〇〇年前に記した秋田の暮らしが今も基底に残っていることを感受するだろう。

　十一章「青森県　短歌・俳句・詩」は「Ⅰ　短歌・俳句」では釈迢空の十首「曇る汐路」から始まる。その中の「恐山」と前書きのある「をみな子を　行くそらなしと言ふなかれ。宇曾利の山は、迎ふとぞ聞く」の「宇曾利の山」は恐山の古名だが、何処にも行き場のない水子の霊を祀る場所なのだろう。それに続く佐藤鬼房の二十句「灼碩」、依田仁美の十四首「きよみき（清御酒）しりいず」、木村あさ子の二十句「林檎捥《も》ぐ」、千葉禮子の二十句「寒立馬《かんだちめ》」、須賀ゆかり二十句「津軽富士」などが収録されている。「Ⅱ　詩」では、青森方言詩を書き多くの人々の支持を得ている高木恭造の「冬の月」を始めとして、短歌・詩・戯曲など多彩な才能を発揮した寺山修司の「山河ありき」、「懐かしのわが家（遺稿）」、石村柳三の「波」、田澤ちよこの「朔山《ついたちやま》」、安部壽子の「盆が唄」、新井豊吉の「浮き球」、根本昌幸の「恐山哀歌」、武藤ゆかりの「おいっぺ川と旅人」、若宮明彦の「種差海岸」などが収録されて、奥の奥であった青森が、死者を呼び寄せて生者に思いを代弁するいたこが続いている恐山を抱えた場所であることを再認識する。

十二章「東日本大震災　俳句・短歌・詩」は、長谷川櫂の二十句「山河慟哭」から始まる。その中の「幾万の雛《ひな》わだつみを漂へる」は、当時の情況を想起して胸が締め付けられる思いがする。その後の吉川宏志の十首「昼だけの町」、高良留美子の「いのり」、高橋憲三の「予感」、金子以左生の「津波」、芳賀章内の「海底」、北條裕子の「悪食」、崔龍源の「三・一一狂詩曲《ラプソディー》」、藤谷恵一郎の「白い道」、片桐歩の「大震災の痕」、向井千代子の「賢者」、齊藤駿一郎の「３・11後　枕夢《ちんむ》」、狭間孝の「あれから二十四年過ぎたのですね」、日野笙子の「フェアリーテイル堂」、悠木一政の「言うな」、鈴木小すみれの「静かに」、渡辺理恵の「ピアノ線の林の中で」、せきぐちさちえ「壊れる」、三浦千賀子の「岡野くん」、山野なつみの「射る」、青木善保「大自然の触発」などの千数百年以上前の貞観大地震以来の未曾有の大災害であった東日本大震災への関りを、一人ひとりが自らの問題として作品にその思いを込めている。

二六〇名の作品を細かく論ずることは出来なかったが、大枠で紹介しようと試みた。ところで余談になるが私の父母・祖父母は福島県いわき市で農業をして暮らしていたし、その前は宮城県松島で船大工だったと聞いている。母の実家は海の近くだったので流されて、今は防潮堤の一部となっている。親戚の老夫婦は流されて死亡したと聞いている。妻は秋田県鷹巣町の出身であり、親族は今も東北に多く住んでいる。この『東北《みちのく》詩歌集』を編集することは、ある意味で東北の先祖を含めた民衆のまつろわぬ精神の底力を感じさせてもらい、逆に勇気づけられる思いがしたことだった。この『東北詩歌集』によって「東北」が様々な困難さを抱えながらも前を向き、東北六県の多様な存在感を発信し続けていることを知るきっかけとなってもらえるならば嬉しく思う。

編註

1、『東北詩歌集—西行・芭蕉・賢治から現在まで』を公募した趣意書は左記のようだった。

あなたの抱いている「東北」への想いを分けて頂きたい。とっておきの「東北」の風景や事物に宿る精神性を短歌・俳句・詩で表現して欲しい。新作・旧作は問わない。西行・芭蕉・賢治のような歴史的な優れた表現者たちも収録したい。

一六八九年春に松尾芭蕉は深川の庵《いおり》を引き払って、「奥羽」である「陸奥《みちのく》」に旅立って行った。芭蕉が敬愛する西行の五百年忌の年に、西行が愛でた「松島の月」を眺めることなど、漂泊の歌人西行が実際に出向いた「陸奥《みちのく》」を訪ね、詠われた歌の歌枕（当時の名所旧跡など）を追体験することが大きな動機だったようだ。また西行よりも九百年前に中国全土を旅して「国破れて山河在り」などの漢詩を書いた杜甫からの影響も大きかったと言われる。芭蕉の中で「陸奥《みちのく》」という北方の大地を巡る戦いで死んでいった数多の人びと、まつろわぬ者たちと支配しようとする者たちが争った両方の人びとを、鎮魂したいという思いがあったように感じられる。その意味で「東北」に関わることは「陸奥《みちのく》」の一万数千年の歴史に関わる事であり、そんな縄文時代の精神性や杜甫や西行や芭蕉たちの漂泊の精神性を引き継いでいる歌人、俳人、詩人たちに焦点を当ててみたいと考えている。

芭蕉は『おくのほそ道』の冒頭で、「予もいづれの年よりか、片雲《へんうん》の風にさそわれて、漂泊の思ひやまず、海浜《かいひん》にさすらへ、去年《こぞ》の秋江上《こうしやう》の破屋《はをく》に蜘《くも》の古巣をはらひて、や、年も暮《くれ》、春立《たて》る霞の空に、白川の関こえんと、そゞろ神《がみ》の物につきて心をくるはせ、道祖神《だうそじん》のまねきにあひて取《とる》もの手につかず」という心境を生き生きと語っている。この「そゞろ神」とは、芭蕉の造語らしいが、新しいことに挑戦する詩的精神であり、詩の女神の囁きに呼ばれているかのようだ。そして芭蕉は、「草の戸も住替《すみかは》る代ぞひなの家」と詠み、芭蕉庵を人に譲って退路を断って奥羽路へ旅立っていく。

西行や芭蕉が「そゞろ神」に惹かれ「東北《みちのく》の他者と出会うために命懸けで漂泊の旅に出かけたように、賢治もまた自らを「修羅」を歩むものとして、実は精神において世界の書物や芸術や宗教そして自然などの中を漂泊しながら、様々な「異形」の他者に出会いそれを短歌や詩や童話などに残した。それらの試みは、現在も東北に関わる短歌、俳句、詩を創作する者たちにとって原点となって、今後も東北《みちのく》の詩歌精神は反復され続けていくに違いない。

東北は、福島、宮城、山形、岩手、秋田、青森から成り立っている。けれども同じ東北で自然環境や文化・歴史は微妙に異なっている。全国の県の中で最も土地面積が広いのは、一番は岩手県で二番目は福島県だ。例えば福島は少なくとも会津、中通り、浜通りの３つの地域に分かれている。山の多い会津と浜通りのいわきや相馬などではその気候や文化的背景はかなり異なっている。そのような東北各県の内部の多様性を浮き彫りにするような短歌・俳句・詩を公募したいと考えている。また東日本大震災・原発事故から九年目を迎えようとしている。それらに関する作品も数多く集め、東北の千数百年の歴史・文化を詩歌を通して学べる『東北《みちのく》詩歌集――西行・芭蕉・賢治から現在まで』を構想し、二〇一九年三月一一日の発行を予定している。ぜひご参加下さい。

（鈴木比佐雄）

2、公募・編集の結果二六〇名の作品を収録した。

3、編者は、鈴木比佐雄、座馬寛彦、鈴木光影、佐相憲一、である。

4、詩集は文芸誌「コールサック」96号での公募や趣意書プリント配布に応えて出された作品と、編者から推薦された作品で構成されている。

5、詩集・歌集・句集・雑誌・オリジナル原稿の作品を底本として、現役の作者には本人校正を行なった。さらにコールサック社の鈴木光影・座馬寛彦の最終校正・校閲を経て収録させて頂いた。

6、パソコン入力時に多く見られる略字は、基本的に正字に修正・統一した。

7、旧字体、歴史的仮名遣いなどは、作品によって適宜新字体、現代仮名遣いへ変更した。

8、また収録作品に関しては全国の詩人・歌人・俳人や関係者から貴重な情報提供やご協力を頂いた。

9、装幀は、鬼剣舞の写真を借り、コールサック社の奥川はるみが担当した。

10、本詩歌集の作品に共感してくださった方々によって、集会等で朗読されることは大変有り難いことだと考えている。但し、朗読会や演劇のシナリオ等で活用されたい方は、入場料の有料・無料を問わず、二ケ月前にはその作品の著者名とタイトルをご連絡頂きたい。著者や著作権継承者の許諾をコールサック社が出来るだけ速やかに確認させて頂く。また、ひと月前には、著者の氏名や作品名入りの当日のパンフレット案やポスター案と著者分の入場チケットかそれに代わる書類をお送り頂きたい。それらをコールサック社から著者や継承者たちに送らせて頂く。書籍への再録及び朗読会や演劇の規模が大きい場合で、著者への印税が発生するケースやコールサック社の編集権に関わる場合も、遅くとも二ケ月前にコールサック社にご相談頂きたい。

11、本書が東北地方を愛する広範な人々への励ましとなり、広く一般に読まれて、日本や世界を考えるきっかけになることを願う。

鈴木比佐雄・座馬寛彦・鈴木光影・佐相憲一

石炭袋


東北詩歌集―西行・芭蕉・賢治から現在まで

2019年3月11日初版発行
編　者　鈴木比佐雄・座馬寛彦・鈴木光影・佐相憲一
発行者　鈴木比佐雄
発行所　株式会社 コールサック社


〒173-0004　東京都板橋区板橋 2-63-4-209
電話 03-5944-3258　FAX 03-5944-3238
suzuki@coal-sack.com　http://www.coal-sack.com


郵便振替　00180-4-741802
印刷管理　（株）コールサック社　製作部

＊装幀　奥川はるみ




ISBN978-4-86435-383-0　C1092　￥1800E